Der junge Robert weiß schon früh, dass er wie alle Männer seiner Familie Bergarbeiter sein wird. Dabei ist ihm Enge ein Graus. Er liebt Natur und Bewegung, sehnt sich nach der Weite des Meeres. Daher beschließt er kurz nach dem Zweiten Weltkrieg, sich zum Ort seiner Sehnsucht, der offenen See, aufzumachen. Fast am Ziel angekommen, lernt er eine ältere Frau kennen, die ihn auf eine Tasse Tee in ihr leicht heruntergekommenes Cottage einlädt. Eine Frau wie Dulcie hat er noch nie getroffen: unverheiratet, allein lebend, unkonventionell, mit sehr klaren und für ihn unerhörten Ansichten zu Ehe, Familie und Religion. Aus dem Nachmittag wird ein längerer Aufenthalt, und Robert lernt eine ihm vollkommen unbekannte Welt kennen. In den Gesprächen mit Dulcie wandelt sich sein von den Eltern geprägter Blick auf das Leben. Als Dank für ihre Großzügigkeit bietet er ihr seine Hilfe rund um das Cottage an. Doch als er eine wild wuchernde Hecke stutzen will, um den Blick auf das Meer freizulegen, verbietet sie das barsch. Ebenso ablehnend reagiert sie auf ein Manuskript mit Gedichten, das Robert findet. Gedichte, die Dulcie gewidmet sind, die sie aber auf keinen Fall lesen will.

Benjamin Myers, geboren 1976, ist Journalist und Schriftsteller. Myers hat nicht nur Romane, sondern auch Sachbücher und Lyrik geschrieben. Für seine Romane hat er mehrere Preise erhalten. ›Offene See‹ wurde 2020 zum Lieblingsbuch des Unabhängigen Buchhandels gewählt. Der Autor lebt mit seiner Frau in Nordengland.

Benjamin Myers

OFFENE SEE

Roman

Aus dem Englischen
von Ulrike Wasel und Klaus Timmermann

DUMONT

Für Adelle

Die altvertraute Heimat ließ ich hinter mir,
Die grünen Wiesen, all den himmelsschönen Raum.
Der Sommer kommt, doch scheint er fremd mir hier,
Ich halte inne und erkenn ihn kaum.

»Der Umzug«, John Clare

Wo ist das Leben geblieben?

Jeden Tag ertappe ich mich dabei, dass ich dem Spiegel die immer gleiche Frage stelle, und doch bleibt mir die Antwort stets versagt. Ich sehe bloß einen Fremden, der mir entgegenstarrt.

Also schleppe ich mich in die Küche, wo ich meinen Tee umrühre und meinen morgendlichen Haferbrei löffle und das Mantra murmele – du wirst nie wieder so jung sein, wie du jetzt bist –, aber es fühlt sich hohl zwischen den Lippen an. Ich kann weder die Zeit austricksen noch mich selbst. Ich werde immer so alt sein, wie ich jetzt bin, und dann noch älter.

Die Farbe der Dielen ist von meinen schlurfenden Schritten ganz abgewetzt. Mir schmerzen die Füße, weil sie eine Million Meilen gegangen sind, und die Holzbretter sind jetzt verzogen wie der Rumpf einer gestrandeten Galeone, und auch die Wiese ist verwuchert, während die Tage verstreichen und die Jahreszeiten kürzer werden. Ein paar Sommer hier, einige lange dunkle Winter da; Glück, Krieg, Krankheit, ein bisschen Liebe, noch etwas mehr Glück, und plötzlich blickst du ins falsche Ende des Fernrohrs.

In letzter Zeit tut mir alles weh, nicht nur die Füße. Die Beine, Hände, Augen. Die Handgelenke und Finger pochen, nachdem sie ein Leben lang auf Tastaturen herumgehämmert haben. Ich habe ein ständiges Ziehen im Nacken und staune über das kleine Wunder, dass mein Körper so lange durchgehalten hat. Manchmal fühlt es sich an, als würde er fast nur noch von Sehnen der Erinnerung und Bändern der Hoffnung zusammengehalten. Der Verstand ist ein verstaubtes Museum.

Aber ich war einmal ein junger Mann, so jung und grün, und das kann sich nie ändern. Die Erinnerung erlaubt mir, es wieder zu sein.

Damals wusste ich nicht, was Sprache vermag. Ich verstand die Macht, die Wirkungskraft von Worten noch nicht. Die komplexe Magie von Sprache war mir ebenso fremd wie das veränderte Land, das ich in jenem Sommer um mich herum sah. Jetzt wächst etwas Schleichendes in mir. Seine Wurzeln sind tief verankert, seine Ranken schlingen sich um Ecken, klammern sich fest und ziehen sich zu. Ich bin ein träger Gastgeber. Da ich zu müde bin, um mich zu wehren, finde ich mich damit ab und lehne mich stattdessen zurück und staune nur, wo das Leben geblieben ist. Und ich warte.

Mein Schreibtisch ist alt, und der Sessel knarrt. Zweimal habe ich ihn schon aufpolstern und die Verzapfungen reparieren lassen. Ab und zu hustet der alte Holzofen Rauch ins Zimmer, und die Regenrinnen sind mit Moos verstopft. Eine Fensterscheibe hat einen Sprung, und demnächst muss ich mir jemanden suchen, der das Dach ausbessert. Am ganzen Haus muss viel gemacht werden, aber für das alles bin ich inzwischen zu alt. Das Gebäude und sein Inhalt werden mich überdauern. Aber das alte Textverarbeitungsgerät funktioniert noch. In uns beiden steckt noch Energie, es gibt Strom, und solange der da ist, habe ich noch etwas mitzuteilen.

Während ich jetzt hier am offenen Fenster sitze, ein Glissando von Vogelstimmen auf einer hauchzarten Brise, die den Duft eines letzten nahenden Sommers in sich trägt, klammere ich mich an die Dichtung, wie ich mich ans Leben klammere.

1

Die Bucht tat sich vor mir auf, ein weites glaziales Becken, vor mehreren Hunderttausend Jahren von knirschendem Eis und rieselndem Wasser geformt.

Ich näherte mich ihr von Norden und sah ein gigantisches halbes Amphitheater mit Farmen und Dörfchen darin, während das Land vom Moor her hinunter drängte. Dahinter erstreckten sich die Felder bis hin zum blaugrünen Meer, über dem schwindelerregend einige Häuschen hingen, wie eingestreut in diesen Einschnitt ins Land. Zwischen ihnen und dem Wasser: ein schmaler glitzernder Streifen Sand. Ein bronzenes Band.

Die Häuser hockten waghalsig über den Gezeiten auf einer bröckelnden Steilklippe aus lockerer Erde und nassem Lehm, die durch salzige Gischt und Brandung allmählich erodiert wurde. Sie muteten an wie gestrandete Matrosen, die in den Stürmen von Jahrhunderten Schiffbruch erlitten hatten. Die Zeit selbst nagte an diesem Küstenabschnitt, gestaltete unsere Insel neu in einer Epoche der Unsicherheit.

Mir kam der Gedanke, dass das Meer uns die endliche Existenz aller festen Materie vor Augen führt und dass die einzig wahren Grenzen nicht Schützengräben und Unterstände und Kontrollpunkte sind, sondern zwischen Fels und Meer und Himmel liegen.

Ich blieb stehen, um meine Feldflasche am Straßenrand an einer Quelle zu füllen, die in einen Steintrog plätscherte, und kam mir vor, als hätte ich ein Gemälde betreten. Die Sonne war eine gleißend weiße Scheibe über einer lasierten Landschaft, und ich begriff, vielleicht zum ersten Mal, was Menschen dazu brachte, einen Pinsel in die Hand zu nehmen oder ein Gedicht zu schreiben: der Impuls, die den Herzschlag beschleunigende Empfindung einzufangen, dieses *Im-Jetzt-Sein*, ausgelöst durch eine ebenso atemberaubende wie unerwartete Aussicht. Kunst war der Versuch, den Moment in Bernstein zu gießen.

Das frische Wasser rann mir durch die Kehle wie seidene Bänder, kühlte meinen Magen für einen Moment und sammelte sich dort. Nie schmeckt Wasser besser, als wenn es frisch aus der Erde kommt und aus Metall getrunken wird; ganz gleich, welches Behältnis, ob Kelle oder Kanne, irgendwie scheint Metall den Geschmack zum Leben zu erwecken.

Ich trank noch mehr, legte dann die hohlen Hände zusammen und hielt sie in den Strahl, eine Pfütze auf meinen rosigen Handtellern, tupfte mir das Wasser auf Stirn, Gesicht und Hals. Ich füllte meine Feldflasche erneut und ging weiter.

Es war Krieg gewesen, und obwohl der Kampf zu Ende war, tobte er noch immer in den Männern und Frauen, die ihn mit sich nach Hause genommen hatten.

Er lebte in ihren Augen weiter oder hing ihnen schwer um die Schultern wie ein blutgetränkter Umhang. Und er blühte in ihren Herzen, eine schwarze Blume, die dort Wurzeln geschlagen hatte und nie mehr ausgerissen werden konnte. Die Samen waren so toxisch, so tief gesät, dass die Erinnerungen nichts anderes sein konnten als für alle Zeiten giftig.

Kriege dauern an, lange nachdem die Schlachten geendet haben, und damals fühlte sich die Welt an, als wäre sie voller Löcher. Sie erschien mir vernarbt und zerschmettert, ein Ort, der von den Mächtigen seines Sinns beraubt worden war. Alles war in Scherben, alles verbrannt.

Ich war weder alt genug, um mich zum Helden gemacht zu haben, noch jung genug, um den Wochenschaubildern entkommen zu sein oder den langen dunklen Schatten, die die heimkehrenden Soldaten wie leere Särge hinter sich herzogen. Denn niemand gewinnt einen Krieg wirklich; manche verlieren bloß ein bisschen weniger als andere.

Ich war ein Kind, als er begann, und ein junger Mann, als er zu Ende ging, und danach war Verlust allenthalben sichtbar, hing wie eine große schwere Wolke über der Insel, und selbst noch so viele rot-weiß-blaue Flaggen oder Orden, die den Überlebenden an die schluchzende Brust gesteckt wurden, konnten nichts daran ändern.

Den Geschichtsbüchern sollte nicht unbedingt Glauben geschenkt werden: Der Sieg der Alliierten schmeckte nicht süß, und die Winter, die folgten, sollten so eisig und unerbittlich sein wie alle Winter. Denn so wenig sich die Elemente auch um den Wahnsinn der Menschen scheren, denjenigen, die die ersten Filmaufnahmen von Stacheldraht und Massengräbern gesehen hatten, kam nun selbst der weiße, jungfräuliche Schnee unrein vor.

Doch mit den Augen der Jugend gesehen, war der Krieg eine Abstraktion, eine Erinnerung zweiten Grades, die bereits verblasste. Es war nicht *unser* Krieg. Er würde nicht *unser* Leben ruinieren, ehe es überhaupt begonnen hatte.

Im Gegenteil, er hatte in mir einen Hang zum Abenteuer geweckt, ein Fernweh, den Wunsch, über das Ende der Straße hinauszutreten, wo das Pflaster endlich in Felder überging und das industrialisierte Nordengland sich unter dem ersten warmen Dunst einer bevorstehenden Zeit des Wachstums verlor, zu erkunden, was genau eigentlich hinter dieser schimmernden Luftspiegelung lag, die den Horizont in einen wogenden Ozean aus erblühendem Grün verwandelte.

Ich war sechzehn und frei und hungrig. Hungrig nach Essen, wie wir das alle waren – die Mangelversorgung hielt noch viele Jahre an –, doch mein Appetit beschränkte sich nicht nur auf das rein Essbare. Allen, die das Glück hatten, am Leben zu sein, erschien der gegenwärtige Augenblick wie ein kostbares leeres Gefäß, das nur darauf wartete, mit Erfahrungen gefüllt zu werden. Zeit war wertvoller geworden. Sie war das Einzige, das wir in Hülle und Fülle besaßen, obwohl der Krieg uns gelehrt hatte, dass auch sie eine begrenzte Ressource war und dass es eine der größten Sünden war, sie unklug zu verbringen oder verschwenderisch mit ihr umzugehen.

Wir waren junge Männer und Frauen, und wir lebten jetzt für die Gefährten, die auf fremden Feldern gefallen oder wie Moorhühner vom Himmel geschossen worden waren, oder für die armen in Massengräbern verscharrten Seelen.

Das Leben wartete da draußen, bereit, gierig getrunken zu werden. Vertilgt und verschlungen zu werden. Meine Sinne waren erwacht und unersättlich, und ich schuldete es mir selbst und all den anderen meiner Generation, die nach ihren Müttern schreiend gestorben oder in den Lachen ihres eigenen Blutes ertrunken waren, mich mit dem Leben vollzustopfen.

Stärker als alles andere war jedoch der Lockruf der natürlichen Welt, in die ich mich versenken wollte. Aus Büchern wusste ich, dass der Norden Englands ein abwechslungsreiches Terrain aus Heidelandschaften und Wäldern,

Mooren und Bergen, Schluchten und Tälern bot, alles bewohnt von Pflanzen- und Tierarten, die nur darauf warteten, von meinen staunenden und neugierigen Augen gesehen zu werden.

Zu Hause hatte ich alle Möglichkeiten erschöpft, gewissenhaft Aufzeichnungen von sämtlichen Zug- und Standvögeln gemacht, die ich gesichtet hatte. Ich hatte eine kleine Sammlung aus sorgfältig gewaschenen und von Fleischresten gesäuberten Knochen und Schädeln angelegt, die ich in einer Teekiste neben dem alten Kohlenkasten an der Hintertür aufbewahrte, da meine Mutter sie nicht im Haus haben wollte. Ich hatte geangelt und frettiert, Ratten gejagt und Fallen gestellt und einmal sogar mit schlechtem Gewissen das Ei eines brütenden Raben aus seinem luftigen Nest geraubt, doch schon bald war mir nicht mehr wohl bei der Vorstellung, Tiere aus Spaß zu töten, aus reinem Nervenkitzel zu erlegen. Schon allein, ihr gewohntes Leben zu stören, kam mir frevelhaft vor. Ich hatte so viel Zeit meiner Kindheit auf Bäumen verbracht, jetzt jedoch war ich der vertrauten Ausblicke überdrüssig, des immer gleichen Wandels der Jahreszeiten. Ich wollte sehr viel mehr von dem erleben, was anderswo geschah, jenseits der Grenzen meines ländlichen Bergarbeiterdorfs, das irgendwo zwischen der Stadt und dem Meer in einer sanft gewellten Landschaft lag. Ich wollte überrascht werden. Nur wenn ich allein in der Natur war, hatte ich je eine Ahnung von meinem wahren Ich bekommen; die übrige Zeit bestand nur aus Spielplatzlärm und Schulunterricht, häuslichen Pflichten und banaler Zerstreuung.

Ich war im Frühjahr voller Ungeduld aufgebrochen. Der Rucksack auf meinen Schultern enthielt lediglich das Allernotwendigste für eine Reise, deren einziges Ziel die Bewegung war: Schlafsack, eine Decke und eine Unterlegplane, Kleidung zum Wechseln. Zwei Töpfe, einen Becher, meine Feldflasche, Taschenmesser, Gabel, Löffel und Teller. Eine kleine Schaufel für das Geschäft im Freien. Keine Landkarte.

Einen Rasierer brauchte ich ebenfalls nicht.

Außerdem hatte ich Schreibblock und Stift dabei, ein Stück Seife, eine Zahnbürste, Streichhölzer und eine Maultrommel, die mir mein Großvater geschenkt hatte. Er gab mir den klugen Rat, dass man immer Geld verdienen könne, wenn man ein Musikinstrument beherrschte, da die Engländer ein Volk seien, das fleißiges Bemühen höher bewerte als Talent und dem es schon genüge, wenn jemand sich an etwas versuchte. Und obwohl ich mir noch nicht beigebracht hatte, dieses seltsame und verwunschen klingende Instrument zu spielen, hatte ich die feste Absicht dazu. Auf den Wegen und Straßen, die vor mir lagen, stellte ich mir jede Menge freie Zeit und ziemlich viele Abende vor, deren einsame Stille sich gewiss mit etwas Musik lindern ließe, ganz gleich, wie misstönend und ungeschickt sie erzeugt wurde.

Am Morgen meines Aufbruchs bestand meine Mam zudem darauf, mir ein Päckchen in den Rucksack zu stopfen, das einige dicke Scheiben Schinken, Käse, Äpfel und ein großes Fladenbrot enthielt, alles eingewickelt in einen Waschlappen, von dem ich ihr hoch und heilig versprechen musste, dass ich ihn wenigstens einmal am Tag benutzen würde.

Die Luft war kühl, als ich die historische Stadt verließ und den Fluss unterhalb der hohen Türme der mächtigen Kathedrale erreichte, die erhaben auf ihrem Felsvorsprung in die Höhe ragte. Ich ließ mich von dem träge fließenden Wasser leiten, folgte seinem Ufer flussaufwärts durch eine bewaldete Schlucht und dann weiter, hinaus ins große Unbekannte.

Den größeren Teil meiner Jugend hatte ich bislang damit verbracht, aus Klassenzimmerfenstern zu starren und mich nach einem Leben in der Natur zu sehnen, darauf zu warten, dass die Schulglocke endlich durch die Korridore schallte, damit ich frei durch Wiesen und Felder stromern konnte.

Und jetzt endlich war ich davon umgeben, einem Wunderland, einer blühenden Jahreszeit, erfüllt von den warmen Lauten der Ringeltauben und dem Klopfen der Spechte, von dem Geruch nach Kreuzkraut, Balsam und, jenseits der Bäume auf den sanften Wiesen, dem betörenden, einschläfernden Moschusduft des Rapses.

Bald würden auch die Schwalben und Mauersegler aus Nordafrika zurückkehren, um hier zu übersommern, dem Mittelpunkt der Welt, Nordengland, dem grünsten Land, das es je gab, so stark und saftig, dass es einen jungen Mann schwindelig machen konnte.

An den Flussufern würzte Bärlauch die Luft. Ich rupfte im Gehen die ledrigen Blätter ab und kaute sie, spürte den satten, intensiven Geschmack zäh auf der Zunge. Beinahe ölig.

Ich verließ den Wear, weil er mich, wenn ich ihm weiter folgte, nach Westen führen würde, stromaufwärts zu den Hochlandtälern von Wolsingham, Westgate und Wearhead, wo der Fluss angeblich aus der Erde quoll, kaum mehr als ein kleines gurgelndes Rinnsal, und dahinter nichts als winzige Dörfchen mit Namen wie Cowshill und Cornriggs. Arbeit würde ich dort kaum finden.

Hier und da ging ich an Gleisen entlang und über warme Teerstraßen. Ich sah verlassene Steinbrüche, gähnende

Abgründe in der Erde, offen und zerklüftet wie klaffende Münder, aus denen riesige Zähne gezogen worden waren. Ich suchte mir meinen Weg an den verrosteten Resten von Bahnschienen entlang und über die Trampelpfade von Zinn- und Schiefergruben. Ich kam an stillgelegten Gipswerken vorbei, an Lichtungen, wo Kabeltrommeln und umgekippte Rollwagen herumlagen, aber keine Menschenseele zu sehen war. Wenn möglich blieb ich in Wäldern und Tälern, auf Wiesen und Feldern.

Ich suchte mir unterwegs Arbeit als Tagelöhner, auf Farmen oder kleinen Höfen und manchmal in abgelegenen Häusern, weil viele Familien Männer verloren hatten oder aber erleben mussten, dass sie erschöpft und entkräftet zurückkehrten, als Gebrochene, mit fehlenden Teilen wie gebrauchte Puzzlespiele. Nur wenige waren heil und gesund genug zurückgekommen, um ihr Leben so weiterzuführen, als wäre nichts geschehen, und obwohl manche noch immer körperlich bei Kräften waren, hatten sie ihre psychische Energie eingebüßt.

Diese Häuser benötigten stets junge Muskelkraft, um die Aufgaben zu verrichten, die diese kaputten Männer nicht mehr erledigen konnten, und wenn ich an Türen klopfte, wies man mich nur selten ab.

Hinter den Türen fand ich schweigsame Überlebende, die unvorstellbare Dinge gesehen hatten. Der Krieg war gewissermaßen eine Krankheit, die nur der Lauf der Zeit behandeln konnte und an der viele bis ans Ende ihres Lebens leiden würden.

Ich arbeitete mich unverdrossen weiter, bis Durham in Cumbria überging und Cumbria irgendwann von North Yorkshire begrüßt wurde, wo der Abbau von Zinn und Blei noch immer der Hauptindustriezweig war und ansonsten auf den windgepeitschten Hängen der Moore das ganze Jahr über Schafe grasten. Im Sommer trieb man die wolligen Geschöpfe zusammen, um sie zu scheren, und in den langen, nicht enden wollenden Wintern mussten sie zuweilen aus Schneewehen ausgegraben werden. Die Landschaft unterschied sich von der meiner Heimat – zwar war sie ebenso hügelig und vernarbt, aber irgendwie auf reizvollere Art und Weise. Die Neuheit des Unbekannten war berauschend. Hier klang sogar alles anders, die leere Weite der Moore ein flüsternder Ort, frei von dem Dröhnen und Rattern des Bergarbeiterlebens. Ein mit Mythen beladener Ort. Er begeisterte mich.

Auf einer dieser Farmen küsste ich ein wortkarges Mädchen namens Theresa, die nach Anis schmeckte und mit ihrer seltsam zuckrigen Zunge meinen Mund ganze zehn Sekunden lang erkundete, ehe sie sich umdrehte und davonlief. Obwohl sie mich mit einem Elan erforscht hatte, der schon fast brachial war, um mir dann urplötzlich nicht mehr Interesse entgegenzubringen als einem vorbeizockelnden Esel, war ich mir dennoch bewusst, dass ich einen kleinen Meilenstein in meinem Leben passiert hatte. Zu Hause in der Schule, wo sich in der Umkleidekabine der Turnhalle die erfundenen Geschichten über unbekannte, an fernen Orten geküsste Mädchen förmlich überschlugen, würde mir natürlich kein Mensch glauben. Solche Dinge geschahen immer nur irgendwo anders, ohne Zeugen. Und jetzt war ich tatsächlich im Königreich Anderswo, frei von den Fesseln der Vertrautheit von Orten und Menschen.

Der Boden in dieser Region eignete sich nicht für Ackerbau, und die Häuser lagen zu weit auseinander, also wandte ich mich nach Süden, fällte und sägte, hämmerte und klopfte, hackte und häckselte. Ich war einen Tag hier, einen Tag dort, folgte der Sonne und ruhte mich aus, wenn es Zeit zum Ausruhen war. Endlich war ich nicht mehr Sklave des bleiernen Tickens der Uhr im Klassenzimmer, deren Zeiger sich an manchen Tagen scheinbar mit quälend langsamem Spott bewegten und mitunter sogar ganz zu stocken schienen, sodass der erstarrte Moment sich ewig lang ausdehnte, während meine Klassenkameraden nichts von dieser Verschwörung mitbekamen, uns für immer gefangen und eingeschlossen zu halten. Stattdessen wurde ich mein eigener Herr, und mit jeder Wegkrümmung, die ich hinter mir ließ, konnte ich meine jugendliche Haut weiter abstreifen.

Wenn die Müdigkeit mich überkam, verbrachte ich die Nacht in Scheunen und Schuppen und längst verlassenen Wohnwagen, und mehrmals schlief ich den Schlaf des Gerechten eingezwängt zwischen dichten Heckenwänden aus Brombeersträuchern und Stechpalmen, die vielleicht schon seit dem Mittelalter hier wuchsen, drei Meter hoch und so undurchdringlich wie die Stacheldrahtrollen in Bergen-Belsen.

In anderen Nächten, wenn der Himmel wolkenlos war und die Farmer vorhersagten, dass es trocken bleiben würde, suchte ich mir eine Weide, baute aus meiner Plane ein improvisiertes Zelt und schlief mit dem Schein des sterbenden Feuers im Gesicht ein, ein Bett aus platt gedrücktem Gras unterm Rücken, um dann steif und oft auch klatschnass aufzuwachen und die unzuverlässigen Prognosen der Bauern zu verfluchen.

Essen bekam ich geschenkt. Ich ernährte mich hauptsächlich von Eiern und Kartoffeln und Äpfeln vom Vorherbst, und gelegentlich bekam ich Milch für meine Feldflasche oder ein paar Kugeln frische Butter, eingewickelt in Sackleinen, und vielleicht einen Kanten Brot, so hart und trocken, dass man damit Ziegel hätte zertrümmern können. Ich erhielt auch Gemüse. Spinat und Mangold hatten gerade Saison. Manchmal eine Rübe, die ich in großen Bissen roh aß, ohne je Geschmack daran zu finden. Fleisch war Mangelware. Einmal schenkte man mir ein Glas Honig, und ich stellte fest, dass ich fast alles hineintunken konnte. Selbst ein Stück Rübe, auf meine Gabel gespießt, wurde zur Delikatesse, wenn ich die Augen schloss und es bis in die bittere Mitte zerkaute.

Je weiter ich mich von allem entfernte, was ich je gekannt hatte, desto leichter fühlte ich mich. Das Unbehagen, das im Verlauf des letzten Schuljahrs immer stärker in mir gegärt hatte, legte sich allmählich, und zugleich stellte sich ein Gefühl geistiger Klarheit ein. Zum ersten Mal hatte ich den Schatten des quietschenden und rasselnden Förderturms verlassen, war weit weg von dem dunkelgrauen Staub, der sich an klaren Tagen scheinbar überall niederließ, sodass er ebenso aus Bettzeug geklopft werden musste wie aus der Wäsche, die auf den Hinterhöfen an Leinen trocknete. Jetzt atmete ich tief und ging mit so beschwingten Schritten, dass ich an manchem erwachenden Morgen schon glaubte, ich könnte tagelang wandern, ohne zu rasten. Auch spürte ich, dass meine Knochen, Gelenke, Muskeln und mein Gehirn in vollkommener Symbiose zusammenarbeiteten, wie die Einzelteile einer gut geölten Maschine, die im Grunde bloß von Jugend und gerade genug Essen angetrieben wurde.

Solange ich zurückdenken konnte, hatte die Unausweichlichkeit eines Arbeitslebens in der staubigen Dunkelheit wie ein Schreckgespenst in meinem Unterbewusstsein gelauert und alles mit einem dunklen Tuch bedeckt. Anfangs hatte ich mich vor der Vorstellung gefürchtet, doch in letzter Zeit lehnte ich sie mit einer Unnachgiebigkeit ab, die an Hass grenzte.

Meine Eltern hatten nie auch nur in Betracht gezogen, dass ich beruflich etwas anderes machen könnte, als im Bergwerk zu arbeiten. Es gab Jungen, mit denen ich aufgewachsen war, die bereits zwei oder drei Jahre unter Tage arbeiteten, doch für jemanden, der frische Luft und Einsamkeit so sehr liebte wie ich, war gerade die Erwartungshaltung, dass ich ebenso meinem Vater in den Schacht folgen würde, wie er seinem Vater in den Schacht gefolgt war, der Grund dafür, dass ich jetzt über Englands Landstraßen zog. Es war ein Akt der Befreiung und Rebellion, doch die Fesseln des alten Lebens waren noch immer so festgezurrt, dass ich mich fragte, ob meine Wanderung lediglich eine kurze Galgenfrist war, ein erstes und letztes Hurra vor der düsteren Aussicht auf den *Ernst des Lebens.* Ich musste wenigstens versuchen, eine andere Welt zu sehen, bevor die Kohle – oder schlimmer noch der Krieg – gänzlich von mir Besitz ergriff.

Um mich herum kam der Frühling zum Vorschein, und in jenen wärmer werdenden Wochen begegnete ich unterwegs mancherlei Sonderlingen. Vagabunden und Fischern und etlichen Landfahrern. Kesselflicker oder Lumpenvolk nannte man sie, und sie verdienten sich Geld, indem sie Töpfe und Pfannen ausbesserten, aus Weidenzweigen Körbe flochten, kauften und verkauften. Einmal saß ich mit einer siebenköpfigen Familie am Feuer, die sich jede Nacht irgendwie in einen Zigeunerwagen zwängte, der von einem sanftmütigen alten Gaul gezogen wurde.

Diese Zeit nach dem Krieg erwies sich noch immer als wie geschaffen für all jene, die in den Künsten Sparsamkeit und Improvisation bewandert waren. Ich traf an Land Matrosen, die keine Eile hatten, wieder in See zu stechen, ich traf Obstpflücker, die ungeduldig auf die erste Ernte von Blaubeeren oder Brombeeren warteten, Hopfenpflücker, die sich die Zeit vertrieben, bevor sie nach Süden aufbrachen, um dort den Sommer zu verbringen, und Männer, die riesige Besen aus großen rauchenden Teerfässern hoben und auf die Straße klatschten. Ich verbrachte träge Momente mit den Verlorenen und den Verstörten, Überlebende samt und sonders.

Das Wetter war der Schlüssel, um mit Fremden ins Gespräch zu kommen. Schließlich beschäftigen sich Engländer ständig damit, ob es zu heiß oder zu kalt ist, zu nass oder einfach nicht nass genug. Selten äußert sich ein Engländer über die bestmöglichen meteorologischen Bedingungen oder über das satte Grün seines Grases, wenn er weiß, dass es nur fünfzig Meilen weiter noch grüner ist. Über das Wetter zu reden, ist lediglich eine Art Code oder ein Währungsumtausch, eine Transaktion, um wichtigere Themen anzuschneiden, sobald gegenseitiges Vertrauen hergestellt ist. Das lernte ich unterwegs, als mich die Umstände und die schlichten Erfordernisse des Überlebens zwangen, öfter den Mund aufzumachen, als ich das von zu Hause gewohnt war. Dort ging es in meinen Interaktionen mit Erwachsenen lediglich darum, ihren Befehlen mit gelangweiltem Stöhnen und Ächzen zu gehorchen. Ein anfängliches Gefühl von Alleinsein lockerte mir die Zunge, wenngleich ich lernte, dass Einsamkeit in der freien Natur nichts Beängstigendes ist. Tatsächlich erlebte ich angesichts der überwältigenden Ziellosigkeit, die ich nun empfand, zahlreiche und völlig unerwartete Momente der Euphorie. Ich konnte irgendwohin gehen, irgendetwas tun. Irgendwer sein.

In diesen Gesprächen mit Fremden wurde der Krieg kaum erwähnt; diese Bestie blieb begraben. Sie war noch zu frisch, um exhumiert zu werden.

Mit der Zeit hatte ich genug von Bächen und Wäldchen und spürte stattdessen die Verlockung des Meeres, also wandte ich mich Richtung Europa und folgte den Straßenschildern, die mich durch Dörfer entlang des äußersten östlichen Randes von Cleveland und North Yorkshire nach Süden führten.

Skinningrove und Loftus.

Staithes und Hinderwell.

In jedem Ort fand ich genug Arbeit, um mich für ein paar Tage zu versorgen, ehe ich weiterzog.

Ich besuchte Runswick Bay und Sandsend, und schließlich erreichte ich das Städtchen Whitby mit seinem Bogentor aus Walzähnen und der würzigen Brise, und jenseits der Bucht sah ich hoch oben die Silhouette einer alten Klosterruine.

An diesem Teil der Küste kam ich an zwei Flugzeugen vorbei, die vom kriegsgeteilten Himmel geschossen worden waren, eines eine verkohlte Abstraktion aus hitzeverbogenem Metall, alles Glas in einem brüllenden Feuerball zerschmolzen. Das zweite entdeckte ich in einem Kornfeld, ein Flügel abgerissen, doch ansonsten intakt, die Nase zwischen die Weizenkeimlinge gesteckt, die jetzt ringsherum sprießten, als wäre es gedankenlos von Picknickausflüglern dort abgestellt worden.

Doch auf dem Heck und dem verbliebenen Flügel prangten die infamen Symbole eines Schreckensreiches, und drum herum lagen die Trümmer der grimmigen Todesmission, die von den Einheimischen noch nicht aufgesammelt worden waren, da sie den Fundort irgendwie übersehen hatten: ein verformtes Propellerblatt, so lang, wie ich groß war, und ein zerfetztes Stück Stoff, das ich mich nicht traute aufzuheben. Es fühlte sich an, als wäre der Bomber nur Minuten zuvor kreiselnd über den schachbrettartigen Feldern eines fremden Landes abgestürzt, eine Rauchfahne hinter sich herziehend, während der Tod auf den verzweifelt betenden Piloten zuraste, ein weiteres Opfer im irrwitzigen Tanz des Krieges.

Ich verweilte nicht länger dort, und schon bald erreichte ich das auf einem Hügel gelegene High Normanby und blickte hinab auf die Weidehänge von Fylingthorpe und die Bucht unter ihnen. Ihr Wasser war ein herrliches Mosaik, die zusammengefügten Splitter eines geborstenen Spiegels aus Smaragd und Malachit.

2

Ich ging durch die Wiesen, die sich zum Meer absenkten, und rostfarbene Pollen hafteten an meinen Hosenbeinen, bildeten ein Muster aus Staubpartikeln, und als ich mit dem Daumen darüberfuhr, hinterließen sie einen Streifen aus Korallenrot, die Farbe einer träge untergehenden Sonne.

Die Häuser, die ich sah, waren robust und solide und aus hellem Goathland-Stein erbaut. Es waren schöne Behausungen, dem Moor abgerungen, verwittert und mit roten Dachziegeln, viele auf ihrem eigenen Stück Land und so ganz anders als die rußgeschwärzten, zusammengedrängten Reihenhäuser in den engen Backsteindörfern daheim.

Es war eine eher landwirtschaftlich als industriell geprägte Gegend – der Erde zugehörig statt von ihr beschmutzt.

Hecken umsäumten mich, und ich kam an Kühen vorbei, deren Euter wie Partyballons herumbaumelten, gelegentlich auch an Pferden, die auf tristen Koppeln angebunden waren und mit großen feuchten Augen den Boden nach mehr als bloß kargen Stoppeln absuchten und deren Rippen hervortraten wie die Rümpfe von gestrandeten Booten. Das trostlose Vermächtnis des Krieges hatte die Tiere nicht verschont, aber solange ihre Herzen noch schlugen, bestand Hoffnung für diese ausgehungerten Geschöpfe.

Auf den Hängen grasten auch verstreute Schafe, und auf einer Weide etwas, das wie das absurde Zerrbild eines Schafs aussah – ein sonderbares Viech, etwa so groß wie ein kleines Pferd, mit einem überlangen Hals und wolligen Beinen, bei dem es sich, wie ich später erfahren sollte, um ein Alpaka handelte.

Es war eine Wohltat, bergab in die sanfte Brise hineinzugehen, die vom Meer heranwehte. Die Luft roch nach der sich verändernden Jahreszeit: Die frische grüne Würze der Wildgräser und Schösslinge und der steigende Saft in den Bäumen erfüllten die gewundenen Straßen mit ihrem Duft. Durch die hohen Hecken fühlte ich mich wie in einem Irrgarten, und an Gabelungen entschied ich spontan, welchen Weg ich nehmen wollte, ließ mich von den weiten Hängen abwärts tragen.

Die akustische Untermalung war das Blöken der im März geborenen Lämmer, die nun schon Schafe waren und bald geschoren würden. Hier war Leben, geschah überall um mich herum und in mir und durch mich hindurch, in dieser neuen Zeit des Wachsens und Werdens, dieser Phase des ungehemmten Entstehens.

Während meiner Wanderung auf diesen Landstraßen war das Meer gleichsam ein Trugbild im Kopf eines jungen Mannes, dessen einzige maritime Erfahrung ein verschlafener Kindheitsmorgen war, an dem er beobachtet hatte, wie das kabbelige graue Wasser gegen die steinernen Piers der Schiffswerften von Sunderland klatschte.

Schon damals hatte mich am Meer nicht das Wasser selbst am stärksten beeindruckt, sondern das, was vom Meer und für das Meer lebte: eine Welt aus Nieten und Funken, aus Feuer und Lärm, große graue Ungetüme wie stählerne Kathedralen, demontiert und zur Seite gekippt, ungeschlachte, halbfertige Kriegsschiffe, deren schiere Dimensionen fast unbegreiflich waren.

Das Flüstern der Wellen war vom Kreischen von Metall auf Metall ebenso übertönt worden wie vom Kreischen der Möwen hoch in der Luft.

Das Wasser selbst war mir nicht in Erinnerung geblieben, nur, dass es sich irgendwo versteckt hatte, kaum sichtbar, hinter den Betonmauern eines Trockendocks und dem Drahtzaun der Werft, der die geschäftige menschliche Kakofonie umschloss.

Mein Vater war an einem seiner seltenen freien Tage mit mir dorthin gefahren: fünfzehn Meilen und zwei lange Stunden im Bus, in dessen Oberdeck bläulicher Zigarettenqualm waberte. Wir hatten mithilfe von dicken Schnüren, die wir mit langen Nägeln beschwert und an die wir fettige Eisbeinstücke aus Metzgerabfall als Köder befestigt hatten, Krebse aus dem trüben Hafenwasser gefischt. Der Benzingestank und die grün schillernden Panzer der Krebse hatten ausgereicht, um uns den Appetit zu verderben, sodass wir den Eimer mit unserem Fang zurück in das ölige Wasser kippten.

Hier jedoch, nur sechzig oder siebzig Meilen weiter südlich, an einer Küste, die ich viele Wochen lang erwandert hatte, lagen die Werften und die koksschwarzen Wasser von Wearmouth weit hinter mir. Das Land strömte jetzt in einem grünen Potpourri aus Feldern und Weiden dahin, durchzogen von staubigen Feldwegen und dicht mit Bäumen bestandenen Waldwiesen. Durch schattige Senken und Gräben rannen winzige, glasklare Wasseradern, plätscherten der salzigen Nordsee entgegen, die glitzerte, als bestünde ihre Oberfläche aus gewaltigen frisch gelaichten Heringsschwärmen.

Die Küste hatte hier einen anderen Zweck als in meiner Heimat mit ihren Trockendocks und Kipploren, wo das Meer als Fertigungsband für eine Industrie diente, die vom

Krieg profitiert hatte, und wo die müden Gezeiten mit der dumpfen Gleichmäßigkeit eines Steinmetzhammers an den schrumpfenden Klippen nagten.

Hier war der Ozean ein Tor, eine Einladung, und ich nahm sie bereitwillig an.

Ich folgte Pfaden durch wispernde Wiesen und zerfurchtes Gestrüpp, sprang über Steinmauern, stieg über Zauntritte und trat durch Schwinggatter, deren oberste Sprossen im Laufe der Jahrhunderte von den schweißfeuchten Händen umherziehender Landarbeiter oder Bergwanderer schädelglatt abgegriffen worden waren.

Ich nahm einen noch schmaleren Weg, der nicht für Fahrzeuge gedacht war. Hinter einer Biegung verwandelte er sich in einen bewaldeten Pfad, der bergab führte, und schließlich durchquerte ich eine kleine Furt mit uralten Trittsteinen. Auch hier hatte die Zeit sich eingeprägt, hatten genagelte Stiefel im grob behauenen Stein Riefen hinterlassen. Unwillkürlich fragte ich mich, ob diese Steine auch in weiteren hundert Jahren noch hier sein würden oder ob der Bach dann vergiftet wäre, die alten Cottages zerfallen, die Weiden überwuchert wie verwahrloste Friedhöfe. Würde, so fragte ich mich, ein weiterer Krieg das alles vernichten?

Ich bewegte mich durch ein altes Geflecht von Pfaden, jeder eine gewundene Rinne, eingegraben in den trockenen Lehm, von der Zeit geschlagene Kerben.

Tief im kühlen dunklen Schlund eines dieser Hohlwege sah ich einen Dachsbau in der lehmigen Böschung, umgeben von kompakten trockenen Erdhaufen. Stellenweise waren sie bis zu zwei Meter hoch. Diese aufgeworfenen Hänge führten in zahlreiche Kammern, die mit frisch gekratzten Krallenspuren verschönert waren. Es waren Hieroglyphen, gleichsam eine wortlose Poesie, und dicht daneben waren deutliche Muster von Tunneln zu erkennen, die durch Lücken in den Hecken ins hohe Gras der umliegenden Wiesen führten. Die Gänge dieses gewaltigen Baus verliefen mindestens zehn oder fünfzehn Meter in alle Richtungen, ragten tief in das dunkle Reich, das dieses rätselhafte Tier seit Generationen besiedelt hatte. Sie waren Portale zum Königreich dieser faszinierenden Geschöpfe.

Die Sonne fiel in breiten Strahlen auf die trockene, zusammengepresste Erde und beleuchtete die Kalligraphie der Krallenspuren. Ich verweilte einen Moment in dem Bewusstsein, dass ich höchstwahrscheinlich ganz in der Nähe einer Dachsfamilie war, die in ihren irdenen Bunkern schlief, geschützt vor den Geräuschen der Außenwelt.

Ich wollte einen Schluck aus meiner Feldflasche nehmen, stellte jedoch fest, dass sie leer war.

Ich schaute mich um, kroch dann unter einem Zaun hindurch und überquerte eine offene Wiese mit fast kniehohem wächsernem Gras, durch das die sanfte Brise vom Meer wehte. Nur von der Schwerkraft hangabwärts geführt, stieß ich bald auf einen weiteren Pfad, dem ich kurz folgte, ehe ich nach links abbog.

Irgendetwas bewog mich, diesem Sträßchen zu folgen, obwohl es sich ausnahm wie eine Sackgasse. Es sollte einer dieser Momente werden, in denen das Leben einen neuen Weg eröffnet, dessen Bedeutung sich vielleicht erst Jahre später voll und ganz erfassen lässt.

Nach gut hundert Metern verengte sich das Sträßchen, das inzwischen nur noch ein holpriger Weg war, von Furchen und tiefen, knöchelverdrehenden Löchern durchzogen, und ich gelangte zu einem Cottage.

Das Haus war aus einheimischem Stein erbaut und mit

Wildem Wein bedeckt, der sich daran klammerte wie ein Krake im Sturm an einen Felsen, die wirren Ranken tentakelartig um die Ecken gestreckt. Ich erreichte das Haus von hinten und folgte der Wurzel der strangulierenden Pflanze, die aus dem Boden kam und seitlich um das Cottage herumwuchs, während ihre Blätter nacheinander flatterten, wenn eine leichte Brise hindurchstrich.

Es mutete an wie ein Traumbild.

Der Weg endete neben dem Cottage, hinter dem nur noch ein Dschungel aus Buschwerk wucherte. Vor dem Haus konnte ich einen Garten sehen, der aus einer kleinen Terrasse mit rissigen Pflastersteinen, einem Rasen und einem Gemüsebeet umgeben von Blumenrabatten bestand. Ringsherum war ein schieferweiß gestrichener Holzzaun, dem die Salzluft arg zugesetzt hatte, denn der Lack warf Blasen, blätterte ab und war stellenweise abgeplatzt.

Der Garten war eine halb kolonisierte Ecke in einer wilden, abfallenden Wiese, die den Blick zum gut eine Meile entfernten Meer lenkte. Die Hecken und Bäume zu beiden Seiten umrahmten die Aussicht wie der Motivsucher eines romantischen Malers.

Etliche Vogelhäuschen wurden emsig von vielerlei Meisen und Finken, Rotkehlchen, Zilpzalps und Mönchsgrasmücken besucht, und ich beobachtete sie eine Weile, still und unbemerkt, bis drei kreisende Krähen herabstießen, mit ihren Schatten die Sonne durchschnitten, ehe sie dem Festmahl mit gieriger Durchsetzungskraft ein Ende bereiteten. Erst da bemerkte ich, dass unter dem Dachvorsprung eines kleinen Backsteinhäuschens neben dem Cottage zwei Nester aus Lehm und Federn wie handgeformte Schüsseln frisch vom Töpferrad hingen, die Behausungen von Zaunkönigen.

In dem Moment hörte ich ein Knurren, ein tiefes Grollen, als würde ein Motor anspringen. Der Klang von Schleim und Fleisch. Kehlig.

Ich blickte über die Schulter und sah einen großen Deutschen Schäferhund bereit zum Angriff wie ein Sprinter, der auf den Startschuss wartet, die wachsamen Ohren angelegt und den Schwanz gestreckt wie eine Funkantenne. Seine suchenden Augen waren auf den Preis gerichtet: mein Handgelenk. Ich rührte mich nicht.

Dieser gefährlich aussehende Hund starrte mich an, das nasse Fleisch seiner Oberlippe hochgezogen, sodass seine langen Fangzähne und die leuchtende rosa-schwarze Marmorierung von Zahnfleisch und Gaumen zu sehen waren. Er knurrte erneut, ein tiefes Grummeln. Fleischiger Donner.

»Butters«, sagte eine Stimme, und eine Frau richtete sich aus dem dichten Wiesengebüsch hinter dem Gartenzaun zu voller Größe auf. Sie wandte sich erst dem Hund zu, dann mir. »Ach, *da* bist du.«

Die vertrauliche Begrüßung, die sich anhörte, als wäre ich nur mal kurz weg gewesen, um Wasser aufzusetzen oder ein paar Karotten aus der Erde zu ziehen, überraschte mich. Ich nahm an, dass sie entweder nur schlecht sehen konnte und mich mit jemand anderem verwechselt hatte, oder aber sie hatte den Hund gemeint. Vielleicht hatte sie mich überhaupt nicht bemerkt, und jeden Moment würde ihr Ehemann oder Sohn – ein muskelbepackter Mann vom Lande mit Armen wie Oberschenkel und einem krankhaften Argwohn gegenüber ungebetenen Fremden – aus irgendeinem Gartenschuppen kommen und all seine Vorurteile ausleben, die er gegen Landstreicher und Herumtreiber wie mich hatte, einen schmächtigen Wanderer aus dem aschgrauen Kohlerevier.

Die Frau war groß, knapp einen Meter achtzig, ihre Haltung keck und unverfroren, stolz, was sie nur noch größer wirken ließ, und obendrein würdevoll.

Ihr Gesicht war hager und katzenartig, die Wangenknochen markant, die Kieferpartie kräftig. Ihr Mund wirkte breit – fast zu breit für ihr Gesicht – und mit den leicht nach oben gezogenen Winkeln ebenfalls katzenhaft. Er ließ ein unterdrücktes Lächeln erahnen.

Ich hätte ihr Alter nicht schätzen können – für junge Menschen sieht jeder über vierzig alt aus –, aber ich konnte die jüngere Version von ihr auf Anhieb erahnen. Und zwar in den Augen und den Bewegungen. Trotz ihrer ungemein altmodischen Kleidung – vielleicht viktorianisch – bewegte sie sich leichtfüßig auf mich zu. Ihr Gang war flink und schien weder von der Last des Alters noch von der möglichen Bedrohung durch einen verschwitzten Fremden beeinträchtigt.

»Platz, Butters«, sagte sie, und prompt legte sich der Hund hin und drückte den Kopf auf die Pfoten, behielt mich aber weiterhin im Auge. »Er spielt sich bloß auf«, erklärte sie. »Er hat seine ganz eigene Art, Besucher zu begrüßen.«

Ich merkte, dass ich nach einer Antwort suchte, aber was auch immer ich sagen wollte, es kam bloß ein trockenes, überraschtes Krächzen heraus. Ein dürres Räuspern.

»Ich nenne ihn Butler, aus naheliegenden Gründen«, redete sie weiter. »Oder kurz Butters – obwohl ›Butters‹ ja eigentlich ein längeres Wort ist.«

Ich merkte plötzlich, wie durstig ich war, und schluckte bei dem Versuch, Speichel zu sammeln, um die Wörter zu ölen, die ich irgendwie nicht herausbrachte. »Ich bin bloß die Straße entlanggekommen«, erklärte ich linkisch.

»Ja, dachte ich mir«, sagte sie. »Musst du ja wohl – und von irgendwo weit dahinter, deinem Akzent nach zu urteilen, der klingt nämlich ganz nach dem Bergmannsdialekt hoch im Norden, wenn ich mich nicht irre.«

Damals war mir nicht klar, dass die Menschen in den Bergarbeiterdörfern des Nordostens einen eigenen Akzent hatten, der sich auch in meiner Sprache niedergeschlagen hatte. Doch als ich etwas erwidern wollte, wurde mir plötzlich bewusst, dass meine Zunge sich zäh im Mund anfühlte. Sie war wie gelähmt, und auch die Muskeln um meinen Mund herum schienen den Dienst zu verweigern. Ich brachte nichts heraus.

»Na, wie dem auch sei«, sagte sie, »ich wollte mir gerade Tee machen. Trinkst du einen mit?«

Ich schaffte es, mir eine Antwort abzuringen: »Tee?«

»Ja. Ein Tässchen. Oder zwei.«

Mein Akzent mochte ja der eines Auswärtigen sein, aber die Aussprache dieser Frau klang in meinen Ohren auch ungewöhnlich, wie von jemandem, den man überhaupt nur im Radio zu hören bekam. Sie war völlig anders als der schnodderige Singsangdialekt des Kohlereviers, mit dem ich aufgewachsen war.

»Falls es keine Mühe macht.«

Sie zuckte die Achseln. »Es macht mir keine Mühe, wenn du die Brennnesseln pflückst.«

»Brennnesseln?«

»Ja«, sagte sie. »Es gibt Brennnesseltee. Trinkst du den?«

Ich zögerte, schüttelte dann den Kopf. »Ich hab immer gedacht, Brennnesseln sind giftig.«

»Giftig? Aber nein. Sie *brennen,* aber das kommt von den feinen Härchen an den Blättern und Stielen, die sich wie kleine Nadeln aufführen. Gekocht können sie nichts mehr ausrichten.« Sie hielt inne. »Deine Scheu ist verständlich. Man hat uns beigebracht, diese Pflanze zu fürchten, aber für mich ist sie ein Freund. Meine Brennnesselvorliebe entstand aus der Not heraus, aber ich habe festgestellt, dass sie ein wunderbarer Durstlöscher ist, und du siehst aus, als wärst du halb vertrocknet.«

»Ich bin sehr durstig, Missus.«

»Na, also dann. Aber nenn mich nicht ›Missus‹, wenn du länger bleibst.« Die Frau machte einen Schritt auf mich zu und streckte mir eine behandschuhte Hand entgegen. »Wenn du mich irgendwie nennen musst, dann bei meinem Namen: Dulcie. Dulcie Piper. Diese bodenständige Förmlichkeit ist reizend, aber unnötig.«

Ich hatte wochenlang im Freien geschlafen, und plötzlich wurde mir bewusst, wie abgerissen ich aussehen musste, obwohl ich die Wünsche meiner Mutter beherzigt hatte. Aber falls Dulcie das bemerkte, so ging sie mit keinem Wort darauf ein.

»Klar«, sagte ich und wurde rot.

»Das wäre jetzt der Moment, wo du mir deinen Namen verrätst.«

Ich brachte ein verlegenes Lächeln zustande und nahm ihre Hand. Der Gartenhandschuh fühlte sich ebenso trocken und rau an wie meine Kehle. »Natürlich, ich heiße Robert, Miss –«

Sofort schnalzte sie mit der Zunge und hob drohend einen langen Finger. »Und wie heißt du mit Nachnamen, Robert?«

»Appleyard.«

»Nun denn, Robert, ich erkläre dir jetzt die simple Methode, wie man einen wunderbaren Brennnesseltee kocht, also pass gut auf. Du nimmst einfach eine Handvoll von dieser armen alten *Urtica dioica,* dem verkanntesten unter den einheimischen Gewächsen, und kochst sie in einem Topf

Lebenswasser – es gibt nämlich kein reineres Wasser als das, was durch die Erde Yorkshires nach oben sprudelt. Sobald der Tee durchgezogen ist, gibst du entweder drei Spritzer oder eine dicke Scheibe Zitrone hinein, bis er die rosa Farbe einer Pfingstrose annimmt. Trink ihn aus einem blechernen Messbecher oder aus feinstem Ming-Porzellan, das spielt nämlich keine Rolle.«

Aus Verlegenheit unterließ ich es, ihr zu gestehen, dass ich noch nie eine Zitrone gesehen oder gekostet hatte und nicht richtig verstand, wovon sie eigentlich redete, doch vielleicht sah mir die alte Frau das an, denn sie verschonte mich mit weiteren Erklärungen.

»Ich weiß, was du denkst: Wie kommt man in einem verarmten Land an Zitronen? Sagen wir einfach, ich habe Kontakte. *Beziehungen.* Dieser impotente kleine Deutsche hat viele Dinge zerstört, aber nicht meine Teegewohnheiten. Nein. Außerdem gibt es Alternativen zu Zitronen. Thymian, Basilikum, Myrte und Eisenkraut können alle den Geschmack in gewisser Weise nachahmen, und dann wären da natürlich noch Zitronenmelisse und Zitronengras – obwohl, wenn du kein Botaniker bist, der über die Kontinente wieselt, glaube ich kaum, dass du die in absehbarer Zeit auftreiben könntest. Und was Limetten betrifft, vergiss es. Sind genauso selten wie Hitlers linker Hoden, wenn man den Spottliedern glauben kann. Nicht mal ich komm da ran. An Limetten, meine ich.«

Völlig überrumpelt von den ausschweifenden Gedanken dieser seltsamen Frau, entging mir der Witz völlig. »Warum Zitrone?«, fragte ich zögerlich.

»Nun ja, für Farbe und Aroma. Man braucht ein bisschen Farbe im Leben, selbst wenn sie illusorisch ist. Und das Leben ohne Aroma ist tot. Brennnesseltee ist ein ziemlich ödes

Getränk, das erst durch Zitrone erträglich wird. Einen Vorteil hat er: Man braucht keine Lebensmittelmarke, um ihn zu bekommen. Man bedient sich einfach selbst. Die Blätter gibt's gratis, und alles, was gratis ist, schmeckt immer besser. Findest du nicht auch?«

»Doch«, sagte ich und nickte. »Ja, unbedingt. Ich hab mich in letzter Zeit auch von der Natur ernährt.«

»Und das hast du gut gemacht. Angeblich ist er auch ein Allheilmittel, Brennnesseltee. Ein Segen für die Haut, ein Elixier für die Gelenke und ein Wachmacher für die Beweglichkeit. In meinem Alter holt man sich jede Hilfe, die man kriegen kann. Außerdem werden die Wiesen schön ausgedünnt, wenn man die Brennnesseln rausreißt.«

Als sie an mir vorbei zum Haus ging, hob der Hund den Kopf, und die Art, wie er langsam die Beine entfaltete und sich zu voller Größe erhob, erinnerte mich an den Wäscheständer, an dem meine Mutter immer die gestärkte Weißwäsche trocknete.

»Verbrennt man sich denn nicht?«, fragte ich. »Beim Pflücken, meine ich.«

Sie trat ins Haus und tauchte einen Moment später wieder auf. »Nicht, wenn man die richtige Technik anwendet. Du musst das Blatt entschlossen mit Daumen und Zeigefinger packen, dann passiert nichts. Wer beim Pflücken zögert, hat am meisten zu leiden, aber wovor du dich *unbedingt* in Acht nehmen musst, das sind die niedrigen Brennnesseln, von denen fängst du dir leicht Quaddeln an den Schienbeinen ein, und das juckt dann die ganze Nacht. Es gibt Schlimmeres, aber da du die Technik ja noch nicht beherrschst –«

Sie zog die abgenutzten Gartenhandschuhe aus und warf sie mir zu. »Probier's mit denen. Ich setz schon mal Wasser auf.«

Ich streifte die Handschuhe über, und als ich die feuchte Wärme von den Handflächen dieser eigenartigen alten Dame spürte, fühlte ich mich an Kricketspiele zu Hause auf dem Sportplatz erinnert, wo wir uns ein Paar Handschuhe für den Schlagmann teilten, die von Junge zu Junge weitergereicht wurden, bis sie nur noch schäbige Hüllen aus altem Schweiß und zerfleddertem Gummi waren.

Dulcie kam mit einem Teetablett zurück, das sie auf den Tisch stellte, und dann goss sie das dampfende rosa Getränk in Tassen. »Ich hatte noch ein paar Blätter vom letzten Mal übrig«, sagte sie.

Sie bot mir auch einen Teller mit Rosinenkeksen an. Ich legte die Handschuhe auf den Tisch und nahm mir einen. Ehe ich probeweise daran knabberte, hielt ich ihn lange in der Hand, betrachtete ihn von allen Seiten und genoss den Anschein, dass die winzigen Zuckerkristalle das Sonnenlicht eingefangen hatten.

»Nun denn«, sagte sie und pustete in ihre Tasse. »Eine Kanne Tee für deine Geschichte scheint mir ein fairer Handel zu sein. Willst du die Bucht runter?«

»Ich denke ja.«

»Bist du dir noch unsicher?«

»Ja.«

Ich erläuterte das nicht weiter. Ich nippte an meinem Tee und kostete zum ersten Mal in meinem Leben Zitrone: sauer, aber keineswegs unangenehm. Ich trank noch einen Schluck.

»Wir leben in einer finsteren Gegenwart«, sagte Dulcie. »Es sind unsichere Zeiten.«

»Ich hab einfach beschlossen, auf Wanderschaft zu gehen. Das war vor einigen Wochen.«

Da lachte sie in ihren Tee, der leicht überschwappte. »Oh, das gefällt mir. *Das* beweist Mut.«

Während wir unseren Tee tranken, schauten wir hinaus auf die Wiese. Ich bekam einen besseren Eindruck von dem Garten, ein kleines Areal in einer ansonsten ungezähmten Umgebung. Die Wiese bedrängte diesen gestalteten Raum, in dem Dulcie einen kleinen Steingarten und Beete angelegt hatte, in denen die ersten Blumen sprossen.

Nur eine halbe Stunde zuvor hatte ich einen Dachsbau betrachtet, allein, verschwitzt vom Wandern, auf der Suche nach einer frischen Quelle, um meine Feldflasche zu füllen, und jetzt saß ich an einem Tisch – das erste Mal seit Wochen –, trank Tee im Garten einer Frau, die völlig anders war als alle Menschen, die ich zu Hause kannte.

Weit weg konnte ich gerade so die glatte Linie der Nordsee ausmachen, ein fernes Schauspiel, in dem paradiesischen Sommerdunst wie durch ein Teleskop gesehen.

»Kein Plan ist ein guter Plan«, sagte sie, nachdem einige Zeit verstrichen war. »Man weiß nie, was hinter der nächsten Ecke auf einen wartet. Der sonnige Zauber eines Morgens birgt vielleicht schon nachmittägliche Gewitterwolken. Das Leben ist lang, wenn du jung bist, und kurz, wenn du alt bist, aber immer unsicher.«

Wir schwiegen einen Augenblick, und der Hund seufzte.

»Denk dran, die da unten sind ein kauziges Völkchen«, sagte sie dann.

»Wer denn?«

Dulcie stellte ihre Tasse ab und deutete mit dem Kopf in Richtung Meer. »Die Leute die Bucht runter. Vor denen musst du auf der Hut sein. Manche stammen von Schmugglern ab. Die haben zu lange auf hoher See gelebt. Davon sind sie schrullig geworden. Körperlich sind sie kerngesund, aber ihr Verstand ist im Eimer. Manche da sind schwer von Begriff.«

Sie trank einen Schluck und schnüffelte in der Luft, dann redete sie weiter.

»Sie sind im Grunde nicht übel, aber das Gemisch der Gene ist eben manchmal wie ein Gezeitentümpel bei Ebbe, wenn du verstehst, was ich meine.«

Ich verstand nicht. Stattdessen starrte ich sie bloß ausdruckslos an. Ich sah eine Frau in eigenartig fließender Kleidung, die entweder extrem altmodisch und aus einer ganz anderen Epoche oder aber der allerneuste Schrei war. Selbst die wirbelnden Farben ihres Halstuchs und ihrer bauschigen Hose – eine *Hose* – schienen einer anderen Palette entnommen. Mir fiel auf, dass sie lange, von dicken Adern durchzogene Hände hatte, und ihren Fingernägeln, obwohl lackiert, war die Gartenarbeit anzusehen.

»Und einige von diesen alten Seebären sind die reinsten Schluckspechte. Und so sehen sie auch aus: Bäuche wie Bierfässer. Ist ein Wunder, dass sie überhaupt noch was sehen können, wenn sie die Rosen gießen.«

Ich nickte, während Dulcie mich von der Seite musterte. Als ich begriff, was sie meinte, wurde ich rot und lächelte dann.

»Trotzdem, übel sind sie nicht. Nein, kein bisschen. Bestimmt denken manche von ihnen, ich wäre eine alte, gottlose Schlampe oder der Teufel persönlich, aber was soll's? Ist mir doch egal.«

»Glauben Sie denn nicht an Gott –« Wieder geriet ich ins Stocken, weil ich es einfach nicht über die Lippen brachte, sie, eine Erwachsene, mit Vornamen anzureden: Dulcie.

Als Antwort gab sie einen Laut von sich. »Hmmff. Der kann mich mal. Wir haben sowieso schon mehr als genug

Bibelfanatiker hier bei uns. Die gute alte Feuer-und-Schwefel-nur-zweimal-im-Leben-vögeln-Christensippschaft.«

Ich zuckte bei dem Wort zusammen, das selbst die meisten Bergleute nur in bestimmter, rein männlicher Gesellschaft benutzten und das sogar dort noch Anstoß erregte. Ich war von dieser selbstbewussten und beeindruckenden Dame verunsichert, fühlte mich von dem Gespräch überfordert. Sie war so ganz anders als meine Mutter oder die meisten Frauen in meinem Leben, die ganz sicher niemals im selben Satz fluchen und Gott lästern würden. Bislang kannte ich nur unterwürfige und bedingungslose religiöse Ehrfurcht, ganz besonders von der älteren Generation.

»Nein«, fuhr sie fort. »Meiner Meinung nach ist Religion nichts als kitschiger Hokuspokus. Man sollte lieber eine Stunde mit einer halbseidenen Tänzerin verbringen, als einen öden Sonntagsgottesdienst über sich ergehen zu lassen.«

Ich war schockiert, eine Meinung zu hören, von der Dulcie offenbar so sehr überzeugt war, dass mich jeder Widerspruch als Dummkopf erscheinen lassen würde. Bei dem Gedanken zog sich eine eigenartig prickelnde Anspannung über meine Schädeldecke. Wie nebenbei stellte sie die theologischen Lehren, die mir während zahlloser morgendlicher Schulversammlungen eingehämmert worden waren, auf den Kopf und schüttelte sie gut durch.

»Bist du gläubig?«, fragte sie.

»Ich bin in der anglikanischen Kirche.«

»Und was bedeutet das genau?«

Ich dachte einen Moment darüber nach. »Na ja, das bedeutet, dass ich auf eine kirchliche Schule gegangen bin.«

Dulcie lächelte. »Und was bedeutet das?«

Wieder dachte ich über ihre Frage nach. Ich lächelte zurück. »Sehr viel Tagträumerei.«

»Tagträumerei ist was Gutes.«

»Das fanden die Lehrer nicht.«

»Kann ich mir vorstellen, aber aus den Träumen der Kinder entstehen die großen Reiche der Zukunft. Du kommst mir vor wie jemand, der genauso lange aus dem Fenster geschaut hat wie in seine Schulbücher.«

»Wahrscheinlich hab ich mir die Zeche angeschaut, in der mein Dad arbeitet – genau wie sein Dad vor ihm.«

»Aha, ein Kohlenmann.«

»Ein Kohlenmann liefert aus. Mein Dad arbeitet unter Tage. Er ist Hauer.«

»Holt das Grubengold nach oben, wie man so sagt. Und was ist mit dir?«

»Was soll mit mir sein?«

»Wirst du deinen Vorfahren unter Tage folgen?«

»Ich weiß nicht«, sagte ich, obwohl mich Umstände und Erwartungen natürlich schon seit Jahren gezwungen hatten, über diese Frage nachzudenken. »Ich hab mir gedacht, ich gehe erst mal auf Wanderschaft. Die Zechen laufen nicht weg. Bergbau wird es immer geben. Kohle wird es immer geben.«

»Das ist wohl wahr. Was hast du sonst noch so an deiner Schule gemacht?«

»Ich hab lange Schulversammlungen durchgehalten und Unmengen falsch gesungene Kirchenlieder.«

»Das war alles?«

»Erntedankfeste im September und Weihnachtsgottesdienste mit Krippenspiel. Das war's eigentlich.«

»Tja, der Dank für die Ernte ist ursprünglich ein heidnischer Ritus, und viele Weihnachtstraditionen sind vorchristlich und wurden vereinnahmt und angepasst, aber das wird unterschlagen. Die Kinder sollen das nicht erfahren.

Nichts davon hat irgendwas mit Glaube zu tun oder damit, was manche Spiritualität nennen würden; das ist etwas völlig anderes. Butler hat auch nicht viel für Religion übrig.«

»Ach nein?«

»Den letzten Pfarrer, der ihn wollte, hat er gebissen. Die meinten, er müsste eingeschläfert werden, aber das sollen die Mistkerle mal versuchen.«

Die Sonne kroch über den Himmel und beschien die Wiese, die früher mal eine unverstellte Aussicht auf die weiten Felder geboten haben musste, nun jedoch wie eine Absperrung wirkte, denn das verwilderte Brachland verhinderte größtenteils den Blick aufs Meer, dessen Oberfläche die Sonne mit silbrigen Dreiecken sprenkelte.

Der trocknende Schweiß auf meinem Rücken und der penetrante Geruch meiner Kleidung – wochenlang hatte ich mich an Quellen und Hofbrunnen gewaschen – erinnerten mich daran, dass ich schon länger ein Bad im Meer geplant hatte, das nun in greifbarer Nähe schien, zu meinem Ärger jedoch von dieser chaotischen Fläche aus Gräsern und Weißdorn, Unkräutern und Büschen verborgen wurde.

Aber der Brennnesseltee war erfrischend, und Dulcies Gebäck war abgesehen von am Wegesrand gepflückten Beeren und einem Haferkeks in Guisborough die erste süße Nahrung seit zwei Wochen, die ich zu mir nahm. Ich spürte den Zucker, der mir durchs Blut strömte.

Wir blieben einige Augenblicke schweigend sitzen, ehe sie auf ihre Uhr schaute und sagte: »Du solltest zum Essen bleiben. Ich meine richtiges Essen.«

Eingedenk meines Körpergeruchs und der Notwendigkeit, eine Übernachtungsmöglichkeit zu finden, lehnte ich die Einladung ab. »Das ist sehr freundlich von Ihnen, aber ich habe Ihnen schon genug Mühe gemacht. Ich sollte wirklich allmählich weiter.«

»Das steht dir frei. Aber darf ich fragen, wohin genau du willst? Es sei denn, du findest das zu neugierig.«

»Ich hab gedacht, ich gehe nach unten in die Bucht und dann weiter die Küste entlang nach Süden.«

Der Hund erschien an Dulcies Seite, und sie kraulte ihn hinter den Ohren.

»*Le grand tour*«, sagte sie. »Die Einheimischen hier sagen meistens bloß ›die Bucht runter‹. Es gibt auf jeden Fall allerhand zu sehen. Versteinerungen und Einsiedlerkrebse und Fischreusen und das Meer, das an Britanniens Festung nagt. Aber da ist nichts, was nicht auch später noch da sein wird. Ebbe und Flut werden kommen und gehen, die Braunalgen werden aufsteigen und nach dem Safrangelb der Sonne greifen, und die Möwen werden nach den Essensresten von irgendeinem armen Teufel kreischen. Ich mache Hummer, aber ich will dich nicht hier festhalten. Isst du mit?«

Ich saß kerzengerade da. Das Hemd klebte mir am Körper, und mein Rücken war gegen die Sessellehne gepresst. Meine Hände im Schoß fühlten sich peinlich an, dreckig und nutzlos. Die Nägel bis aufs Fleisch abgekaut. Ich krümmte die Finger, um ihre Scham zu verbergen.

»Ich hab noch nie Hummer gegessen.«

Dulcie sah mich mit gespieltem Entsetzen an. »Kein einziges Mal?«

»Meine Mam mag keinen Fisch.«

Dulcie ahnte wohl, dass meine eingeschränkte Ernährung ebenso sehr auf wirtschaftliche Gründe wie auf Verfügbarkeit zurückzuführen war, denn sie fragte nicht weiter nach. »Tja, dieser Krieg hat uns weiß Gott alle gezwungen, den Gürtel enger zu schnallen«, sagte sie. »Jetzt haben wir zwar unsere Freiheit, aber eine Dose Sardinen ist immer noch ein echter Luxus.«

»Die Deutschen sind schuld«, sagte ich leise. »Ich würde es ihnen gerne heimzahlen.«

»Ach ja?«

»Unbedingt. Die sollten alle verrecken für das, was sie getan haben. Man muss sich doch nur mal manche Männer in den Dörfern angucken. Und das sind bloß die, die heimgekehrt sind. Wenn ich könnte, würde ich jedem Kraut die Kehle durchschneiden. Das wäre meine Pflicht als Engländer.«

Dulcie musterte mich einen Moment.

»Ich kann deinen Hass voll und ganz verstehen«, sagte sie. »Und dein feuriges Pfadfinder-Draufgängertum ist durchaus löblich. Aber, Robert, du solltest nicht verbittert oder zornig sein. Krieg ist Krieg: Er wird von wenigen angezettelt und von vielen geführt, und am Ende verlieren alle. Blutvergießen und Schusswunden sind nicht ruhmreich. Kein bisschen. Außerdem weiß ich zufällig, dass sich auch Deutschland in einem fürchterlichen Zustand befindet, und vergiss nie, dass die meisten dieser jungen Männer, die bestimmt im selben Alter waren wie du jetzt, auch nicht dabei sein wollten. Es ist immer das einfache Volk, das nach der Pfeife der Despoten tanzen muss. Und im Grunde gibt es nur wenige Dinge, für die es sich zu kämpfen lohnt: Freiheit natürlich und alles, was sie bedeutet. Dichtung, vielleicht, und ein schönes Glas Wein. Ein gutes Essen. Die Natur. Liebe, wenn du Glück hast. Und das war's auch schon. Hör auf, die Deutschen zu hassen; die meisten sind genau wie du und ich.«

Ich hatte die Berichte in den Morgenzeitungen gelesen und die Abendmeldungen im Radio gehört, hatte die langen angstvollen Jahre mit Gasmasken und Luftschutzübungen, mit Rationierungen und Bombenbunkern durchgestanden, hatte die heimgekehrten Männer gesehen – einige hinkend, andere zitternd, alle gezeichnet – und konnte nicht glauben, dass das wahr sein sollte. Während ich vom Kind zum jungen Mann heranwuchs, hatte ich nur wenige Lebensgewissheiten gehabt, und eine davon besagte, dass die Deutschen ohne jeden Zweifel ein grässliches Volk waren. Für mich war unvorstellbar, dass sie womöglich wie wir sein könnten. Dulcie bemerkte mein Stirnrunzeln.

»Siehst du das anders?«

»Es fällt mir schwer, das zu glauben.«

»Und wer sollte dir das verübeln: Du kennst ja nur den langen Schatten des Krieges und das ganze Getöse und Imponiergehabe, das dazugehört. Aber ich habe andere Kriege erlebt. Und über noch sehr viel mehr gelesen. Und dabei habe ich gelernt, dass sie alle so ziemlich gleich sind: Menschen sind Menschen. Ich spreche da aus Erfahrung. Manche Menschen sind tapfer und andere töricht, und fast alle haben Angst. Krieg ist Chaos, mehr nicht. Deutsche oder Briten, Armenier, Holländer oder Tongaer – die meisten Menschen wollen bloß ein ruhiges Leben. Ein gutes Essen, ein bisschen Liebe. Einen Abendspaziergang. Einen geruhsamen Sonntag. Wie gesagt, ich verachte die Deutschen nicht. Das Einzige, was uns wirklich trennt, ist eine andere Methode, Brot zu backen, und *das*.«

Sie deutete Richtung Meer. »Uns trennt nur Wasser, und selbst das ist erst später gekommen. Früher hättest du von hier bis nach Bremen oder Leipzig oder Hannover oder egal wohin zu Fuß gehen können. Doggerland hieß das Gebiet. Eines Tages hat das Salzwasser einfach den letzten Landstreifen überschwemmt und den Boden weggespült, und – *voilà* –

eine neue Insel war geboren. Denk mal einen Moment darüber nach: England war mal Deutschland und umgekehrt.«

Ich nickte langsam, ließ mir diese neue Erkenntnis durch den Kopf gehen.

»Wir sind alle bloß Menschen, Robert. Wir sind alle verwirrt, einsam und beschädigt, aber ein schöner frischer Hummer aus den salzigen Tiefen der Nordsee ist der Inbegriff der Vollkommenheit, und da uns diese Unterhaltung mittlerweile bis in den frühen Abend geführt hat, muss ich jetzt darauf bestehen, dass du noch eine Stunde länger bleibst. Dann kannst du gesättigt mit einem Dolch zwischen den Zähnen zum Vaterland davonsegeln, wenn du das wünschst. Übrigens, mein Butler ist ein Deutscher Schäferhund und der treuste Freund, den sich eine alte Schachtel wie ich wünschen kann. Ich habe anscheinend eine Schwäche für Teutonen.«

Prompt kam der Hund zu mir und beschnupperte meine Finger. Ich streichelte seinen warmen edlen Kopf.

»Ich glaube, er stimmt sich darauf ein, dich zu akzeptieren.«

»Danke«, sagte ich. »Danke, ich bleibe gern zum Essen.«

»Du kannst mir danken, indem du mir ein schönes Büschel Bärlauch hinten auf der Wiese pflückst. Der ist die perfekte Zutat für so ziemlich alles, was ich verspeise. Kein Wunder, dass ich allein lebe. Ich geh jetzt kurz los und hol die Krustentiere.« Dulcie stand auf und rückte ihren Sonnenhut zurecht. »Butters zeigt dir, wo er wächst.« Sie befahl dem Hund – »Butters, Bärlauch« – und dann lachte sie, als er den großen Kopf aufmerksam hob.

Dulcie ging zur Ecke des Hauses, blieb aber noch einmal stehen.

»Die Deutschen sagen Blasentang dazu, weißt du?«

Ich verstand nicht. »Zu Bärlauch?«

»Nein, zu unserer Braunalge. Ist reich an Vitaminen. Und Jod. Ich besorg uns den Hummer.«

Als ich dem Hund aus dem Garten auf die verwilderte Wiese folgte, hörte ich eine Stimme, die mich rief. Ich drehte mich um und sah Dulcie mit einer Gartenschere winken.

Sie rief etwas, aber ich verstand es nicht.

»Was?«

»Pass auf die Quelle auf«, sagte sie. Sie deutete mit den Metallklingen. »Die Quelle. Das Wasserloch. Weiter unten. Da ist plötzlich eine Senke im Gras. Butters weiß, wo sie ist.«

Ich ging in die Richtung, in die sie zeigte, und suchte mir vorsichtig einen Weg durch die Wiese. Sie war hoch mit Unkraut überwuchert. In einem Umkreis von zwanzig Schritten sah ich Springkraut und Kreuzkraut, Rainkohl, Vogelknöterich, Zaunwinde, Vogelmiere, Astern, Brennnesseln, Brombeeren, Kletten, Labkraut, Disteln von unterschiedlicher Größe – einige sogar kniehoch. Ich erkannte auch andere Pflanzen: Segge, Baldrian, Fingerhut und Glockenblume sowie die übliche Fülle an Löwenzahn und allen möglichen Wildblumen wie Margeriten, Flachs und Rosenwurz. Es war bemerkenswert, wie viele verschiedene Pflanzenarten sich auf dieser Wildwiese angesiedelt hatten, und alle machten sie sich dasselbe kleine Stück Himmel streitig.

Tatsächlich senkte sich der Boden zu einer kleinen versteckten Quelle, die in das hohe Gras sprudelte und das Stück Land unterhalb davon überschwemmte, bevor das Wasser weiter abfloss und sich den kürzesten Weg zum Meer suchte. Es war kaum mehr als ein Rinnsal.

Der Hund lief weiter, ohne auf die Kletten zu achten, die sich in seinem Fell verfingen, oder auf die Brennnesseln, die seine Schnauze streiften. Er bahnte einen Pfad zu einer baumbestandenen Stelle, wo Dutzende Bärlauchpflanzen wie grüne Fontänen aus dem Boden sprossen.

Ich ging in die Hocke, riss ein Blatt ab, faltete es zusammen und schob es mir in den Mund. Der Bärlauch hatte noch keine weißen Blüten getrieben, und da ich unsicher war, ob ich die Blätter oder die Zwiebeln sammeln sollte, suchte ich mir ein Stöckchen und lockerte damit vorsichtig die Erde, sodass ich etliche Pflanzen ganz herausheben konnte. Ihre dünnen Wurzeln baumelten unten an den weißen essbaren Stielen.

In diesem schattigen Winkel konnte ich weder das Meer noch das Cottage sehen, das mit dem Wilden Wein, der über seine Fassade kroch, ohnehin schon so wirkte, als würde es hinab in den Yorkshire-Sandstein gezogen. Umschlossen von der Mulde, hatte ich plötzlich den Eindruck, als wäre die Wiese vollkommen von der Welt abgeschnitten.

Ich spürte eine Verstärkung und Verfälschung der Sinne, sonderbar, aber durchaus lustvoll, als erlebte ich die Pflanzen- und Tierwelt um mich herum in einem gesteigerten und intensiveren Maße. Als erlebte ich sie nicht nur, sondern als wäre ich Teil von ihr. Ich tauchte so in sie ein, dass ich das Wispern jeder krabbelnden Ameise oder das Rascheln jedes trockenen Fliegenflügels oder das Kauen einer Wespe hörte, die irgendwo ungesehen an einem vermoderten Stück Holz nagte. Ich atmete tief ein, roch Erde, Bärlauch, Kräuter, schwebende Pollen und den Duft der salzigen Seeluft. Ein Sinnenschmaus. Die winzigsten Details wurden glasklar: das Rippengefüge eines kleinen welken Blattes, das seit dem Winter unberührt geblieben war, das Beben eines einsamen wilden Grashalms, während andere ringsherum reglos blieben. Auch das leise Hecheln des Hundes fiel in den Takt meines eigenen Herzens mit ein, das einen sanften Rhythmus aus rauschendem Blut in meinen Trommelfellen schlug. Ein einzelner Schweißtropfen rann an meiner linken Schläfe herab. Ich fühlte mich lebendig. Herrlich, irrsinnig lebendig.

Es fühlte sich an wie Stunden, aber vielleicht waren es in Wahrheit nur Sekunden, in denen die Zeit stillzustehen schien, der Augenblick erstarrt, bis ich endlich aufstand und mir von den Sinneseindrücken schwindelig wurde. Dann schob der Hund sich an mir vorbei, und ich nahm, den Bärlauch in der Hand, einen schmalen Pfad, der durch das immer dichter werdende Gras weiter bergab führte. Hinter einigen Brombeerbüschen gelangte ich zu einem morschen Tor, das nur noch an einer verrosteten Angel hing. Ich ging hindurch und befand mich unversehens auf einer sehr viel flacheren Weide, die einen weiten Blick über das stetig abfallende Land bot. Hier, endlich, war das Meer in seiner ganzen Weite zu sehen.

Am hinteren Ende der Weide hob ein Pferd mit dicken Fesseln für einen Moment den Kopf und rupfte dann weiter Gras, seine flache Silhouette von der unermesslichen Wasserfläche dahinter umrahmt. Das Pferd schien zwischen den blauen und grünen Streifen aus Himmel, Meer und Weide zu schweben.

Der Hund stand neben mir, akzeptierte meine Gegenwart, und ich ließ mich von Zeit und Landschaft umfangen, vom Summen der Insekten und dem ausklingenden Vogelgesang in der Nähe, der letzten Untermalung einer Nachmittagsträumerei von solcher Kraft und Wirkmächtigkeit, dass sie vielleicht mein ganzes Leben unmerklich in eine andere Richtung lenkte.

3

Auf dem Rückweg bemerkte ich versteckt in der oberen Ecke von Dulcie Pipers Wiese, nah an ihrem Cottage und von überhängenden Ästen getarnt, ein geducktes Häuschen, das ebenso wie das Cottage wirkte, als würde es nach und nach in den Boden gezogen.

Ich ging durch das Gras darauf zu und sah, dass es eine Hütte war, vielleicht ein altes Sommerhaus. Aus mit Teeröl gestrichenem Holz erbaut und im Laufe von Jahrzehnten durch Sonne, Salz, Alter und Verwahrlosung verformt, stand es dennoch fest auf einem erhöhten Fundament aus robustem Stein. Das spitze Wellblechdach hatte sich vom Regen kobaltblau verfärbt und war stellenweise mit einem dicken Moosteppich bedeckt. Die Bleiverkleidung auf dem First war unbeschädigt, und die verzierten weißen Fenster sahen zwar verwittert aus, waren aber noch alle verglast. Eine alte zerbrochene Regenrinne aus Ton hing lose herab, führte ins Nichts.

Ich wollte die Tür öffnen, jedoch wurde sie vom wuchernden Gras der Wiese zugehalten. Ich versuchte, sie mit der Schulter aufzudrücken, aber das verzogene Holz klemmte im Rahmen, also schirmte ich stattdessen mit beiden Händen die Augen ab und spähte in die staubige Dunkelheit.

Obwohl die geschreinerten Möbel mit ihren kunstvollen Verzierungen mehr vermuten ließen als bloß einen Geräteschuppen, war es jetzt nur noch ein vernachlässigter Lagerraum für ausrangierte Dinge. Da standen ein altes Bettgestell und eine Kommode. Auf dem Boden lagen zusammengeknüllte Stofffetzen, mattfeuchte Pappkartons, ein alter Koffer, eine Blechdose mit allerlei Schrauben, Nägeln und Flügelmuttern. Ich sah einen Rattansessel mit großen Löchern, als wäre er von Nagetieren angefressen worden. Es gab eine Stehlampe ohne Schirm und Glühbirne, und auf den inneren Fensterbänken klebten viele heruntergebrannte Kerzenstummel, deren geschmolzenes Wachs entweder senkrecht herabhing oder auf den Holzdielen darunter zu dicken Klumpen erstarrt war. In einer Ecke lagen achtlos wellige Blätter Papier. Ein paar leere Weinflaschen. Und Staub. Überall Staub.

Dann rief Dulcie nach mir, und einen Moment später machte der Hund seinem Namen alle Ehre und holte mich wie ein taktvoller, aber aufmerksamer Diener ab. Ich wollte keinesfalls eine altbewährte Hierarchie stören und ließ ihn vorausgehen.

Sie winkte von der Küche aus, umwabert von einem Dampfschleier aus dem Topf, der geräuschvoll blubberte. Sie stieß das Fenster weiter auf. »Komm rein, und schau dir diese wunderbaren Biester an«, sagte sie.

Ich ging um die Ecke zur Seitentür und betrat die Küche. Sie war klein wie eine Schiffskombüse, mit Töpfen und Pfannen und Utensilien, die überall an Haken hingen, und den meisten Platz nahm ein alter verrußter Eisenherd ein, der über mehrere kreisrunde Kochplatten, einen großen und zwei kleinere Backöfen verfügte. Er schien in ein früheres Jahrhundert zu gehören, und das in ihm lodernde Feuer gab mehr Hitze ab, als der warme Tag brauchte.

Überall standen Kerzen auf Untertassen und in alten Sardinenbüchsen, und von der Decke hing eine Paraffinlampe, an der sich Dulcie, die gut sechs Zentimeter größer war als ich, bestimmt regelmäßig den Kopf stieß.

»Waren Sie unten in der Bucht und sind schon wieder zurück?«, fragte ich. »'tschuldigung, ich meine *die Bucht runter.*«

»Ganz sicher nicht. Barton bringt sie mir hoch. Zweimal die Woche legt er mir zwei in den Wassertrog draußen an der Straße. Fische auch. Schellfisch, Scholle, Rochen. Was er vom Fang erübrigen kann. Ein Glas Wellhornschnecken. Sogar den einen oder anderen Aal. Ich lebe von dem Zeug. Das bringt einen auf Trab. Und ist gut fürs Gehirn. Guck mal –«

Ich beugte mich über den brodelnden Topf und sah zwei Hummer wie urige Wesen aus prähistorischen Zeiten, die im kochenden Wasser eine dunkle braungraue Farbe annahmen.

»Die sind ja riesig«, sagte ich.

»Eigentlich sind sie klein. Aber die kleineren haben das süßere Fleisch. Die größeren sind älter und schmecken nicht immer so rein. Bei *denen* ist das Fleisch bitter geworden.«

»Die haben unterschiedlich große Scheren.«

»Stimmt. Die eine ist die Greifschere zum Festhalten und die andere die Knackschere zum – ach, das versteht sich von selbst.«

»Kneifen sie?«

»Das würdest du doch wohl auch, wenn du mitten im schönsten Tiefschlaf aus dem Bett gezerrt würdest, oder?«

Ich lächelte. »Ja, würde ich wahrscheinlich. Tatsächlich ist das in letzter Zeit ein paarmal passiert, dem einen oder anderen grantigen Bauern sei Dank.«

»Idioten.«

Dulcie bückte sich, öffnete die Herdklappe und warf zwei Scheite hinein, die sie mit einem Schürhaken an die richtige Stelle bugsierte. Dann schloss sie die Klappe wieder.

»Wer ist Barton?«, fragte ich.

»Ein Fischer. Sein voller Name ist Shadrach Barton III. Er wohnt weiter oben. Netter Kerl. Er wirkt ziemlich einsilbig, aber ich glaube, er fühlt sich auf dem Wasser einfach wohler als an Land. Er hat ständig die Augen zusammengekniffen, weil er sein Lebtag das Wasser nach Fischgründen abgesucht hat. Außerdem kann er gut singen, nach allem, was man so hört. Hauptsächlich Seemannslieder, aber Gott, die nehmen ja kein Ende. So: Bärlauch.«

Dulcie streckte die Hand aus, und ich übergab ihr den Bärlauch. Sie kappte rasch die Blätter und schnitt die Wurzeln bis zu den nackten Knollen ab. Nachdem sie diese geschält und gewürfelt hatte, stellte sie eine kleine Pfanne auf den Herd.

»Bringt er Ihnen auch das Brennholz?«

»Himmel, nein.« Sie deutete mit dem Kinn nach draußen in den Garten, wo mir zum ersten Mal ein Sägebock und ein Hackklotz auffielen. »Das hält mich schlink«, sagte sie. »Schlank und flink. Man sagt ja, jedes Scheit wärmt dich dreimal: wenn du es hackst, wenn du es schleppst und wenn du es verbrennst.«

Aus ihrer Speisekammer in der Ecke holte sie einen schweren Napf mit Butter, aus dem sie eine Portion so groß wie ein kleines Stück Seife schnitt und in die Pfanne gab. Das allein war mehr als die sechzig Gramm, die jedem laut Lebensmittelkarte pro Woche zustanden.

»Weißwein passt gut. Würdest du mir eine Flasche holen?« Dulcie deutete mit dem Kopf Richtung Speisekammer.

Es war kühl darin, und in einem Regal lagen mindestens zwei, wenn nicht drei Dutzend Flaschen Wein, rot und weiß.

Ich sah auch noch andere Flaschen mit Spirituosen, die ich noch nie getrunken hatte. Whisky, Cognac, Gin, Kirschwasser, und einige trugen Etiketten mit Wörtern, die ich noch nie gesehen hatte: GRAPPA, SCHNAPS und METAXA.

In deckenhohen Regalen lagerten Konservenbüchsen mit Fleisch und Fisch und Bohnen und Suppe, Säcke mit verschiedenen Mehlsorten – Buchweizen und Roggen –, Zucker und Reis sowie etliche Kekspackungen und Tafeln Schokolade. Es gab zwei große Dauerwürste und Gläser mit allerlei Würzpasten, Chutneys, Essiggurken und Eingemachtem. Einige Beschriftungen schienen auf Deutsch zu sein. Ich sah Flaschen mit Speiseöl und Fruchtsäften, außerdem Dosen, die exotisch aussehende Delikatessen wie Feigen, Datteln und Lokum enthielten. Neben dem großen Butternapf waren eine Palette mit zwanzig oder noch mehr Eiern und zwei kleine, in grüne Blätter gewickelte Käseräder. Eine Holzkiste auf dem Boden war gefüllt mit Obst und Gemüse. Ich sah Äpfel, Möhren, Kartoffeln, Grünkohl, Sellerie, Frühlingszwiebeln.

Als armer Gast im Haus einer Fremden und umgeben von all diesem Überfluss, fühlte ich mich überwältigt, irgendwie losgelöst, als wäre ich unversehens in ein Bild oder ein Gemälde geraten.

»Die meisten Weine sind aus der Vorkriegszeit«, sagte Dulcie, ohne die seltsamen und widersprüchlichen Gefühle zu ahnen, die ich erlebte. »Ich hatte mir vorsorglich einen ordentlichen Vorrat angelegt. Jetzt hab ich bloß noch die sauren Reste, und das ganze Regal müsste ausgemistet werden. Ich habe sogar eine Flasche Honigwein von Lindisfarne, die wahrscheinlich älter ist als der Leichnam des heiligen Cuthbert. Der überwiegende Teil von dem Wein ist ganz passabel, aber wenn du zu viel davon trinkst, kriegst du Sodbrennen.«

Ich blieb noch einen Moment in der Speisekammer. Nie hatte ich eine so große Auswahl an Ess- und Trinkbarem auf einem Haufen gesehen. Zu Hause gab es den Metzger, den Gemüsehändler und so weiter, aber selbst der Gemischtwarenladen bot nur die immer gleichen rationierten Lebensmittel an: Dosenschinken, Bohnen in Tomatensoße, losen Tee, schwitzigen Schmelzkäse, Schmalz, das aussah wie Schmieröl, und Marmelade, die angeblich aus Steckrübenresten gemacht wurde.

Dulcie sah, dass ich die vielen Nahrungsmittel bestaunte. »Ich habe Freunde in den richtigen Positionen und einige in fernen Gefilden«, erklärte sie. »Bis wir endlich wieder kaufen dürfen, was wir wollen, werde ich ihre Großzügigkeit weiter in Anspruch nehmen.«

Da ich noch nie Wein getrunken hatte, wusste ich nicht, welchen ich auswählen sollte, und griff wahllos eine Flasche.

»Meinen Sie, das geht noch lange so?«

Sie zuckte mit den Achseln. »Den Krieg haben wir wohl gewonnen, aber der Kampf gegen fades Essen tobt weiter. Und ich für mein Teil werde ihn nicht verlieren.«

Ich reichte Dulcie die Flasche, aber sie warf nur einen kurzen Blick auf das Etikett, während sie die schmelzende Butter umrührte und den Bärlauch hineinschabte.

»Gute Wahl. Machst du ihn bitte auf? Der Korkenzieher ist in der Schublade.«

Ich fand das Utensil und hantierte damit herum. Schließlich gelang es mir, meine erste Weinflasche zwischen die Knie geklemmt zu öffnen, ohne dass der Korken kaputtging oder ich mich mit Wein bekleckerte. Dulcie nahm sie mir aus der Hand, gab einen Schuss Weißwein in die Butter und trank dann einen größeren Schluck direkt aus der Flasche.

Sie schnalzte mit der Zunge.

»Weißt du, Robert, ich habe mich so daran gewöhnt, nur in Gesellschaft von Butler zu essen, dass mir meine guten Manieren abhandengekommen sind. Entschuldige. Gläser – zwei, bitte.«

Sie goss den Wein ein, und wir stießen an. Ich nahm einen Mundvoll und schluckte ihn schnell hinunter. Auf den säuerlichen Geschmack folgte ein Gefühl der Wärme, die sich vom Hals abwärts in die Brust und bis tief hinunter in den Bauch ausbreitete. Zum ersten Mal hatte ich eine Flüssigkeit getrunken, die *trocken* schmeckte, obwohl das Gefühl auch irgendwie angenehm war. Ich nahm noch einen Schluck, spürte den Wein wie einen wohligen Schmerz in den Adern. Der Herd verströmte viel Hitze.

Dulcie nahm den großen Topf und schüttete das Wasser ab. »Die Hummer sind fertig«, sagte sie. Mit einer Zange beförderte sie die Tiere auf Teller und reichte sie mir. »Wir essen *en plein air.*«

»Prima«, sagte ich, ohne mich vom Fleck zu rühren. »Schön.«

»Draußen?«

»Ach so, ja.«

Dulcie folgte mir mit zwei Schälchen. In einem war die Bärlauchbutter, und in dem anderen waren die gehackten Blätter. Draußen lag bereits ein Brett mit einem halben Laib Brot, auf dem sich zwei Fliegen niedergelassen hatten.

Als ich steif und mit durchgedrücktem Rücken am Tisch saß, reichte Dulcie mir einen Nussknacker. »Ich zeig dir, wie's geht«, sagte sie und schob sich die Ärmel hoch. »Manche essen die Beine, aber in Scheren, Armen und Schwanz findest du das beste Fleisch. Jetzt pass auf.«

Dulcie nahm eine Hummerschere und drehte sie vom Körper ab, der jetzt eine tief orangerote Farbe hatte und aus den Ritzen zwischen Gliedmaßen und Körper dampfte. Es sah fast aus wie ein Spielzeug, eine makabre Theaterrequisite.

Plötzlich hielt sie inne und musterte mich von oben bis unten. Sie schüttelte den Kopf. »Nun entspann dich mal. Schau dich an: steif wie der Schwanz von einem Leuchtturmwärter. Rühren, Soldat.«

Dann zog sie sanft, aber gekonnt den kleineren Teil der Schere nach hinten, bis er abbrach und ein fingernagelförmiger Halbmond aus reinem weißem Fleisch zum Vorschein kam. Diesen tunkte sie zweimal in die Bärlauchbutter und schob ihn sich zwischen die Zähne, mit denen sie das Fleisch aus der Schale zog. Anschließend aß sie ein Stück Brot und spülte es mit einem kräftigen Schluck Wein hinunter. Sie nahm mir den Nussknacker ab und knackte damit die große Hummerschere, entfernte sorgfältig einzelne kleine Bröckchen der zerbrochenen Schale. Ein großes Stück Fleisch fiel auf den Teller. Sie spießte ein paar Bärlauchblätter auf, zerteilte das Fleisch mit der Kante ihrer Gabel und tunkte alles wieder zweimal in die Butter, ehe sie es geräuschvoll kaute und einen zufriedenen Laut von sich gab: *mmm-hmmm.*

»Eine Speise für die Götter«, sagte sie mit vollem Mund, wobei ein grünes Stückchen Bärlauchblatt herausrutschte, das kurz an ihrer Lippe haften blieb und dann auf den Tisch fiel.

Dulcie schmatzte laut, lächelte und nahm sich noch mehr Brot.

»Hau rein, Robert, bevor er dir vom Teller hüpft.«

Ich folgte ihrem Beispiel, und es gelang mir, das warme Fleisch aus dem Hummer zu pulen, der noch am Morgen, als ich bei Tagesanbruch verfroren und steif im Schatten einer Hecke von dem verdammten Vogelchor geweckt worden war und mich reckte, irgendwo da draußen auf dem Meeresgrund herumspaziert war, wo die aufgehende Sonne sich in den oberen Gefilden brach und alles Leben in ihren wärmenden Strahlen tanzte.

Ich tunkte es in die geschmolzene Butter, die die Farbe von Eigelb hatte und genauso cremig war, und dann hatte ich meinen ersten Bissen Hummerfleisch im Mund. Ich musste nicht mal kauen, es zerfiel zu einer weichen Masse, die nur eine hauchzarte Andeutung des Meeres in sich trug. Nie hatte ich etwas Frischeres gekostet. Im Vergleich dazu waren die Räucherheringe, die meine Mam freitags widerwillig für meinen Dad briet, so alt und ledrig wie die Innensohle eines Bergarbeiterstiefels, und den Räucherkammergeruch wurden wir das ganze Wochenende nicht mehr los.

Als Nächstes aßen wir das Fleisch aus den Armen auf Brotscheiben, die wieder zweimal in Butter getunkt und mit Bärlauchblättern bestreut wurden.

»Der Wein«, sagte sie. »Du hast deinen Wein nicht angerührt.«

Ich trank einen Schluck und rollte ihn im Mund hin und her. Er war für meinen Geschmack noch immer zu herb, aber der salzige Nachgeschmack der Butter schien ihm die herbe Säure zu nehmen.

»Das Beste kommt zum Schluss.«

Dulcie nahm ihren Hummer mit beiden Händen vom Teller, bog den Schwanz nach oben und löste ihn vom Körper. Ein großes, daumendickes Stück ragte aus der gebogenen Schale hervor, wie ein kleines Geschöpf, das aus einem Loch späht.

»Guck mal«, sagte sie. »Siehst du die grünliche Paste im Innern? Das ist die Leber. Gut für Suppen oder Soßen. Die können wir auch essen. Die Tiere mit einer korallenroten Masse drin sind Weibchen; das ist der Rogen. Ebenfalls essbar. Aber der hier ist ein Männchen. Wir müssen bloß das Ding hier entfernen.«

Sie zog einen langen zähen Faden heraus, den sie einfach in den Garten warf.

»Für die Vögel oder sonstiges Getier. Oder Butler.«

Ich tat es ihr gleich und stellte fest, dass das Schwanzfleisch sogar noch schmackhafter war. Wir aßen wieder Brot und Bärlauchbutter und dazu einen Bauernsalat. Dulcie goss Wein nach, und wir saßen eine Weile schweigend da.

»Also«, sagte Dulcie, »du bist hergekommen, weil du das Meer sehen willst.«

»Ja. Zu Hause ist das Meer grau vor Staub, und die Leute sammeln am Strand die Kohle, die mit der Flut angespült wird, in großen Säcken und packen sie auf ihre Karren, aber hier unten ist das anders, und auch der Sand sieht viel sauberer aus. Wir wohnen zu weit im Landesinnern, um oft hinzufahren, aber immerhin nah genug, um die Möwen zu hören. Es ist ein schönes Gefühl, mal eine Zeit lang näher am Wasser zu sein.«

Irgendwie hatten die Wildwiese und der Wein mir die Zunge gelöst, sodass ich mehr redete, als ich das sonst im Beisein von Fremden oder überhaupt jemandem tat.

»Da hast du recht«, sagte Dulcie. »Obwohl, wenn du weiterwanderst, kommst du nach Hull und zum Humber und dahinter nach Grimsby. Das könnte deine Meinung ändern.«

»Ich dachte, ich seh mir zuerst Scarborough an. Such mir vielleicht da Arbeit.«

»Und was willst du machen?«

»Irgendwas. Vielleicht ein bisschen Straßenmusik.«

»Musik, tatsächlich? Spielst du ein Instrument?«

Ich griff in meine Tasche und holte die Maultrommel heraus. Ich drückte sie an die Lippen und zupfte ein paar Töne.

Dulcie strahlte und lachte dann. »Ah, das kenn ich: *Oh, I do like to be beside the seaside.*«

Ich fing an, das Instrument schneller zu schlagen und rascher zu atmen, wich von der ursprünglichen vertrauten Melodie ab und begann ein kehliges Summen, das ich immer mehr beschleunigte, durchsetzt mit rhythmischen Stakkato-Geräuschen. Es klang aufreizend, wie eine gefangene Wespe, aber im Verlauf der letzten Wochen hatte ich genug geübt, um etwas zu zupfen, das gelegentlich sogar erkennbar war.

»Wunderbar«, sagte sie. »Gut gemacht, und eine sehr kluge Entscheidung, die alten Ohrwürmer zu spielen. Ich würde dir eine Münze in den Hut werfen, wenn ich vorbeikäme, und andere bestimmt auch, vor allem, wenn du *We'll meet again* oder dieses furchtbare *White Cliffs of Dover* hinkriegst. Mach einen auf Gefühl, würde ich sagen. Damit liegst du nie falsch. Übrigens, weißt du, wie Scarborough an seinen Namen gekommen ist?«

»Nein. Keine Ahnung.«

»Die wenigsten wissen das«, sagte Dulcie. »Aber manche Menschen lesen ja auch ihr ganzes Leben lang kein einziges Buch – dich meine ich damit nicht, du machst etwas, das sogar noch besser ist: Du lebst das Leben. Aber es gibt da draußen einige, die selbst die Zeitung nur dafür benutzen, Fisch drin einzuwickeln oder Katzenscheiße aufzuheben. Jedenfalls, es hat seinen Namen von zwei Wikingern, Thorgils und Kormak Ögmundarson. Oder jedenfalls einem von denen.«

»Ich versteh nicht ganz, wieso Scarborough nach den Wikingern benannt worden ist.«

»Dazu wollte ich gerade kommen.«

»'tschuldigung.«

Dulcie lächelte über ihr Glas hinweg. »Entschuldige dich nur für Dinge, die du bereust. Also. Die beiden waren Brüder, Thorgils und Kormak. Zwei richtig üble Burschen, aber bekanntlich konnte das bei den Wikingern durchaus als was Gutes gelten, denn damals herrschten völlig andere Moralvorstellungen als heute.«

Dulcie leerte ihr Glas, goss sich noch mehr Wein ein und nahm einen kräftigen, lauten Schluck.

»Im Jahr 966 beschlossen die beiden Brüder, die Sagas ausschließlich mit Fäusten und Äxten zu schreiben, rüsteten ihre Langschiffe aus und verließen ihr Heimatland mit einer kleinen Streitmacht von Kriegern, um Abenteuer und Reichtümer zu suchen – im Grunde ein bisschen wie du und deine epische Reise.«

»Eine epische Reise würde ich es nicht gerade nennen. Es ist eigentlich eher ein Urlaub.«

»Reisen ist die Suche nach sich selbst, glaub mir. Und manchmal genügt schon allein das Suchen.«

»Meinen Sie wirklich?«

»Natürlich. Wandere lange genug mit offenen Augen durch die Welt, dann fängst du irgendwann an, Entdeckungen zu machen. Bei großen Reisen geht es nie nur um das Ziel.«

»Ja«, sagte ich. »Ich meine, heute Morgen hätte ich mir nicht vorstellen können, dass ich am Abend wissen würde, wie Hummer, Zitrone und Wein schmecken.«

»Exakt. *Exakt.* Genau das meine ich: offene Augen. Erfahrungen. Aber ich schweife ab. Diese Brüder. Tja, sie segelten also über raue eisige Meere, um an der Küste Britanniens eine Reihe von gnadenlosen Raubzügen durchzuführen.«

»Von wo sind sie losgesegelt?«, fragte ich.

»Ich weiß nicht genau. Wenn ich raten müsste, würde ich Island sagen. *Ögmundarson* lässt an die isländische Tradition denken, bei Männern das Suffix ›-son‹ an den Vornamen des Vaters anzuhängen. So waren beispielsweise Thorgils und Kormak als Söhne des Ögmundar zu erkennen. Thorgils und Kormak Ögmundarson. Und du wärst – wie heißt dein Vater?«

»Ronald.«

»Perfekt: Dann wärest du Robert Ronaldson, ein wikingisch klingender Name, wie er im Buche steht. Die beiden Brüder segelten also in Island los, und als sie an diesen fremden Gestaden ankamen, drehten sie ihre Langschiffe auf den Kopf und hausten eine Weile darunter, aber nach einer gewissen Zeit bauten sie sich ein befestigtes Lager an einem spektakulären Küstenstreifen mit mehreren nebeneinanderliegenden und von grünen Hängen geschützten Buchten, just hier vor unserer Haustür. Sie nannten dieses Lager Skarthaborg, nach Thorgils' Spitznamen Skarthi. Das bedeutet ›Hasenscharte‹.«

»Hasenscharte?«

»Oh ja. Weißt du, Thorgils war mit dieser Entstellung zur Welt gekommen, und im Grunde hatte die nur dafür gesorgt, aus ihm einen besseren Wikinger zu machen. All die Hänselei in seiner Kindheit hatte ihn hart, wütend und brutal gemacht – die perfekten Voraussetzungen für einen Krieger. ›Heiz ihm ein, und sieh zu, wie er brennt‹, sagten die anderen Wikinger oft, und dann lachten sie tief in ihre Walhäute hinein.«

»Der arme Junge«, sagte ich.

»Tja, kann sein. Manchmal musste man Thorgils nur schief ansehen, und schon zog er dir mit seinem Haumesser das Fell über die Ohren. Also sollten wir es mit unserer Sympathie nicht übertreiben, denn das Leid, das Thorgils anderen zufügte, war weit schlimmer als die gemeinen Sticheleien, die er von seinen zotteligen Zeitgenossen zu hören bekam. Brutalität, Brandstiftung, Raub, Vergewaltigung, Mord – das waren keine Gentlemen, und all ihre Beute wurde nur durch rohe Gewalt errungen. Die brauchten keine Einladung, um in irgendwelche Häuser oder Ehebetten einzudringen, so viel steht fest.«

»In der Schule haben wir die Wikinger durchgenommen.«

»Dann weißt du das wahrscheinlich schon«, sagte Dulcie. »Anscheinend erfreuten sie sich in ›Hasenscharte‹ an den guten Fischgründen und hatten ihren Spaß mit den einheimischen Frauen, denen es nicht gelungen war, rechtzeitig zu fliehen. Wie gesagt, Thorgils und Kormak Ögmundarson waren üble Kerle, aber erfolgreiche Wikinger. Und natürlich pflanzten sie sich schon bald fort, und ihre Festung wuchs und wuchs und wurde zuerst zum Dorf und dann zur Stadt, die sich über die beiden Buchten ausbreitete. Selbstverständlich dauerte das viele Jahrhunderte voller Kriege und Streitigkeiten und Rückschläge, und die Brüder Ögmundarson waren ja nun mal Sterbliche, die nicht lange genug auf Erden weilten, um Zeugen dieser Expansion zu werden, obwohl sie noch heute in den Genen vieler Engländer weiterleben. Viele, viele Jahrhunderte mussten vergehen, bis aus Skarthaborg das Kur- und Seebad Scarborough wurde, wie wir es heute kennen, über eintausend Jahre nachdem die Ögmundarsons dort den ersten Kabeljau in Salz einlegten und Thorgils Ögmundarson mit einer rostigen Ruderdolle

Bjarni Sigmundsson den Schädel einschlug, weil der ihn einmal zu oft *Skarthi* genannt hatte.«

»Wer ist Bjarni Sigmundsson?«

»Das spielt keine Rolle.«

Die Nacht legte sich über die Wiese wie ein Schleppnetz, das langsam in tieferes Wasser sinkt, und die untergehende Sonne tauchte alles in Dunkelheit.

Der Abend war in die Nacht übergegangen, während wir die Flasche Wein geleert hatten, und es war zu spät geworden, um die Bucht runterzugehen, denn dort hätte ich nur in Türeingängen und Gässchen oder am Strand übernachten können, wo die auflaufende Flut einen schlafenden Mann davontragen konnte.

Also schlug ich meine Plane in Dreiecksform auf und kroch mit meinem Schlafsack und einer kleinen Thermosflasche mit Tee und einem Schuss Whisky, die Dulcie mir aufgedrängt hatte, hinein. Sie hatte außerdem angeboten, mir Butler als Nachtwächter dazulassen, aber das hatte ich abgelehnt. Ich hatte keine Angst vor der Dunkelheit. Im Gegenteil, ich genoss sie.

Es war eine klare, frische Nacht, und die Luft war deutlich kühler geworden. Während ich dalag und zusah, wie der Himmel das gesamte Spektrum von Blautönen entfaltete, war mir schwindelig vom Wein, und mein voller Bauch rumorte von dem schweren butterreichen Essen, nachdem ich mich wochenlang nur von dem Wenigen ernährt hatte, das ich ergattern konnte.

Ein längliches Prisma aus Licht fiel von einem oberen Fenster in Dulcies Cottage in den Garten und über den Zaun hinaus bis zur Wiese, doch es erlosch schon bald, und alles war stockfinster. Aber Dunkelheit ist niemals etwas Geschlossenes, und mit der Zeit traten die Umrisse der schwankenden Äste ferner Bäume hervor, und die Nacht wurde zu etwas mit verschiedenen Ebenen, einem Gefüge aus sich wandelnden Schattierungen, in dem Perspektive verzerrt wird und plötzlich das eigene Urteilsvermögen infrage gestellt ist. Vordergrund und Hintergrund schienen die Plätze zu tauschen, und auf dieser dunklen samtigen Bühne, die von Wesen aus Blut und Knochen beherrscht wurde, bot die Nacht eine Reihe von magischen Trugbildern dar.

Ich lauschte den sich verändernden Klängen, als die Tagesbewohner durch jene nachtaktiven Arten ersetzt wurden, die die Wiese zu einer Arena machten, in der gefressen, geflogen, gerufen und gekrochen wurde. Die Spätschicht hatte begonnen, und die Geschöpfe der Nacht stimmten sich langsam ein, wie ein Schulorchester auf der ersten Probe nach den großen Ferien. Um die trübe Lampe, die am Ende von Dulcies Gasse hing, schlugen flatternde Motten Paradiddle-Rhythmen mit ihren trockenen Flügeln, und die huschenden Schattenformen von Fledermäusen klackten, wenn sie herabschossen, um sie dutzendfach zu schnappen, oder in unregelmäßigen, zuckenden Kreisen dahinsausten, fieberhaft fressend, während sie die Nacht kartierten.

Feldmäuse bahnten sich winzige überdachte Gänge durchs Gras, und eine Schleiereule schaute stumm von ihrem Baumwipfelausguck aus zu. Ich folgte dem Klang ihres Rufs mit den Augen und spähte mehrere Minuten lang in das dunkel werdende Blau, bevor ich ihre Silhouette auf dem Ast sah und dann, nur ganz kurz, ihre großen, starren Augen, wie zwei Monde, vor denen ein hauchzarter Wolkenstreifen treibt.

In dem Moment empfand ich so etwas wie eine Verbundenheit mit den einsamen Seeleuten und Fischern da draußen am Meereshorizont, die nur ihre blinkenden Laternen hatten, um ihre Existenz nachzuweisen, die Küste ihres Landes und die warmen Betten ihrer Frauen ebenso fern wie andere Planeten – sichtbar, aber unerreichbar, zwischen Daumen und Zeigefinger gehalten, während sie auf der sanften Dünung schwankten, mit nur dem tiefen Weh der Sehnsucht als Anker.

Von weiter weg hörte ich eine weitere Eule rufen, und dann begann auf der anderen Seite des Beckens, das sich hinunter zum Meer senkte, ein einsamer Hund unaufhörlich zu bellen. Der Whisky-Tee blieb unangetastet. Die Nacht allein hatte mich genug berauscht. Nach einer Weile nahm sie mich ganz in sich auf.

4

Ich wurde von einer anderen Sinfonie wach.

Die Nachtschicht war durch eine neue Menagerie von sonnenliebenden Arten abgelöst worden, die es darauf anlegten, mir ein Ständchen zu bringen, sobald der erste zarte Lichtstrahl am Morgenhimmel kratzte.

Aus Zweigen und Nestern und Hecken und aus der Wiese kamen ihre Stimmen.

Ich blieb einige Augenblicke liegen und nahm eine verschlafene Klanginventur vor. Da war das polyphone, gurrende Zweinoten-Mantra von zwei rastenden Ringeltauben, eine in der Nähe, die andere weiter weg, Doppelklänge der Zufriedenheit. Darüber das kleinliche Gezanke eines kreischenden Möwenschwarms, der in einem Aufwind vom Meer her schwebte, und überall um mich herum war das Surren und Brummen von Insekten, die schlüpften und sich paarten, die flogen und fraßen. Zecken und Bienen und Falter und Fliegen. Heuschrecken und Ameisen und Käfer aller Art; frisch geschlüpfte Wesen, im Frühtau geboren und von den Morgenstrahlen getrocknet, um sich zu erheben und den anbrechenden Tag zu erobern. Noch mehr trockenes Schaben war zu hören und das melodische Flattern frisch entfalteter Schmetterlingsflügel, dünner als jedes Papier, schöner als jedes Buntglasfenster.

Ich konnte hören, dass jenseits des Tales Schafe aus ihrem Gehege gelassen wurden, dass die Muttertiere und ihre staksigen Lämmer durch geblökte Unterhaltungen ständig in Verbindung blieben, manche lauter als andere. Und der einsame Hund bellte noch immer so beharrlich und so lange, dass ich mich fragte, ob es sich wirklich um denselben Hund handelte, bei dem ich eingeschlafen war, und ob er vielleicht vergessen hatte, warum er überhaupt mit dem Bellen angefangen hatte.

Irgendwo, nicht allzu weit entfernt, aber jenseits der Wildwiese, wo Weiden und Felder ein Mosaik aus beackertem und unberührtem Land bildeten, hörte ich das würgende Husten eines jungen Rehs, den Körper vielleicht vorsichtig zusammengerollt und tief in die Vegetation gedrückt oder ins frische wilde Gras geduckt, nah genug, um gehört zu werden, ohne es je zu wagen, zwei Nächte hintereinander an derselben Stelle zu schlafen. Nur ein einzelnes barsches Bellen, fast wie von einer Maschine, das zufriedenes Erwachen signalisierte, dann verstummte es.

Der Wecker der Natur verriet mir, dass es bald Zeit zum Aufstehen war. Bei all den Geräuschen hatte ich kaum eine andere Wahl, aber ich blieb doch noch einen Moment liegen, spürte, wie die Sonne, als ihre Strahlen den Hang erfassten, allmählich mein primitives Zelt erwärmte.

Ich musste wohl wieder eingeschlafen sein, denn als ich erwachte, stand Butler, der Hund, stumm am Eingang zu meinem improvisierten Biwak. Er hatte den Kopf leicht schief gelegt und die Augenbrauen hochgezogen, was ihn noch ausdrucksstärker aussehen ließ als ohnehin schon. Ich hatte nie einen Hund besessen und vorher auch nie groß auf das Verhalten von Hunden geachtet – bei uns zu Hause liefen sie frei in der Nachbarschaft herum, durchstöberten Mülltonnen und gaben sich alle Mühe, nicht von den Kohlelastern überfahren zu werden, die durchs Dorf donnerten –, aber ich erkannte allmählich die Zeichen, mit denen Dulcies Hund kommunizierte.

»Hallo, Butler«, sagte ich. »Guten Morgen, Hund.«

Daraufhin neigten sich seine Ohren nach vorne, und er senkte das Hinterteil, die Vorderpfoten fest auf den Boden gestellt. Die Morgensonne stand hinter ihm und tönte die helleren Bereiche seines Fells rostfarben; sein Haarkleid war mit Grassamen gesprenkelt, die sich bei seinem Morgenspaziergang durch die Wiese von ihm hatten mitnehmen lassen, und auch etliche Labkrautkletten hatten sich darin verfangen. Ihre gekrümmten Härchen fühlten sich klebrig an, als ich mich vorbeugte, um sie abzuzupfen. Der Hund ließ sich kurz von mir pflegen. Ich kraulte ihn zaghaft hinter den Ohren, und er reagierte, indem er meine Hand anstupste und sich halb abwendete, dann dasselbe noch einmal machte.

Ich verstand: Man rief mich.

Die Morgenluft war noch recht kühl, aber die Sonne goss geschmolzenes Glas auf das noch gleichmütige Meer, und der Gartentisch war bereits gedeckt mit dem Rest des gestrigen Brotlaibs, Töpfen mit Marmelade, Honig und Butter und erneut Brennnesseltee, der sich in der Kanne rosa färbte. Außerdem gab es Äpfel und ein Kännchen Sahne. Dulcie saß dort, einen Sonnenhut mit grotesk breiter Krempe auf dem Kopf und das Gesicht zusätzlich durch ein Buch verborgen. Der Hund führte mich zum Tisch und legte sich dann darunter auf den Boden. Vielleicht war es ja schon später, als ich gedacht hatte.

»Guten Morgen«, sagte ich.

Dulcie senkte das Buch und schirmte die Augen mit einer Hand ab. »Und wie hast du geschlafen?«

»Gut«, sagte ich. »Tief und fest.«

»Ich dachte mir, ich schicke Butler zu dir, bevor die Sahne sauer wird.«

»Wie spät ist es?«

»Ich habe keine Ahnung«, sagte sie. »Ich besitze nämlich keine Uhr. Das Radio oder mein Magen verraten mir, was ich wissen muss. Tee?«

»Ja, bitte.«

»Ich bin ein Morgenmuffel, deshalb stelle ich dir nur noch eine Frage, und du kannst kurz und knapp antworten: Möchtest du gern Eier zum Frühstück?«

»Oh nein. Das hier ist mehr als genug.«

»Dann greif zu.«

Dulcie goss mir Tee ein, und ich setzte mich zu ihr an den Tisch, wo wir schweigend aßen und tranken und gelegentlich die Wespen verscheuchten, die den Marmeladentopf besuchten.

»Das ist sehr freundlich von Ihnen –«

Dulcie wischte meinen Dank ebenso schnell beiseite, wie sie die Wespen wegschlug.

Minuten vergingen, und die Sonne stieg weiter, verdrängte langsam die Schatten vom Südrand der Wiese.

Als das Brot gegessen war und wir beide einen Apfel verzehrt hatten und die Teekanne leer bis auf einen nassen Klumpen Brennnesselblätter in einer schmutzig grünen Lache war, lehnte sich Dulcie in ihrem Sessel zurück und schloss die Augen.

»Danke für die unterlassene Konversation. Schweigen ist wahrhaftig Gold.«

»Nichts zu danken«, sagte ich.

»Du redest nicht viel, und das gefällt mir. Im Schweigen liegt Poesie, aber die meisten nehmen sich nicht die Muße, sie zu hören. Sie reden und reden und reden, aber sie sagen nichts, weil sie Angst davor haben, ihren eigenen Herzschlag zu hören. Angst vor ihrer eigenen Sterblichkeit.«

Einige Minuten vergingen, bis Dulcie die Augen öffnete.

»Ich glaube, ich hab seit Jahren nicht mehr in einem Zelt geschlafen. Vielleicht schon seit Jahrzehnten.«

»Vielleicht sollten Sie es mal probieren.«

»Wohl kaum. Hält dich das Ding trocken?«

»Einigermaßen. Wenn ich es richtig aufschlage, dann ja.«

»Aber was ist mit deinen Geschäften?«

Wieder mal verwirrte sie mich mit einer mir unverständlichen Frage, und ich zögerte, aber Dulcie lieferte mir gut gelaunt die Erklärung.

»Dein kleines und vor allem dein großes Geschäft. Dein Toilettengang.«

»Ach so.« Ich stockte kurz. »Na ja, ich hab eine Schaufel dabei.«

Dulcie hob eine Hand. »Alles klar! Wir sind Tausende von Jahren gut ohne die Erfindung des Wasserklosetts ausgekommen. Und warm genug hast du's auch da drin, ja?«

»Ich mach mir oft ein kleines Lagerfeuer, aber nicht nur, um mich zu wärmen, sondern auch, weil ich es gemütlich finde.«

»Klingt einleuchtend. Seit grauer Vorzeit haben Menschen am Feuer Trost gefunden. Ich glaube, es gibt Funde, die belegen, dass Menschen schon vor zwei Millionen Jahren das Feuer benutzt haben, um Nahrung zuzubereiten. Erstaunlich.«

Ich nahm noch einen letzten Bissen von meinem Apfelgehäuse.

»Auf der Wiese zu schlafen, war, als wäre ich in einer

anderen Welt«, sagte ich. »Die Geräusche haben mich einschlafen lassen, und dann haben mich andere wieder aufgeweckt.«

»Ja, ich mag es sehr, dass sie so verwildert ist«, sagte Dulcie und beschirmte erneut die Augen. »Aber allmählich wird's zu viel. Ich meine, sieh dir das an –« Sie zeigte auf den niedrigen Gartenzaun, wo zahllose Wildpflanzen einen Sturmangriff von außen veranstalteten. »Eines Tages wird sie den Garten und das Haus verschlingen, und dann muss ich wie du in so einem lustigen kleinen Zelt hausen, von Knöterich und Hahnenfuß versklavt. Ich werde mir vom Hund was zu essen holen lassen müssen.«

Ein Moment verging, dann sagte ich wieder etwas.

»Ich hab mir gestern den Schuppen angesehen.«

»Schuppen?«

»Ja, den da drüben auf der Wiese.«

Dulcie stand auf und machte sich daran, den Tisch abzuräumen. Sie warf die Rinden und Krümel für Butler unter den Tisch und gab noch einen Klecks Marmelade drauf, den er aufleckte.

»Der ist ein bisschen verwahrlost«, sagte ich.

Dulcie stellte Tassen und Teekanne auf ein Tablett.

»Sieht aus, als würde die Wiese versuchen, den auch zu vereinnahmen«, schob ich nach. »Aber die Bausubstanz scheint noch in Ordnung zu sein.«

»Tja, ich hab keine Verwendung mehr dafür.«

In dem dunklen Schattenhalbmond unter dem breiten Sonnenhut hatte sich Dulcies Miene verfinstert.

»Ich fand, für einen Schuppen oder ein Sommerhaus sieht er ganz schön edel aus«, sagte ich.

Sie erwiderte nichts, sondern trug das Geschirr in die Küche, bevor mir meine guten Manieren wieder einfielen und ich aufsprang, um ihr die restlichen Töpfe und das Sahnekännchen zu bringen. Sie stapelte die Teller in einen großen Spülstein, wo schon die vom Vorabend standen.

»Vielleicht sollte ich noch spülen, bevor ich weiterziehe«, sagte ich. »Das ist das Mindeste, was ich tun kann.«

»Lass sie lieber in Ruhe einweichen.«

»Aber ich möchte gern.«

»Nicht nötig. Das warme Wasser nimmt mir die Arbeit ab. Es gibt weitaus Wichtigeres im Leben; höchstens einmal am Tag ist mehr als genug. Tu nie mehr als nötig, sage ich. Alles in Maßen außer die Mäßigung oder so ähnlich. Oscar Wilde.«

»Es war sehr freundlich von Ihnen, dass Sie mich zum Essen eingeladen haben und ich über Nacht bleiben durfte.«

Wieder machte sie eine abwinkende Handbewegung vage in meine Richtung. »Du hast auf der Wiese geschlafen, das ist ja wohl kaum das Ritz.«

»Kann ich denn gar nichts für Sie tun, bevor ich gehe?«, sagte ich. »Ich könnte doch die Bucht runter und für Sie einkaufen gehen, was meinen Sie?«

»Danke, aber ich hab reichlich zu essen hier, mach dir darum mal keine Sorgen.«

»Dann die Wiese. Wie wär's, wenn ich dem Unkraut ein bisschen zu Leibe rücke?«

»Aber musst du denn nicht irgendwohin, Robert? Ich dachte, du brennst darauf, das Meer zu sehen.«

»Das kann ich ja von hier aus sehen, wenn ich mich auf die Zehenspitzen stelle. Und wie Sie selbst gestern gesagt haben, es läuft mir nicht weg. Ich brauch bloß ein paar Stunden, um das Unkraut ein Stück zurückzuschneiden. Dann hat der Garten wieder ein bisschen Luft, und ich mach mich auf die Socken. Ich hab seit Wochen nicht so gut gegessen –

oder eigentlich noch nie –, und jede zweite Mahlzeit war Bezahlung für irgendeine Arbeit, die ich gemacht hab.«

»Eine gute Mahlzeit ist keine Bezahlung; die ist das gottgegebene Recht jedes Menschen. Aber wenn du unbedingt willst, kannst du ja ein Stündchen die Sense schwingen, auch wenn's nicht viel nützen wird. Wenn ich vorhätte, mir die Welt anzuschauen – von der ich übrigens so einiges gesehen habe –, könnte ich es kaum erwarten, von hier wegzukommen, anstatt bei irgendeiner alten Schachtel und ihrem Hund zu bleiben. Aber meinetwegen, tob dich aus. Dann werde ich dich wohl bezahlen müssen.«

Ich lächelte. »Sie haben mich doch schon mit dem Essen bezahlt.«

»Und du hörst mir nicht zu.«

»Aber ich hab gedacht, die Gartenarbeit wäre die Gegenleistung für den Hummer.«

»Verkauf dich nicht unter Wert, Robert. Deine Gesellschaft und die Unterhaltung waren die Gegenleistung für den Hummer. Aber gut. Gartengeräte sind in dem Verschlag neben dem Haus. Da findest du alles, was du brauchst.«

Die Sichel war stumpf wie ein Fischmesser, aber ich fand einen modrigen alten Wetzstein in dem Verschlag. Ich säuberte ihn und schliff die schartige, halbrunde Stahlklinge, bis sie wieder eine glänzende, glatte Schneide hatte.

Zwei Sommer zuvor hatte ich für einen Hungerlohn das Gras auf dem Kricketfeld unseres Dorfes geschnitten, und an langen, eintönigen Tagen im Schrebergarten meines Vaters hatte ich die Grundlagen der Gartenarbeit gelernt, also fing ich an, das Gras und das Unkraut rund um den Garten zurückzuschneiden. Es brachte wenig, dicke Büschel mit einer Hand zu packen und mit der anderen drauf loszuhacken, also verlegte ich mich darauf, die Sichel zu schwingen, so fest ich konnte. Während ich mich am Zaun entlangarbeitete, fiel mir auf, dass das Holz an manchen Stellen morsch war und dringend gestrichen werden müsste. Von der Salzluft und dem feuchten Gras hatte die Farbe Blasen geworfen und war abgeblättert, und jedes Mal, wenn ich unabsichtlich dagegen stieß, fielen weiße Flocken herab. Der Zaun würde die Schlacht gegen die Wiese verlieren. Er war bloß noch Dekoration. Symbolisch.

Schon nach wenigen Minuten war ich durchgeschwitzt. Die Sichel in tief gebückter Haltung immer wieder über den Kopf zu heben, ging mir ins Kreuz, also kehrte ich in den Verschlag zurück und stöberte herum. In einem alten Schuhkarton mit abgenagten Ecken entdeckte ich ein Mäusenest aus Gras und kleinen Zweigen. Ich legte es vorsichtig wieder hinein. In der hintersten Ecke des Verschlags, hinter einigen Flaschen Paraffin, kaputten Bilderrahmen und einer Gießkanne, fand ich eine alte Heckenschere mit festgerostetem Scharnier. Ich sah mich nach Öl um, konnte aber keines finden, obwohl jede Menge ölige Lappen und eine mit eitergelbem Fett und knalligen Farbflecken bespritzte Latzhose herumlagen. Ich ging zur Seitentür des Cottage und klopfte leise an. Als niemand antwortete, versuchte ich es ein zweites Mal, lauter, und dann drückte ich die Tür einen Spalt auf und rief Dulcies Namen.

Ihre Stimme kam von oben. »Ja? Was ist?«

»Entschuldigung –«, sagte ich und fühlte mich plötzlich wie ein Eindringling.

»Was?«

»Ich hab gesagt Entschuldigung –«

Ihr Kopf lugte oben um die Treppe. »Wofür denn, um alles in der Welt?«

»Ich wollte nur fragen, ob Sie Öl haben. Ich brauch ein bisschen für das Werkzeug.«

»Bloß Speiseöl. Das müsste es auch tun. In der Vorratskammer ist jede Menge. Bedien dich.«

Sie verschwand wieder.

Auf meinem Weg nach draußen warf ich einen Blick in das kleine Wohnzimmer, das von einer wuchtigen Anrichte beherrscht wurde, hinter deren Glastüren ein komplettes Tafelservice zu sehen war. Es gab einen Kamin und einen Sessel, und überall waren Bücher- und Zeitungsstapel und etliche leere Weinflaschen. Auf dem Kaminsims stand die Fotografie einer jungen Frau – Dulcie vielleicht? Eine andere zeigte zwei Frauen, aber sie waren zu weit weg, um ihre Gesichter wirklich zu erkennen, und ich wollte nicht neugierig sein. Eine Uhr tickte laut.

Ich ölte die Schraube an der Heckenschere, schärfte dann die Klingen mit dem Wetzstein und machte mich wieder an die Arbeit, schnitt Gras, Unkraut und Brennnesseln weg. Für die besonders dichten Stellen verwendete ich wieder die Sichel, wobei ich mir vorstellte, ich wäre eine Art Scharfrichter. Schließlich hatte ich einen etwa dreißig Zentimeter breiten Gang rund um den Zaun freigelegt und begann, ihn zu verbreitern. Dann und wann legte ich eine Pause ein, um das Schnittgrün zusammenzuharken, mir die Stirn zu wischen und wieder zu Atem zu kommen. Manchmal hielt ich inne und entfernte Schnecken oder Würmer aus der gefährlichen Bahn der Klinge.

Oben ging ein Fenster auf, und Dulcie rief mir zu: »Denk dran: die Brennnesseln nicht wegwerfen.«

Ich lächelte und reckte den Daumen nach oben. Ich zog mein Hemd aus, hängte es an den Zaun und setzte dann die Arbeit fort.

Die Morgensonne glitt langsam über den Himmel, als plötzlich eine muntere Musik über die Wiese schallte. Ich richtete mich auf, drückte den Rücken durch und lauschte, während eine verspielte Klaviermelodie ertönte, gefolgt von einer sonoren Männerstimme, die über die Deutschen sang. Sie drang aus dem offenen Fenster des Cottage. Dulcie erschien im Garten und winkte.

»Das ist für dich.«

»Was?«, rief ich, weil ich sie wegen der Musik nicht verstanden hatte.

Sie hob eine Hand an den Mund und hob die Stimme. »Ich hab mir gedacht, du möchtest vielleicht ein bisschen bei der Arbeit pfeifen. Das ist eine Satire.«

Ich ging etwas näher ans Haus und stieg über den Zaun.

»Noël Coward«, sagte Dulcie. »Das hier ist ein satirisches Lied darüber, Mitgefühl für unsere angeblichen Todfeinde zu haben. Es ist mir wegen unseres Gesprächs gestern Abend eingefallen. Kennst du es?«

»Nein, nie gehört.«

»Das liegt daran, dass die BBC es boykottiert hat. Vielleicht konnten die sich nicht entscheiden, ob es zu herzlos oder nicht herzlos genug ist. Auf jeden Fall ist ihnen der Humor dabei völlig entgangen. Er ist ein Freund von mir.«

Ich legte die Heckenschere weg und wischte mir mit dem Unterarm über die Stirn.

»Er schickt mir alle seine neusten Aufnahmen«, fuhr sie fort. »Ob ich sie will oder nicht. Angeblich stand er auf der Schwarzen Liste, weißt du. Auf der hatten der kleine Führer und seine SS-Strolche die Namen von allen Leuten gesammelt, die sie verhaften und beseitigen wollten, sobald sie unsere Insel eingenommen hätten. Es war so eine Art *Who's who* von interessanten Aufsteigern. Las sich wahrscheinlich ungefähr so wie mein altes Adressbuch. Ich spiel's dir noch mal vor.«

Ich hörte mir das Lied einen Moment lang an. Die Stimme klang vornehm und ein wenig unmännlich, wieder etwas, das zu einem anderen England gehörte als dem, das mir vertraut war. Ich versuchte, mir vorzustellen, wie ihr Besitzer Kohle aus dem Stein brach oder eine Lore füllte oder samstagabends im Pub schlüpfrige Witze erzählte. Es ging nicht.

»Warum genau hat er auf Hitlers Liste gestanden?«

Sie zuckte die Achseln. »Wer würde denn nicht gern auf einer Liste von Dissidenten, Dekadenten und unzumutbar gefährlichen alten Schwulen stehen?«

»Wie viele Namen standen da drauf?«

»Ach, Hunderte, vermute ich. Vielleicht Tausende. Jeder, der jemand war. Die ganzen Langeweiler haben sie natürlich weggelassen, und die Überläufer.«

»Wir würden jetzt von Nazis regiert, wenn die gewonnen hätten«, sagte ich.

Dulcie schüttelte heftig den Kopf. »Schlimmer, Robert. Viel schlimmer. Wir würden von den übrig gebliebenen englischen Spießern regiert, die von den Nazis bezahlt würden, damit sie nach deren Pfeife tanzen. Reiche Schnösel und Speichellecker. Es gäbe keinen Platz mehr für die Dichter und Paradiesvögel, die Künstler oder Tunten. Stattdessen hätten bei uns nur noch die kleinkariertesten Beamten das Sagen – sogar noch mehr als ohnehin schon. Ein Heer von dicklichen, mittelmäßigen Führungskräften würde traurige Geburtshilfe leisten bei Englands Untergang. Menschliche Scheißhaufen, allesamt. Steife, trockene Scheißhaufen.«

Dulcie wirkte für einen Moment geistig abwesend. Sie schüttelte erneut den Kopf und redete weiter.

»Wie du dir wahrscheinlich vorstellen kannst, war es der Höhepunkt von Mr Cowards bisheriger Karriere, dass sein Name auf der Liste stand – dass er sozusagen auf dem kulturellen Radar war. Er würde bereitwillig zugeben, dass ihm der Krieg nicht geschadet hat.«

»Hat er denn nicht gedient?«

»Gedient? Noël Coward könnte nicht mal als Butler dienen. Nein. Die Hälfte der Zeit hat er im Savoy Hotel verbracht, nachdem sie ihm die Wohnung zerbombt hatten, und die andere Hälfte damit, die Soldaten zu unterhalten – oder sich von ihnen unterhalten zu lassen. Und warum auch nicht, sage ich. Spiel deine Stärken aus. Warte, ich spiel's dir noch mal vor.«

Dulcie verschwand ins Haus, und dann ertönte das Lied wieder, aber diesmal noch lauter. Nach den hüpfenden Klavierakkorden sang Noël Coward mit dieser klaren, knappen Artikulation, bei der jedes einzelne Wort überdeutlich ausgesprochen wurde.

Behandeln wir die Deutschen nicht zu garstig ...

Dulcie beugte sich aus dem Fenster.

Jetzt, wo der Sieg uns endlich ganz gehört ...

»Na?«, sagte sie. »Magst du diese Art von Musik?«

Ich hörte noch ein Weilchen länger zu und dann kam die Zeile: *Wer Beethoven und Bach hat, kann so schlimm nicht sein.*

»Es ist irgendwie pfiffig«, sagte ich zögernd. »Lustig.«

»Es ist Blödsinn«, sagte Dulcie. »Blödsinn, Blech und Bockmist. Aber alles, was verboten ist, hat ein genaueres Hinsehen verdient. Noël verbringt jetzt viel Zeit im Ausland. Hauptsächlich Jamaika. Er schreibt mir lange Briefe, in denen er über die Hitze und den schlechten Gin jammert, als hätte er was anderes erwartet.«

Sie zog sich in das kühle Haus zurück, kam aber gleich darauf wieder in den Garten.

»Kennst du diesen anderen beliebten Schlager ›Hitler hat nur ein Was-noch-mal im Sack?‹«

Ich schmunzelte kopfschüttelnd.

»Oh doch, kennst du«, sagte Dulcie. »Du weißt Bescheid. ›Nur ein Ei.‹«

Ich musste lachen. »Wir haben das oft auf dem Schulhof gesungen«, gab ich zu. »Und manchmal auch in der Schulversammlung, aber der Direktor hat nie rausgekriegt, wer es war, und wenn doch hätte er uns wohl kaum dafür bestraft.«

»Nun, ich weiß zufällig aus gut unterrichteten Kreisen, dass da was Wahres dran ist.«

»Was meinen Sie?«

»Kryptorchismus meine ich. Ein nicht abgestiegener Hoden. Offenbar hat eins von des Führers Eiern in dessen Kindheit beschlossen, gegen die Schwerkraft zu protestieren und genau da zu bleiben, wo es war.«

Sie überlegte kurz und kraulte sich das Kinn.

»Ich glaube, das rechte.«

»Aber woher wollen Sie das wissen?«

»Das weiß ich aus einer sehr verlässlichen, höchst vertrauenswürdigen Quelle.«

»Ich glaub das nicht.«

»Es stimmt aber. Sein Dödel war übrigens vollkommen normal, ganz im Gegensatz zu der Person, an der er unglücklicherweise befestigt war. Und mehr darf ich zu dem Thema nicht sagen.« Sie beugte sich vor und hob bedeutungsvoll den Zeigefinger. »Die Wände haben Ohren. So, hast du keinen Appetit? Du müsstest doch inzwischen wieder Appetit haben.«

Erst da merkte ich, wie ausgehungert ich war. »Ich könnte was essen«, sagte ich. »Ja.«

»Du solltest was essen.«

»Wie viel Uhr ist es?«

»Du schon wieder mit deiner Uhrzeit. Knurrt dir der Magen?«

»Ein bisschen.«

»Dann sagt uns die Uhr deines Bauchs, dass es Zeit zum Mittagessen ist.«

Wieder aßen wir im Garten.

Dulcie brachte ein Tablett mit zwei Stück Käse, einigen dampfenden, frisch gebackenen Brötchen, einer Kugel Butter, gekochten Eiern, noch mehr Äpfeln, einer halben Gurke, einem Steinkrug mit eingelegten Zwiebeln und einem weiteren mit Wellhornschnecken. Wieder gab es eine Kanne Brennnesseltee und Tassen, in denen je eine Zitronenscheibe lag. Ich war dankbar für den leichten Wind, der mir die verschwitzte Stirn trocknete.

Hungrig nahm ich ein Brötchen und belegte es mit Ei, Apfel und Meeresfrüchten.

»Eine fantasievolle Zusammenstellung«, sagte Dulcie. »Wie weit bist du mit dem Urwald?«

Ich kaute einige Male und schluckte, ehe ich antwortete. »Der ist unglaublich dicht. Ich wollte schon viel mehr geschafft haben.«

»Ich habe dich gewarnt.«

»Es wird doch ein bisschen länger dauern, als ich dachte.«

»Lass gut sein«, sagte sie. »Der nächste Winter dünnt ihn sowieso aus. Der Frost tut sein Übriges. Das Leben ist kurz, warum es mit Plackerei vertun?«

»Aber es macht mir richtig Spaß. Ich hab mir gedacht, ich bringe das am Zaun zu Ende und schneide dann noch rasch die Büsche unten auf der Wiese zurück, damit Sie das Meer wieder sehen können.«

Dulcie nahm einen Apfel und schnitt eine Scheibe davon ab.

»Warum sollte ich das wollen?«

»Ich dachte bloß. Weil –«

»Weil, wie Mallory antwortete, als man ihn nach dem Grund fragte, warum er den Everest besteigen wollte, *er da ist.* Aber das ist nicht nötig. Ich weiß, dass es da ist. Die Ebbe zieht es dreißig Meter zurück, und die Flut schiebt es wieder dreißig Meter vor. Tag für Tag. Ich muss das nicht sehen, um es zu glauben.«

»Aber fänden Sie es denn nicht schön, die ganze Aussicht zu genießen?«

Sie runzelte die Stirn. »Nicht besonders. Ich habe nicht mehr viel für das Meer übrig.«

»Aber Sie leben ganz in seiner Nähe.«

»Sagen wir einfach, wir hatten ein Zerwürfnis, und belassen es dabei.«

Dulcie kaute die nächste knackige Apfelscheibe.

»Aber wie kann man sich denn mit dem Meer überwerfen?«

»Weil man das nun mal kann«, sagte sie etwas schärfer, als ich erwartet hatte.

Wir verstummten.

»Ich hab gesehen, dass der Wasserhahn in der Küche tropft«, sagte ich. »Wahrscheinlich ist der Dichtungsring kaputt.«

»Ja«, sagte Dulcie zerstreut. »Das wird es sein.«

»Ich könnte einen neuen für Sie einsetzen.«

Sie überging meinen gezielten Versuch, das Gespräch in eine neue Richtung zu lenken. Sie hatte anderes im Kopf.

»Hör mal, Robert, ich bin nicht bereit, mich den wechselhaften Launen des Meeres auszuliefern. Das ist alles. Ich tu's einfach nicht. Das Meer ist unberechenbar und stürmisch, und ich habe keine Geduld für seine täglichen Dramen. Und manchmal – eigentlich die meiste Zeit – ist es einfach bloß langweilig. Dieselbe öde Geschichte, die wieder und wieder erzählt wird. Es schmeckt nach dem Unrat der Erde. Es interessiert mich nicht.«

»Ist gut, Dulcie. Ich schneide die Büsche nicht zurück, wenn Sie das nicht wollen.«

Ein Moment verging. Sie seufzte.

»Ich weiß ja, dass du dich bloß nützlich machen willst. Verzeih mir. Du hockst hier und wirst praktisch von mir festgehalten, wo du dir doch nichts sehnlicher wünschst, als da draußen zu sein und den Sog der Gezeiten zu spüren. Aber abgesehen davon, dass das Meer großzügig Hummer, Krebse und Thunfisch liefert, hat es mir im Laufe der Jahre wenig Gutes getan. Dennoch, lass dir von meinem Zynismus nicht deine Begeisterung verderben.«

Ich beschloss, nicht weiter auf das Thema einzugehen, und so saßen wir beide da, tranken unseren lauen Tee und verdauten schweigend unser Essen.

»Ich hab gedacht, ich mach einen kurzen Spaziergang, bevor ich weiterarbeite«, sagte ich. »Glauben Sie, Butler würde gern mitkommen?«

»Ich glaube, er würde vor Freude Luftsprünge machen. Er hat sich mittlerweile dran gewöhnt, einfach hier rumzulungern oder das Sträßchen zu beobachten wie ein Wachposten, aber ich fürchte, sein Territorium ist doch ziemlich klein geworden. Wir sollten ihn dennoch fragen. Hier haben alle dieselben Rechte.« Dulcie schaute sich um. »*Butters.* Wo ist dieser verflixte – ach, *da* bist du. Würdest du gern einen Spaziergang machen?«

Prompt stellte der Hund die Ohren auf und neigte sie nach vorne. Er gab mit hechelnder Zunge ein kleines freudiges Winseln von sich.

»Ich würde sagen, das ist ein Ja, meinst du nicht auch?«

Sie warf ihm ein Stückchen gebuttertes Brot zu, dann eine Apfelscheibe und schließlich eine von Essig tropfende Wellhornschnecke, und der Hund verschlang alles gierig.

»Soll ich seine Leine holen?«, fragte ich.

»Ach, der alte Butters braucht doch keine Leine. Er ist so treu und zuverlässig wie ein indischer Chai Wallah, nicht wahr, mein Junge? Er läuft niemals weg. Er weiß genau, dass er hier das Dolce Vita hat.«

Die letzten Reste der Morgenwolken hatten sich aufgelöst, als ich über den Zaun hinter Dulcie Pipers Cottage stieg und eine Reihe von miteinander verbundenen Weiden betrat, die sachte zum Horizont anstiegen. Butler sprang über den Zaun wie ein Vollblutpferd, und als er vorauslief, flatterte ihm seine lange Zunge rosa und rau ums Gesicht.

Ich stieg aus der Senke, in der das Cottage und die Wiese lagen, und das Land öffnete sich wieder. Hinter mir war eine wogende Decke des Lebens, die sich bis zu den Fischerhäusern in der Bucht erstreckte, und dahinter nichts als Meer, so weit das Auge reichte. Aus dieser Höhe sah es unter dem sanften Atem eines seufzenden Nachmittagshimmels vollkommen ruhig aus.

Von oben betrachtet, lag das Cottage in einer Vertiefung, die wahrscheinlich über viele Jahrtausende hinweg von fließendem Wasser gegraben worden war, den letzten tröpfelnden Überresten der geschmolzenen Eismassive, die Britannien und das Meer ringsherum einst bedeckten. Wie ich bereits gesehen hatte, waren diese Hänge durchzogen von kleinen waldigen Talläufen und seichten Flüsschen, in denen sich Stichlinge tummelten, und dort, wo das Wasser einen Weg oder eine Straße querte, waren Furten angelegt worden, zuerst für Pferdekarren und dann für Automobile.

Es war nie versucht worden, den natürlichen Lauf des Wassers umzuleiten oder unter die Erde zu legen, unsichtbar zu machen, wie das vielleicht in Städten geschehen wäre. Stattdessen hatte sich das Leben angepasst, um Seite an Seite mit diesen mäandernden Wasserwegen zu bestehen, die aus dem weiten, hoch gelegenen Sumpf- und Moorland kamen und sich mit dem Salzwasser des Meeres zu einem Cocktail aus bräunlichem Torfwasser und kräftiger Salzbrühe vermischten.

Ich konnte auf Dulcies Cottage hinabblicken, zusammengeschrumpft auf die Größe eines Puppenhauses, mit seinen roten Dachziegeln und den Schmarotzerpflanzen, die es umrankten. Der vielgliedrige Griff, mit dem die Gewächse das Haus festhielten, erinnerte mich an die schönen, in Fangnetze eingeflochtenen ultramarinblauen Glaskugeln, die ich in einigen Fischerdörfern gesehen hatte. Sie dienten dazu, die Netze in der Schwebe zu halten, doch manchmal lösten sie sich und trieben Hunderte Meilen weit, schaukelten über Untiefen, bis sie schließlich völlig unversehrt an ferne Ufer gespült wurden, fremden Stränden übergeben wie exotische Objekte, die unter ein und derselben Sonne schimmerten. Die Scherben derjenigen, die dennoch in den Wellen zerbarsten, wurden ebenso wie die Bruchstücke von Bier- und Limoflaschen vom Sand in den Windböen und der ständigen Reibung des Salzwassers glatt geschliffen, bis aus ihnen die runden, gläsernen Kostbarkeiten wurden, die Strandgutsammler so lieben und die schon die Sammeldosen vieler Kinder gefüllt haben. Ich selbst glaubte lange, es wären Edelsteine, die von einer Schatzkiste auf dem Meeresgrund nach oben getrieben waren, und als mir dann klar wurde, dass es sich lediglich um die Überbleibsel weggeworfener Alltagsgegenstände handelte, fand ich sie sogar noch faszinierender.

Ich nahm mir vor, bei erster Gelegenheit nach welchen zu suchen, doch solange ich noch nicht direkt am Meer war, wollte ich vorher erneut den Weg mit dem Dachsbau erkunden, der mich zufällig zu Dulcie geführt hatte.

Ihr Haus kauerte da unten in dem geologisch entstandenen grünen Grab, geduckt wie ein Tier, das sich auf den Winterschlaf vorbereitet, und wohin ich auch von meiner hohen Warte aus blickte, überall gab es ähnliche Steinhäuser mit Gärten und Nebengebäuden und Scheunen und Tiergehegen, alle strategisch so platziert, dass sie eine ungehinderte Sicht aufs Meer boten – alle außer Dulcies Cottage, wo die Wiese den Blick versperrte und welches daher so wirkte, als würde es sich ebenso wenig wie Dulcie selbst dafür interessieren, was jenseits seines unmittelbaren Umfeldes lag.

Ich überquerte eine Weide und gelangte zur nächsten. Dutzende Kaninchen wurden von uns aufgeschreckt und flitzten in alle Richtungen davon, das Weiß ihrer Schwänze wie bewegliche Zielscheiben.

Butler bellte und unternahm den halbherzigen Versuch, einem hinterherzujagen, doch offenbar wusste er aus Erfahrung, dass er sie nur auf engem Raum erwischen konnte oder wenn sie gerade schutzlos auf einer offenen Fläche ohne Deckung waren, und Kaninchen entfernen sich nie weit von der Sicherheit ihrer schattigen Verstecke. Also warf er ihnen bloß einen kurzen verächtlichen Blick zu, als wäre es unter seiner Würde, derart gewöhnliche Tiere zu jagen.

Ich ging weiter bergauf, und hinter der nächsten Weide erreichte ich den unteren Teil des Hohlwegs, über den ich hergekommen war.

Ich nahm einen starken Geruch wahr und suchte den Boden nach der Ursache ab: Da, auf einer Seite, war ein mit Löchern übersäter Bereich in der Erde, die an dieser Stelle besonders weich war, und jedes Loch war gefüllt mit anthrazitfarbenen Fäkalien, manche eingerollt, andere alt und aufrecht, aber alle mit einem dünnen Film überzogen, als wären sie mit Glanzlack konserviert worden. Die Dachslatrine barg etliche dieser Hinterlassenschaften, geglättet in den Innereien dieses einheimischen Dämmerungsjägers, so beständig und englisch wie die einsame Eiche oder der geschäftige Igel.

Butters trabte hechelnd weiter, und um unsere heißen Köpfe herum flimmerte ein Ring aus Fliegen.

Plötzlich war weiter vorne eine explosionsartige Bewegung, als etwas Rostbraunes durch eine schmale Lücke in der Hecke brach und quer über den Weg preschte. Für einen sekundenschnellen Moment sah ich ein Reh die fast senkrechte Lehmböschung hochspringen, wie ein Häftling eine Fluchtleiter, und in das Wäldchen oberhalb davon eintauchen. Dann war es verschwunden. Zurück blieben nur ein paar fallende Blätter und ein winziges Stückchen Fell, das sich an einem Draht verfangen hatte. Ich löste es ab und hielt es ins Licht, ein Knäuel aus groben, rötlich braunen Haaren.

Der Weg war schattig, und ich setzte mich für eine Weile auf den Waldboden gegenüber dem großen ausgegrabenen Erdhaufen des Dachsbaus. Hinter ihnen lieferte ein undurchdringliches Brennnesselgebüsch guten Schutz für weitere Dachsausgänge.

Ich beugte mich über den Eingang zu einer der Kammern und spähte in den kühlen Zugang hinein, der sich unter einem Gewirr überhängender Wurzeln in die Erde wand, eine Spiralrutsche in die Unterwelt. Ich bückte mich noch tiefer und drückte Kopf und Schultern in das Loch. Die Dachse waren ganz nah, sanftmütig und schlafend. Ich konnte ihre Präsenz spüren, genau wie sie zweifellos die Nähe eines Eindringlings spürten, der den einzigen Lichtstrahl in ihre uralten Vorbunker durchbrach. Ich atmete den Geruch feuchter Erde ein, eines verborgenen Englands.

Ein Stück weiter endete der Hohlweg unvermittelt, weil er auf eine der kleinen Landstraßen traf, also wandte ich mich wieder dem Meer zu und spürte eine jähe Erregung, als ich den gesamten Küstenabschnitt sehen konnte, wie er eine zerklüftete Mauer durch das hell leuchtende Wasser zog, das unermesslicher denn je schien.

Ich folgte eine Weile der zerfurchten Landstraße, bis ich die Perspektive verlor und weit von jedem halbwegs angedachten Kurs abkam, dann kletterte ich über eine Steinmauer und überquerte eine Wiese, die an einem Bach entlang verlief. Das Wasser diente mir als Wegweiser, führte mich bergab, und ich blieb stehen, damit Butler an dem gemächlich plätschernden Rinnsal trinken konnte, bevor wir uns durch Buschwerk schoben und ich stolpernd und ziemlich überrascht wieder auf dem Sträßchen landete, das zurück zu Dulcies versteckter Ecke führte. Rückblickend hatte ich mich in einem unsichtbaren Kreis über diesen Hügel bewegt, und ich war dankbar für den Steintrog mit Quellwasser, in das ich erst den Kopf und dann nacheinander die nackten Füße tauchte. Die Kälte fuhr mir wie ein Stromstoß die Beine hoch bis in mein Innerstes. Ich ging barfuß zurück, die Socken zusammengerollt in den Stiefeln, die ich in der Hand hielt, der Kopf tropfnass von Wasser, das so frisch schmeckte wie die neue Jahreszeit.

Ich arbeitete den ganzen Nachmittag, schnitt weiter das hartnäckige Unkraut zurück. Ich arbeitete sehr viel länger als geplant, in einem eingespielten Rhythmus aus Schwingen und Hacken, Schwingen und Hacken, während Insekten mich umschwirrten und die Vögel draufloszwitscherten, und machte nur Pause, um gierige Schlucke von dem gezuckerten Eiswasser mit Zitrone zu trinken, das Dulcie mir hingestellt hatte.

Je länger der Tag sich hinzog, desto mehr zerkratzte ich mir an Dornen und Gestrüpp Hände, Arme und den nackten Oberkörper, bis es aussah, als wäre mir ein kryptischer Morsecode in die gerötete Haut geritzt worden. Als der Nachmittag sich langsam dem Ende neigte, hielt ich inne, um die Schneise zu betrachten, die ich durch das hohe Gras geschlagen hatte. Ich war einigermaßen zufrieden mit meinem Werk, obwohl nach wie vor nur ein winziger Bruchteil der Wiese einigermaßen gezähmt worden war. Die Äste, die Dulcie die Aussicht aufs Meer versperrten, stutzte ich nicht.

Stattdessen ging ich tief hinein in die Wildwiese und streckte mich für einige Momente dort aus, lauschte ihrem Surren und Rascheln und spürte, wie die Sonne mir Strahlenkränze auf die geschlossenen Lider malte.

5

Umgeben von dichtem üppigem Gras und mit nur dem Himmel über mir erwachte ich aus einem kurzen, tiefen Schlaf. Ich trug kein Hemd und blieb verwirrt einen Augenblick liegen.

In den vergangenen Wochen war ich oft desorientiert gewesen, und ich musste nicht zum ersten Mal überlegen, wo genau ich eigentlich war. Nur selten hatte ich mein Geschäft zweimal am selben Ort erledigt, und schon lange war mir der einengende Zeitplan der Schule fremd geworden.

Das dumpfe Gefühl von Müdigkeit und körperlicher Erschöpfung zog mir schmerzhaft durch Rücken, Schultern und Nacken, als ich aufstand und langsam durch die Wiese zurück zum Cottage ging, um meinen Rucksack zu suchen. Ich spürte alle meine Gelenke, und meine Haut spannte von der sengenden Sonne.

Ein abendliches Bad im Meer war in dem Moment mein größter Wunsch, vielleicht gefolgt von einer Portion Fish and Chips, und dann ein frühes Nachtlager in einem Dickicht auf der Klippe oder einer Felsenbucht, vielleicht mit einem gemütlichen Lagerfeuer und einem Becher Brennnesseltee. Ich hatte Geschmack daran gefunden.

Dulcie war nicht im Garten, und als ich an die Cottage-Tür klopfte, öffnete sie nicht, also ging ich um das Haus herum und spähte durch die Fenster. Ich konnte meinen Rucksack und die zusammengerollte Decke neben der Küchentür sehen. Weitere gerahmte Fotos hingen in der schmalen Diele neben einer afrikanischen Holzmaske und einigen Geweihen. Auf einem Regal sah ich ein Bündel Pfauenfedern in einer Vase und etliche Muscheln und Kieselsteine und darunter ein großes, mit Hundehaaren bedecktes Kissen, auf dem Butler schlief.

Ich ging zurück in den Garten und setzte mich in einen Sessel, um auf Dulcie zu warten. Meine Augen wurden wieder schwer.

Dann stand sie plötzlich da, mit ihrem breitkrempigen Hut, eine stumme Silhouette mit der Sonne hinter ihr und einem Glas in jeder Hand.

»Du siehst so wettergegerbt aus wie ein echter Landarbeiter«, sagte sie. »Steht dir gut.«

Ich rieb mir die Augen und reckte mich, blinzelte in das gleißende Spätnachmittagslicht.

»Cocktailzeit«, sagte sie.

»Ich bin leider noch nicht ganz fertig. Ich muss noch mal ran.«

Sie hielt mir ein Glas hin. »Cocktailzeit.«

Das Getränk war hellrot, und ich sah Apfelstückchen darin schwimmen und Eiswürfel und Erdbeeren.

»Ich weiß, was du denkst«, sagte Dulcie, als ich das Glas nahm.

»Wirklich?«

»Ja. Aber ich habe letztes Jahr einen Schwung eingefroren, weißt du, für genau solche Anlässe.« Falls Dulcie in meinen Kopf schauen konnte, sah sie offenbar, dass er leer war, denn sie erklärte: »Die *Erdbeeren.* Trotz des warmen Wetters ist es für die noch immer zu früh.«

Ich nahm einen Schluck, und er perlte mit neuen Aromen auf meiner Zunge, süß und herb.

»Das schmeckt toll. Was ist da drin?«

»Ein bisschen von allem, was die Küche zu bieten hat, und dann noch viel mehr.«

»Ich hab mir gedacht, ich schneide noch eben das letzte Stück frei und räume alles auf, und dann sollte ich wohl los.«

»Jetzt?«

»Na ja, jedenfalls bald.«

»Bist du denn nicht müde nach der vielen Arbeit?«

»Ein bisschen. Ich hab ein Nickerchen gemacht, und den Muskelkater kann ich bestimmt weglaufen. Vielleicht geh ich heute Abend auch noch schwimmen.«

»Du musst an die Gezeiten denken und« – Dulcie deutete mit dem Kopf auf einen Korb, den sie in einer Armbeuge hängen hatte –, »ich habe gerade unser Abendessen besorgt.«

»Oh, das ist wirklich nicht nötig.«

»*Nötig* ist das nie.«

»Ich hab doch gerade erst mein Frühstück und das üppige Mittagessen abgearbeitet.«

Dulcie studierte kurz mein Gesicht.

»Wie dem auch sei, essen musst du trotzdem. Und dieses lächerliche Tamtam, von wegen du willst dich erkenntlich zeigen, mach ich nicht noch einmal mit, auch wenn deine Absichten noch so ehrbar sind.«

»Ich hatte an Fish and Chips gedacht.«

»Dann hast du genau richtig gedacht, denn genau das gibt's heute Abend.«

Ich trank einen Schluck von meinem Cocktail und knabberte an einem Eiswürfel.

»Sie sind zu freundlich.«

»Es geht um ein bisschen Fisch mit Bratkartoffeln, Robert, und man kann nie zu freundlich sein. Es sei denn natürlich, du willst den Krallen dieser alten Hexe unbedingt entfliehen. Falls dem so ist, flieh, flieh zum Horizont, ich wäre keineswegs beleidigt und Butler auch nicht, dessen Hundenapf dann heute Abend voller als sonst wäre. Obwohl mir scheint, dass er eine gewisse Zuneigung zu dir gefasst hat, nicht wahr –« Sie sah sich um. »Wo *steckt* die Töle eigentlich?«

Während Dulcie sich suchend nach dem Hund umschaute, nahm sie den Hut ab, der so groß wie ein Sombrero war, betupfte sich mit einem Taschentuch die Stirn und setzte ihn wieder auf.

»Ich paniere ihn.«

»Den Hund?«

Dulcie prustete laut los. »Den Fisch. Den Fisch, du Esel. Ich habe im Korb einen Petersfisch, der so lang ist wie mein Unterarm und so hässlich wie ein Boxer nach zwölf Runden gegen Max Schmeling, aber schmecken wird er hervorragend. Barton hat ihn raufgebracht.«

Ich trank noch einen kräftigen Schluck.

»Hör mal«, sagte Dulcie, »Ich brate jetzt den Fisch, und wenn du den gegessen hast, kannst du dich auf den Weg machen. Eine Armee marschiert auf ihrem Magen, und obwohl du ein einsamer Fahnenflüchtiger bist, brauchst du dennoch was zwischen die Kiemen. Der Horizont wartet noch. Iss was, dann zieh ihm entgegen.«

»Wie alt bist du noch mal, Robert?«

Das vollkommen erhaltene Skelett des filetierten Fisches war von Haut und Fleisch befreit. Ich sah zu, wie eine Schmeißfliege auf der Rückenflosse landete, zu der sich Augenblicke später eine zweite gesellte. Sie durften sich an dem gütlich tun, was wir übrig gelassen hatten.

»Ich bin sechzehn.«

Dulcie machte große Augen. »Ich habe ja gewusst, dass du jung bist, aber das ist absurd. *Sechzehn.*«

Ich lachte. »Finden Sie?«

»Aber ja. Sechzehn ist kaum noch eine Erinnerung für mich. Sechzehn ist ein fremdes Land. Sechzehn ist eine Fotografie in einem Koffer, der vor langer Zeit in einem Zug Richtung Orient vergessen wurde. Manche mögen behaupten, es sei absolut beneidenswert, so viel Zeit vor sich zu haben, aber selbst wenn ich die Chance hätte, noch mal so jung zu sein, würde ich es nicht wollen. Zumindest jetzt nicht.«

»Warum denn?«

»Tja, ich bin nur ungern der Wermutstropfen im unverdorbenen Teich jugendlicher Reinheit, aber noch mehr Kriege scheinen unvermeidlich. Noch mehr männlicher Schwachsinn. Glaub mir, es gefällt mir ganz und gar nicht, dass ich gezwungen bin, diese Haltung einzunehmen, sie widerspricht meiner Natur, aber wenigstens werden Pessimisten nur selten vom Leben enttäuscht. Das ist Pragmatismus, noch etwas, das ich mir erst recht spät angeeignet habe.«

»Ich denke bloß von Tag zu Tag«, sagte ich, und das war mein Ernst, denn wenn ich an das Leben dachte, das mich zu Hause erwartete – sechs Tage die Woche im Bergwerk und mich sonntags verkatert um den Lauch im Schrebergarten kümmern –, oder sogar daran, was die Zukunft womöglich für die Welt im Allgemeinen bereithielt, war ich nach wenigen Sekunden bedrückt und niedergeschlagen.

»Eine famose Haltung. Tun wir so, als käme das Morgen niemals.«

»Gestern ist es aber gekommen«, sagte ich scherzhaft.

»Oh, der war gut«, sagte sie. »Dann lass uns das Tagebuch wegwerfen, den Kalender verbrennen, die Uhren zertrümmern und stattdessen so tun, als wäre das Heute unendlich und würde nur durch den dunklen Himmel und den Ruf der Eule unterbrochen. Ich will damit sagen, drehen wir der Zeit eine lange Nase, denn Zeit ist auch bloß ein System von selbst gewählten, willkürlichen Grenzen, die einengen und kontrollieren sollen. Möge das Heute für immer währen, Robert. Begreifst du, was wir hier machen? Wir untergraben just das, was die Menschheit zusammenhält. Wir werfen die Ketten ab. Ist das nicht genial?«

Gemeinsam hatten Dulcie und ich noch zwei weitere Cocktails getrunken und fast eine ganze Flasche Weißwein geleert, und ich fühlte mich locker und gelöst, saß völlig entspannt im Sessel und rutschte langsam, aber unaufhaltsam in die Horizontale. Der Tag war dabei, mich zu bezwingen, und ich leistete nur zu gern wenig Gegenwehr. Aber Dulcie war so richtig in Fahrt, als brächten die Gezeiten in ihrem Kopf eine unaufhaltsame Flut von Wörtern mit sich.

»Weißt du«, fuhr sie fort, »ich war schon mal da, wo du herkommst. Zu einer Konferenz an der Universität. Ich hab euer Pferd gesehen.«

»Wir haben kein Pferd.«

»Klar habt ihr eins: das auf dem Marktplatz.«

»Ach so«, antwortete ich. »Sie meinen die Statue.«

»Ist ziemlich beeindruckend, oder?«

»Finden Sie?«

Ich kam nicht oft in die Stadt. Dazu hätte ich vom Dorf mit dem Bus fahren müssen, und eine Busfahrkarte kostete Geld, das ich nie hatte. Ich war nur einmal in der Kathedrale gewesen, auf einem Schulausflug. Die Stadt kam mir vor wie ein Ort für Professoren und Studenten mit ihren Talaren und albernen Hüten und für junge Männer und Frauen, die auf gute Schulen gingen und stapelweise Bücher mit sich herumtrugen und nicht so redeten, wie ich redete, und die sich bald zu den Akademikern und Studenten an den Horten der Gelehrsamkeit in anderen ähnlichen Städten gesellen würden. Sie war ein Ort, wo Kleriker Kopfsteinpflasterstraßen entlangeilten und Steuermänner den Rudercrews, die auf dem Fluss trainierten, durch Flüstertüten Befehle zuriefen, wo Touristen aus Omnibussen stiegen und stehen blieben, um die Burg zu bestaunen, wo Menschen Gebäck aßen und Tee aus klimpernden Porzellantassen mit Untertellern tranken, während sie in schönen georgianischen Fenstern saßen, und wo rotgesichtige Rugby-Mannschaften ihre jüngsten Erfolge auf dem Spielfeld mit Kneipentouren feierten.

Der einzige echte Grund, in die Stadt zu fahren, war das Bergarbeiterfest, das wir nur *das Große Treffen* nannten, an einem Samstag im Juli. Dann marschierten alle Musikkapellen der Zechen durch die Straßen, und wir trugen die Fahnen bis zur Pferderennbahn, wo es Reden gab und Verkaufsbuden und Fahrgeschäfte, und Zehntausende Menschen aßen und tranken und sangen. Zigeunerjungen zogen ihre Hemden aus, um mit den einheimischen Jungen zu kämpfen, und das Ganze ging bis spät in die Nacht, und wenn wir dann die lange Heimfahrt antraten, war uns von Süßigkeiten und Bratkartoffeln flau im Magen. Aber das war nur an einem Tag im Jahr, und ich hatte es zuletzt als Kind erlebt, denn während der fünf langen Kriegsjahre war das Bergarbeiterfest abgesagt worden, und dieses Jahr würde ich es ohnehin verpassen. Es schien, als würde Dulcie meine Heimatstadt besser kennen als ich.

»Das Pferd ist aus mehreren Gründen beeindruckend, nicht zuletzt deshalb, weil es grün ist«, fuhr Dulcie fort. »Ich bin viel in der Welt herumgekommen, aber ein grünes Pferd habe ich noch nirgendwo gesehen. Ich habe eines gesehen, das in einen mittelgroßen Koffer gepasst hätte, und eines, das doppelt so groß war wie ein Mann, und ich habe Hunderte von Seepferdchen gesehen, und einmal bin ich wegen einer Wette splitternackt auf einem Pferd geritten, aber ein grünes aus galvanisiertem Kupfer und noch dazu glatt geschliffen vom Regen, der im Laufe vieler Jahrzehnte wie rostige Dolche vom Himmel gefallen ist, habe ich nie gesehen. Doch in diesem Fall ist die Farbe des Pferdes nicht mal das Beeindruckendste daran. Diese Ehre gebührt der Geschichte, die ihm ständig gefolgt ist wie eine unsterbliche Stechfliege, die sich trotz aller Schläge des Kupferschweifs irgendwie nicht vertreiben lässt. Ich werde sie dir jetzt erzählen.

Es war einmal ein Mann namens Raffaele Monti. Er war ein italienischer Künstler, ein Bildhauer, geboren und aufgewachsen in Mailand, und in den 1850er Jahren hatte er schon eine Zeit lang in England gelebt. Es könnte sein, dass die Liebe ihn hierherführte, aber da bin ich nicht sicher. Diese Geschichte ist ein Puzzle, bei dem einige Teile mit der Aufschrift »Tatsachen« fehlen, also bastele ich mir einfach ein paar neue. Jedenfalls, dieser Monti erhielt den Auftrag, ein großes Pferd zu gestalten, das in Gedenken an irgendwas – wahrscheinlich eine gewaltige, aber sinnlose Schlacht – auf eurem Marktplatz einen Ehrenplatz bekommen sollte. Die Bürger stellten eine Bedingung: Es musste jemand auf dem Pferd reiten, und dieser Jemand sollte irgendein reicher Adeliger sein. ›Ich baue euch ein grünes Pferd‹, sagte Monti. ›Ein riesig großes Pferd.‹ Und das tat er. Er gestaltete ein großes Pferd, das elegant war und naturgetreu und faszinierend pferdeartig. Sein Format und seine grüne Farbe waren bloß zwei der offensichtlichsten Gründe, warum dieses Pferd Anlass von tausend Gesprächen war. Auf seinem Rücken saß der Marquis von Soundso, ebenso elegant und naturgetreu wiedergegeben. 1861 war die Skulptur vollendet und wurde offiziell auf dem Markplatz enthüllt. ›Dieses Pferd ist vollkommen‹, erklärte Monti bei der Enthüllung. ›In jeder Hinsicht vollkommen.‹ ›Es ist grün‹, sagte ein kleiner Junge. ›Dennoch ist es vollkommen‹, erwiderte der große Bildhauer. ›Und falls irgendwer auch nur einen einzigen anatomischen Fehler an diesem Pferd oder seinem edlen Reiter findet, dann werde ich aus Scham Selbstmord begehen. Denn diese Skulptur ist nicht bloß ein Kunstwerk, sie ist ein in Eisen gegossener Traum auf einem steinernen Sockel, aufgestellt an einem Ort, wo die Menschen sie noch in Hunderten von Jahren sehen werden.‹«

Dulcie hielt inne und trank einen Schluck Wein. Sie nahm sich Zeit für ihre Geschichte. Kostete sie weidlich aus.

»Nun denn. Das war eine offene Herausforderung, und im Nu kletterten die Bürger auf das Gerüst, um das Pferd ausgiebig zu inspizieren, während Monti einfach mit verschränkten Armen danebenstand und an einem Dauerlutscher nuckelte, denn er hatte kürzlich wieder einmal versucht, das Rauchen aufzugeben. Und er hatte recht: An dieser prächtigen grünen Statue, der wunderbarsten Attraktion der Stadt, waren keinerlei Fehler zu finden. Die Zeit verging. Etliche Wochen, vielleicht Monate. Noch immer blieben gelegentlich Leute stehen und nahmen das Pferd unter die Lupe. Für manche war das eine Art Tradition geworden, als stünde es auf ihren Einkaufszetteln: *in die Stadt gehen, Steckrüben und Brot kaufen, großes grünes Pferd auf anatomische Fehler untersuchen.* Eines Tages tauchte ein Blinder auf und sagte, er würde das Pferd gerne mit seinen hochsensiblen Fingern begutachten. Er bekam schnell die Erlaubnis, und man half ihm auf den Sockel. Eine kleine Menschenmenge versammelte sich, während er das Pferd abtastete –

den glatten Bauch, die dicke Kupfermähne, die herrlichen geblähten Nüster. Die Leute wurden ungeduldig. Schließlich kletterte der Blinde wieder nach unten und verkündete sein Urteil. ›Das Pferd hat keine Zunge‹, sagte er, wandte sich ab und ging nach Hause. ›Es hat keine Zunge!‹, sagten die Einheimischen, die lange genug gewartet hatten, und der erste schwache Blutgeruch drang ihnen in die Nase. ›Das Pferd hat keine Zunge – na los, hol einer Raffaele Monti her.‹ Sie wurden immer aufgeregter. ›Er ist uns einen Selbstmord schuldig‹, bemerkte jemand. Der Bildhauer wurde über diese Entwicklung in Kenntnis gesetzt. Er war wenig erfreut – er hatte gerade einen Auftrag in seiner Heimatstadt Mailand angenommen. Aber abgemacht war abgemacht. Raffaele Monti begab sich schnurstracks zur Kathedrale. Dort angekommen, stieg er die dreihundertfünfundsechzig Stufen zum höchsten Turm hinauf, und dann, während sich noch eine Menschenmenge unten versammelte, stürzte er sich in einen nicht ganz plötzlichen Tod.«

»Das ist schrecklich«, sagte ich.

»Tja, damit ist die Geschichte zu Ende, bis auf eine Kleinigkeit«, sagte Dulcie. »Das Pferd hatte nämlich doch eine Zunge. Vor lauter Aufregung war niemand auf die Idee gekommen, die Behauptung des Blinden zu überprüfen, schon gar nicht der arme Raffaele Monti, der in seinem künstlerisch erschöpften Zustand nicht mehr klar denken konnte. Er hatte sich in der Gewissheit seiner eigenen Kunstfertigkeit gewiegt. Das Pferd hatte eine Zunge, aber die Leute weigerten sich, es zu glauben. Sie hatten sich so sehr nach Unvollkommenheit gesehnt. Das massige grüne Pferd war in Wirklichkeit doch vollkommen, aber dafür war es zu spät. Ein Mythos entstand bereits, eine Geschichte, die weitererzählt werden konnte, ein Vermächtnis, das sie auf den Dachböden ihrer Köpfe aufbewahrten. Und wie du weißt, steht die Statue noch heute da, nobel und reglos inmitten der aufgewühlten Welt um sie herum. Du hast doch selbst bestimmt schon Leute am Sockel der Skulptur sitzen sehen, wie sie ein paar Minuten vertrödeln und über die Vergangenheit, die Gegenwart und vielleicht auch die Zukunft nachdenken. Aber früher oder später stehen sie alle auf, klopfen sich den Hosenboden ab und spazieren gähnend davon, während sie den Himmel nach der drohenden Gefahr eines Gewitters absuchen, das mit grollendem Donner heranrollt, wie die Hufe eines Pferdes, das größer ist, als jeder Träumende oder jeder Bildhauer sich das vorstellen kann.«

»Ist das wirklich alles wahr?«, fragte ich.

Dulcie musterte mich stirnrunzelnd, und dann lächelte sie, sagte aber nichts.

Unter dem Tisch fraß Butler eine Handvoll knusprige Bratkartoffeln, die besten, die ich je gegessen hatte, und stupste dann sachte gegen mein Knie, um noch mehr zu erbetteln. Ich konnte Dulcies nächstem weitschweifigem Monolog nicht mehr folgen, obwohl sie es anscheinend nicht merkte und weiterredete, ihr Gedankengang ein träger Fluss, der durch die weite abendliche Landschaft glitt. Ich steckte dem Hund noch eine Bratkartoffel zu. Sie war in Essig getränkt, der die Farbe von einem Dutzend Blutstropfen in einem Becher Salzwasser hatte.

»Aber was kommt dann?«

Dulcies Frage riss mich aus meiner Wein- und Kohlehydrate-Träumerei. Ich hob den Kopf, lächelte benommen. »'tschuldigung, ich war gerade –«

»Ich meine, hast du irgendeine Vorstellung, was du mit deinem Leben anfangen willst?«

»Anfangen?«

»Ja, anfangen. Nach dieser homerischen Reise.«

»Ich weiß nicht genau«, sagte ich.

»Das ist nicht unbedingt etwas Schlechtes. Jeder junge Mann, der sein Leben geplant hat, ist zu bemitleiden, da Pläne kaum Platz für Zufälle und unerwartete Entdeckungen lassen. Und überdies ist jeder Mensch an sich – falls er überhaupt menschlich ist – eine sich ständig verändernde Entität, ebenso wie die Welt um ihn herum. Was für ein trostloses Leben führen doch diejenigen, die sich familiären Erwartungen oder Traditionen beugen.«

»Ich glaube, ich wäre gern flexibel. Vielleicht könnte ich Flugzeuge fliegen, wie Douglas Bader.«

»Eine interessante kleine Anekdote zu unserem neuen Nationalhelden mit den blechernen Beinprothesen«, erwiderte Dulcie. »Wusstest du, dass er seine Beine verloren hat, als er über einem Übungsplatz zeigen wollte, was für ein Fliegerass er ist? Der Krieg und seine Gefangennahme 1941 in Frankreich hatten nichts damit zu tun. Da war das Dritte Reich schon nur noch das Hirngespinst eines Irren. Sein Heldentum lag darin, dass er später mutig oder lebensmüde genug war, mit diesen Prothesen zu fliegen. Ich persönlich finde ja, so was fordert das Schicksal heraus. Außerdem soll er ein ziemlicher Widerling sein, wie mir zu Ohren gekommen ist. Aber ich schweife ab. Meiner Erfahrung nach entpuppen sich Leute, deren Karrieren vorherbestimmt sind, irgendwann als einfältige Langweiler. Das sind die Männer, die unsere Bankdirektoren, Finanziers und Politiker werden, machtberauscht von ihrem eigenen Anspruchsdenken. Die Unwürdigen. Ihr Geschmack ist fade, ihre Fantasie verkümmert. Der Abendzug von London zurück zum Haus auf dem Land, die stille Verzweiflung einer bröckelnden standesgemäßen Ehe. Nein, danke, mein Lieber. *Nein, danke.*«

»Eigentlich ist das ganz ähnlich wie mit mir und meinem Vater und seinem Vater und dessen Vater, wo die doch alle Bergmänner geworden sind«, sagte ich.

»Dann spürst du gewiss die Last der Erwartung wie einen Sack von dem schwarzen Zeug auf dem Rücken.«

Ich zuckte mit den Achseln. »Ich schätze, mein Dad wird bald versuchen, mich ans Arbeiten zu bringen.«

»Vermutlich ist dieser Beruf voller Gefahren.«

»Es kann leicht was passieren. Aber es ist kein schlechter Beruf. Die Zeche kümmert sich um einen. Die Löhne sind gut, und es gibt das Badehaus und die Bücherei und den Klub und das alles. Häuser auch, wenn einer eine Familie gründen will.«

Dulcie goss sich den letzten Wein ein, den sie in eine Karaffe dekantiert hatte, die scheinbar nie den Tisch verließ, und trank.

»Hast du schon mal eine Hochschulausbildung in Erwägung gezogen?«

»An der Universität?«

»Ganz genau. An der Universität.«

Ich kraulte den Hund hinter den Ohren und nahm noch einen Schluck Wein.

»Leute wie ich gehen nicht studieren.«

»Was meinst du mit ›Leute wie ich‹?«

»Bergmannsleute.«

»Aber du hast ein funktionsfähiges Organ in deinem Schädel, oder?«

»Ich hoffe es.«

»Das hast du ganz offensichtlich. Und mehr brauchst du nicht.«

Ich lächelte. »Außer dem ganzen übrigen Kram.«

»Was soll das denn heißen?«

»Man braucht zum Beispiel die richtigen Klamotten und die richtige Art zu reden.«

Dulcie schnalzte mit der Zunge. »Völliger Unsinn. Du würdest schon deinen Mann stehen, da bin ich mir sicher. Du brauchst lediglich Lust am Lernen, und wenn die ähnlich groß ist wie deine Lust am Essen, müsste sie vollkommen ausreichen.«

Ich merkte, wie mir bei dem Gedanken, dass sie mich möglicherweise für gefräßig hielt, die Schamesröte ins Gesicht kroch.

»Liest du viel?«

»Manchmal«, antwortete ich. »Wir haben nicht viele Bücher bei uns zu Hause.«

»Woran hast du Spaß?«

»Eine Zeit lang hab ich gern Comichefte gelesen, aber das kommt mir jetzt wie Kinderkram vor. Ich mag Abenteuerromane.«

»Zum Beispiel?«

Ich überlegte krampfhaft. »*Die neununddreißig Stufen* fand ich toll.«

»Ach ja, Buchan. Mein Vater kannte ihn.«

»Ihr Vater hat den Mann gekannt, der *Die neununddreißig Stufen* geschrieben hat?«

»Wenn ich mich recht entsinne, hat er ihm Geld geliehen.«

»War Ihr Dad selber auch Schriftsteller?«

»Gott, nein, das Einzige, was er geschrieben hat, waren Schecks für seine vielen Geliebten. Nein, er hat Buchan in Kanada kennengelernt. Wie bist du in der Schule zurechtgekommen?«

Ich zuckte mit den Schultern. »Ich wäre lieber irgendwo draußen gewesen.«

»Und das bist du jetzt, also hast du dich schon verbessert. Haben sie euch auch Lyrik beigebracht?«

»Wir mussten Shakespeare lesen.«

»Die Sonette?«

»*Romeo und Julia,* glaube ich.«

Dulcie verzog das Gesicht. »Das ist keine Lyrik, das ist altertümliches Drama, das auf die Theaterbühne gehört und nicht in einem stickigen Klassenraum laut gelesen werden sollte. Falsch dargeboten und aus dem Zusammenhang gerissen, kann es dir lebenslang den Spaß daran verderben, aber ein gutes Gedicht bricht die Austernschale des Verstandes auf, um die Perle darin freizulegen. Es findet Wörter für Gefühle, deren Definitionen sich allen Versuchen des verbalen Ausdrucks entziehen. Der gute William ist da gar nicht so schlecht.«

»Die Sachen, die wir lesen mussten, waren langweilig. Das hat für mich überhaupt keinen Sinn ergeben. Das war wie eine Fremdsprache.«

Dulcie gestikulierte mit ihrem Glas in meine Richtung, wobei Wein auf ihr Handgelenk schwappte. »Dann haben sie euch die falschen Teile lesen lassen. Die falschen, sage ich. Und das ist an und für sich schon eine mittlere Tragödie. Du brauchst Gedichte, mit denen du etwas anfangen kannst.«

»Ich glaube, die gibt's nicht.«

»Mein lieber Junge, selbstverständlich gibt's die. *Selbstverständlich.* Du kannst mir glauben, alles, was du je gefühlt hast, wurde vor dir schon von einem anderen menschlichen Wesen gefühlt. Vielleicht kannst du dir das nicht vorstellen, aber es ist die Wahrheit. Darum geht es in der Lyrik. Sie erinnert uns genau an diese Tatsache. Durch Dichtung vermittelt uns die Menschheit, dass wir nicht völlig allein auf der Welt sind. Dichtung ist eine tröstliche Stimme, die durch die Zeiten hallt wie der schwermütige Klang eines Nebelhorns in der nautischen Nacht. Dichtung ist eine Trittleiter zwischen den Jahrhunderten, vom antiken Griechenland zu morgen Nachmittag. Dein Problem ist, dass dir die reinen Poeten, die den Kopf und das Herz ansprechen, einfach noch nicht nahegebracht worden sind. Die Meister. Aber zu deinem Glück hast du an der richtigen Stelle dein Lager aufgeschlagen. Ich würde fast sagen, es ist Schicksal, wenn ich mich dazu überwinden könnte, an eine derart ätherische Vorstellung zu glauben. Also: Du bist ein junger Mann, der einen romantischen Kopf auf den Schultern hat, seh ich das richtig?«

»Mit rührseligem Zeug kann ich wenig anfangen.«

»Das habe ich auch nicht behauptet. Romantik ist nämlich nicht gleichbedeutend mit Herzschmerz und Rosen. Romantik ist Gefühl, und Romantik ist Freiheit. Romantik ist Abenteuer und Natur und Wanderlust. Sie ist Meeresrauschen und der Regen auf deiner Zeltplane und ein Bussard hoch über einer Wiese und das morgendliche Erwachen mit der Frage, was der Tag wohl bringen mag, um dann loszuziehen und es herauszufinden. *Das* ist Romantik.«

»Tja, wenn Sie es so ausdrücken«, sagte ich, »dann ja, vielleicht bin ich ein bisschen romantisch. Darüber hab ich mir nie wirklich Gedanken gemacht.«

»Ergo musst du einige Gleichgesinnte lesen. Moment – warte mal kurz. Ich schau mal nach, was ich dahabe.«

Dulcie stand auf und ging ins Haus. Der Hund erhob sich ebenfalls und wollte ihr folgen, ließ sich aber wieder nieder, als sie ihm befahl zu bleiben. Er lag neben ihrem leeren Sessel, schielte ein paarmal zu mir hoch und senkte dann den Kopf auf seine übergroßen ausgestreckten Pfoten. Ich hörte

Dulcies Schritte auf der Treppe und dann das dumpfe Geräusch von Büchern, die verschoben und weggelegt wurden. Als sie zurückkam, hatte sie den Arm voller Bände, die sie auf den Tisch plumpsen ließ.

»Was ist mit Lawrence?«, fragte sie. »Ich vermute von *Chatterley* hast du schon gehört?«

Ich nahm im Sessel Haltung an. »Ja«, sagte ich, und dann, weil mir klar wurde, dass Verstellung nutzlos wäre, sagte ich leiser: »Ich meine, nein.«

»Du musst ihn unbedingt lesen. Um ehrlich zu sein, ich halte dich hier fest, bis du ihn gelesen hast. Ich könnte mir denken, dass er einem jungen Mann wie dir, mit Blut in den Adern und Verlangen im Schritt, gefallen wird, obwohl du wohl schwerlich ein unzensiertes Exemplar wie das meine finden würdest. Diese Literatur ist erfüllt von der Fruchtbarkeit des Lebens. In seinen besten Momenten pulsiert Lawrence förmlich. Das Tier in uns und die Welt um uns herum, darüber schreibt er am besten.«

Ich hatte wohl das Gesicht verzogen, als sie das sagte, denn Dulcie merkte, dass ich unsicher war, und wurde deutlicher.

»*Sex*«, sagte sie. »Sex und die Poesie, die dazugehört. Sport im Haus und Gymnastik im Freien; er war besessen, wie das viele der größten Köpfe sind. An manchen Stellen *schwillt* seine Prosa regelrecht an. Natürlich haben sie ihn dafür bestraft.«

Prickelnde Wärme kroch mir über die Wangen, und doch wollte ich mehr erfahren. »Ihn bestraft – wie?«

»Hast du nicht davon gehört? Die haben ihm zuerst Unzüchtigkeit vorgeworfen und dann, er hätte im Ersten Weltkrieg für die Deutschen spioniert. Dabei waren das Einzige, was Bert ausspioniert hat, Landarbeiter mit nacktem Oberkörper und Klapsmühlen. Aber sie haben ihn trotzdem ins Ausland getrieben, die Verleger, die Kritiker und Puritaner. Zu viele Ficks und Mösen für deren Geschmack, vermute ich, aber meiner Meinung nach haben sie einfach nicht kapiert, worum es ging.«

Ich verschluckte mich an dem Wein, den ich gerade trank, und hielt mir die Hand vor den Mund, um ein paar Tropfen hineinzuhusten. Ich wischte mir unauffällig unter dem Tisch die Hand an der Hose ab, während Dulcie unbeirrt weiterredete.

»Wir wissen ja aus der Geschichte, dass Visionäre in ihren Heimatländern nur selten Anerkennung erfahren und häufig verbannt werden«, sagte sie. »Und er war so ein *netter* Bursche, wirklich. Er war immer nur in seinen Büchern anzüglich, das ist das Absurde. Hier –«

Sie reichte mir das Buch, und ich drehte es in meiner Hand um. Es war *Liebende Frauen*. In blauer Tinte war es Dulcie gewidmet.

»Den haben Sie auch gekannt?«, fragte ich.

»Ich bin ihm mehrmals in New Mexico begegnet, als wir dort waren. Er war schwer zu übersehen: rotbraunes Haar und ein Teint wie schimmeliges Mehl. Einen Bart, bei der Hitze. Sehr englisch. Der weißeste Gringo auf dem Kontinent, würde ich sagen. Aber charmant und an allem interessiert. Ich habe ihn Bert genannt, eine Abkürzung für seinen zweiten Vornamen – Herbert. Frieda war auch sympathisch, eine Bekannte von einer Bekannten. Sie war seine Frau. Deutsche. Sie lediglich als ›seine Frau‹ zu bezeichnen, wäre ein Zugeständnis an die männliche Unart, die Rolle der Frau ständig herabzuwürdigen, denn sie war so viel mehr. Sie war seine Mäzenin, seine Muse, seine Geliebte, seine Rettung. Die Sehne, die seine Knochen zusammenhielt.

Sie hat viel geopfert, damit er schreiben konnte – ihre eigenen Kinder, sagen manche. Eine beeindruckende Lady, das war Frieda. Später haben sich unsere Wege noch einige Male gekreuzt, aber das ist eine andere Geschichte für einen anderen Tag. Das Tragische dabei ist, dass Bert heutzutage wohl kaum verhaftet werden würde, selbst wenn er splitternackt durch Eastwood laufen würde.«

»Haben Sie noch Kontakt zu ihm?«

»Dazu müsste ich nach New Mexico reisen und seine gelben Knochen ausgraben. Die Tuberkulose hat ihn vor vielen Jahren dahingerafft. Und selbst die Nachrufe waren noch ablehnend. Die kastrierten Kritiker konnten ihm nicht verzeihen, dass er es geschafft hatte, seiner Zeit Jahrzehnte voraus zu sein. Ja, Bert war der Beste, aber ich tröste mich mit der Gewissheit, dass die Welt das eines Tages einsehen wird.«

Dulcie schüttelte den Kopf, redete dann weiter.

»Und deshalb, Robert, haben Leute wie ich die Pflicht, die frohe Botschaft an Leute wie dich weiterzugeben, an die nächste Generation. Die größten Geister werden allzu oft missachtet, und Selbstzufriedenheit in diesen Dingen führt zu nichts anderem als Mittelmaß, aber Menschen wie du und ich müssen gemeinsam darum kämpfen, die Welt lebenswerter, bunter und aufregender zu machen. Bei Gott, das ist heute notwendiger denn je. Menschen fangen keine Kriege an, wenn sie innerlich erfüllt sind, und das Streben nach persönlicher Freiheit kann derzeit als ein radikaler Akt betrachtet werden. Und darum geht es mir, Robert. Du musst dein Leben haargenau so leben, wie du es willst, nicht für irgendjemand anderen. Wir stehen vor großen Veränderungen, glaub mir. Freiheit und das Streben danach: Darum müssen wir uns stets bemühen. Die Zukunft mag ungewiss sein, aber sie steht dir offen. Aus all dieser sinnlosen

Gewalt muss etwas Gutes hervorgehen. Mögen Dichtung und Musik und Wein und Romantik den Weg weisen. Möge die Freiheit siegen. Hier – versuch das mal.«

Dulcie reichte mir ein anderes Buch. Ich las den Titel. Wieder Lawrence: *Lady Chatterleys Liebhaber.*

»Diese Ausgabe ist so selten wie ein schwarzer Schimmel. Absolut verboten.«

»Haben Sie viele Berühmtheiten kennengelernt, Dulcie?, fragte ich.

»Im Laufe der Jahre, ja, ich denke, das kann man sagen.«

»Sind Sie berühmt?«

»Nein, Gott sei Dank.« Ihre Miene verfinsterte sich. »Ich habe zu Genüge aus nächster Nähe erlebt, dass Ruhm, Prominenz oder traurige Berühmtheit, nenn es, wie du willst, lediglich ein Fluch ist, der unglücklich macht. Vor allem Menschen mit einer kreativen oder künstlerischen Ader. Viele Jahre lang habe ich beobachtet, dass die wahrhaft Talentierten unweigerlich auch die Empfindsamsten sind, und die Öffentlichkeit, für die einzig und allein das Artifizielle zählt, ist kein Ort für Dichter. Hinzu kommt, dass die Kritiker jeden für Freiwild halten – inklusive Privatleben und so weiter –, dabei haben die meisten keinen blassen Schimmer, wenn es um das geschriebene Wort geht. Ja, die Öffentlichkeit ist kein Ort für Menschen mit, sagen wir, empfindsamem Gemüt. Kein Dichter sollte berühmt sein, er sollte nur gelesen werden.«

Ich betrachtete das Buch erneut. »Hat D. H. Lawrence Ihnen dieses Exemplar geschenkt?«

»Das nicht, aber ein Verehrer hat eine seltene unzensierte Ausgabe für mich gekauft, als sie '32 unter der Ladentheke angeboten wurde. Vielleicht hatte er es darauf abgesehen, der Mellors für meine Lady zu werden. Hat ihm aber nichts genützt. Trotz des ganzen Wirbels, den das Buch ausgelöst hat, geht es in ihm nämlich nicht um sinnloses Rammeln. Es geht um Klasse, und dieser Bursche hatte sehr wenig davon, denn sonst hätte er sich die Mühe gemacht, mich erst mal kennenzulernen, und dann hätte er womöglich ein paar Dinge erfahren, die seine Pausbacken puterrot hätten anlaufen lassen. Ich schlage vor, dass du auch Berts Gedichte liest.« Sie reichte mir ein schmales Bändchen. »Ja, er beschreibt ein kräftig duftendes England. Einen fruchtbaren Ort, in dem es von Leben wimmelt, und ich stelle mir vor, dass es in manchen Gegenden da draußen noch immer so ist, unter dem Dreck und den knurrenden Mägen.«

Dulcie sah die anderen Bücher durch.

»Also. Was noch? Da hätten wir natürlich Whitman. *Grashalme,* wegen der amerikanischen Perspektive. Hatte großen Einfluss auf Lawrence und viele andere. Dann Shelley. John Clare. Robinson Jeffers – noch so ein Cowboy.«

»Cowboy?«

»Ja, ein Kaugummikauer.« Dulcie lächelte. »Ein Ami, Robert.«

»Ach so.«

»Interessanter Bursche, dieser Jeffers; jenseits des großen Teichs hochverehrt, aber hier kaum bekannt. Außerdem Auden, Keats. Wahrscheinlich solltest du dich auch mit ein paar von den Jungs in dem anderen Krieg befassen, aber ich vermute, das ist so ziemlich das Letzte, was du im Moment willst. Und ich kann dir ja wohl nicht nur Werke von Männern ans Herz legen. Also kommen wir zu Emily Dickinson, Christina Rossetti und – um ein bisschen nördliche Rauheit ins Spiel zu bringen – Emily Brontë. Die Heathcliff-Geschichte ist einen Versuch wert, obwohl sie ein verdammt gutes Lektorat hätte gebrauchen können.«

Sie schob einen kleinen Bücherstapel in meine Richtung. »Nimm dir, was du willst.«

»Danke. Ich werde gut auf sie achten.«

»Behalte sie, behalte sie«, sagte Dulcie. »Es tut gut, ein bisschen auszumisten. Außerdem sind nicht die Bücher das Wesentliche, Robert. Die sind bloß Papier, aber sie enthalten ganze Revolutionen. Die meisten Diktatoren lesen kaum etwas anderes als die schmeichelhaften Biografien, die irgendwelche Schleimer über sie verfassen. Und das ist ihr Fehler: nicht genug Poesie in ihrem Leben.«

Es war ein schwüler Abend, und der Himmel kam in Bewegung. Wolken türmten sich auf und fielen zusammen, fraßen sich selbst. Die Wärme des Tages war zu einer feuchten, brütenden Hitze geworden, und die Spannung in der Atmosphäre entsprach einem dumpfen Pochen seitlich in meinem Hals, das sich zu Kopfschmerzen auszuwachsen drohte. Ich stand auf und stieg auf meinen Sessel, um einen Blick aufs Meer zu werfen, wo ein schattenhafter Vorhang über das Wasser gezogen wurde. Zwischen den tiefen, schnell treibenden Regenwolken und der See war etwas Diffuses in Bewegung, eine sich unablässig verändernde Form, wie ein Insektenschwarm. In Wahrheit waren es breite Streifen Regen über dem Meer, die sich verbanden und wieder trennten, während sie von den kälteren Winden des nördlichen Erdteils herangetragen wurden. Es sah aus, als würde das Meer selbst hinauf in den Himmel gesogen.

Der Regen war noch viele Meilen entfernt, doch hier im Garten war es plötzlich ruhig und auffallend still geworden. Keine Vogelrufe. Kein fernes Hundegebell. Der Muskel in meinem Hals pochte mit einem fast elektrisierenden Pulsschlag.

Butler hob wieder den Kopf.

»Das da draußen ist die offene See«, sagte Dulcie leise.

Ich stieg vom Sessel. Sie deutete die Wildwiese hinunter.

»Dieser ferne Streifen Meer, wo Himmel und Wasser eins werden.«

»Ich wusste nicht, dass man das so nennt.«

»Ich verrate dir noch was: Ich würde mich nicht mit dem Biest anlegen, das da angerollt kommt. Aber ich bin ja auch nicht du. Sonst hätte ich wahrscheinlich das Gefühl, dass mir jemand die Ohren vollgequatscht und mir Bücher aufgedrängt hat, die du, wenn ich es recht überlege, unmöglich auf deiner epischen Reise mitschleppen kannst. Was hab ich mir nur dabei gedacht?«

Der Himmel grollte. Die Ohren des Hundes stellten sich auf: zwei haarige, aufs Meer ausgerichtete Schallspiegel, die den Umschwung in der Atmosphäre aufnahmen.

Dann fielen die ersten dicken Tropfen.

Dulcie sagte: »Wir sollten noch eine Flasche aufmachen und uns die Vorstellung anschauen.«

6

In jener Nacht fiel der Regen lotrecht. Längliche Tropfen, so gerade wie Treppenstangen. Es regnete so heftig, dass ich mein Lager hastig in den Schuppen verlegte. Ich stieß die klemmende Tür auf, und sobald ich mich niedergelassen hatte, teilte ich mir den Platz gern mit den Ratten oder welchen Nagern auch immer, die in dem Hohlraum unter den knarrenden Holzdielen herumhuschten.

Wind kam auf und ließ nach und frischte wieder auf, und ein tonloses, böses Pfeifen kreischte um die Ecken der Hütte.

Der Wolkenbruch trommelte einen forschen Marschkapellentakt auf das alte bemooste Wellblechdach, steigerte sich dann zu einer chaotischen Sinfonie von donnernden Rhythmen, und als er sich allmählich legte, hörte ich Wasser aus der auf halber Höhe abgebrochenen Regenrinne rieseln und das Plätschern von Tropfen in der torfbraunen Pfütze, die sich darunter sammelte.

Ich versuchte, eines von Dulcies Büchern bei Kerzenlicht zu lesen, doch es zog in der Hütte, und die Flammen wurden fast waagerecht geweht. Der Tag mit zu viel Sonne und Wein hatte mich ausgedörrt, also trank ich Regenwasser aus einem Blechnapf, den ich an der Regenrinne gefüllt hatte.

Ich erwachte einmal mitten in der Nacht, weil ich ein Schnauben hörte und etwas ziemlich Großes sich an der

Hütte scheuerte, aber ich rührte mich nicht, sondern blieb still wie eine Mumie in einem Schlafsack liegen und lauschte, wie sich das Tier raschelnd durch das hohe Gras entfernte.

Am frühen Morgen war das Unwetter abgeflaut, und die Spannung in der Atmosphäre hatte nachgelassen. Das graue Meer brüllte in der Ferne wie ein Fußballstadion, das eine Fehlentscheidung in der Nachspielzeit erlebt, ein stürmischer Aufruhr, der den Hang heraufschallte. Aus dem verdreckten Fenster der Hütte konnte ich so gerade eben über die Bucht hinweg die zerklüftete Landspitze drei oder vier Meilen südlich sehen.

Dort lagen die Überreste des längst aufgegebenen Versuchs eines Philanthropen, auf den Felsen einen Kurort entstehen zu lassen. Übrig geblieben waren nur eine ungenutzte Kanalisation, die Bodenmarkierungen für Straßen, die nie gebaut worden waren, und ein weitläufiges einsames Hotel, hoch oben auf einer Klippe, die zu steil war, als dass die Gäste je leichten Zugang zum Meer hätten haben können. Das Gebäude war ein dunkler Fleck in der Ferne, bloß die Torheit eines weiteren ideenreichen Mannes gegen Ende des britischen Empire.

Die Sonne ging träge über der Wildwiese auf, anfangs blass und schwächlich, doch dann gewann sie an Stärke und Leuchtkraft, und als sie gerade begann, einen flammend goldenen Morgen über die Wiese zu werfen, tauchte ein Reh aus den überwucherten Büschen auf und schnüffelte in der wärmer werdenden Luft.

Auf Beinen, die unwahrscheinlich dünn aussahen, machte es mehrere Schritte vorwärts und blieb dann einen langen Moment stehen, während ich es nicht wagte, eine Bewegung zu machen, obwohl ich ein gutes Stück entfernt in der Hütte war. Offenbar hatte es irgendetwas Unhörbares wahrgenommen, denn es ergriff die Flucht und sprang zwischen die Bäume, aber ich blieb weiterhin wie versteinert stehen, mein ungewaschenes Gesicht in der fleckigen Glasscheibe gespiegelt.

Eine Wolke Fluginsekten füllte die Luft, als Bienen und Wespen und Motten und Schmetterlinge und Libellen aufflogen. Ich trug meinen Schlafsack nach draußen und schüttelte den Staub von Jahrzehnten ab.

Das Frühstück fiel leicht aus: je ein gekochtes Ei und ein Apfel plus Brennnesseltee.

»Das zweitbeste Mittel gegen Kater. Das Beste wäre ein ordentlicher Schluck von dem Saft, von dem dir so übel ist«, erklärte Dulcie. »Aber da sich unser Kater in Grenzen hält, müssten die Eier genügen. Protein.«

Wir tranken noch mehr Tee, und ich spürte, wie meine Lebensgeister zurückkehrten.

»Hast du schlafen können?«

»Sehr gut sogar.«

»Dann wirst du wohl bald aufbrechen.«

»Ja«, sagte ich. »Ich räum nur noch den Grünschnitt von gestern weg. Ich bin wirklich schon lange genug bei Ihnen.«

Wir beendeten unser Frühstück schweigend, und dann sagte Dulcie: »Das war kein Wink mit dem Zaunpfahl. Wenn ich deiner Gesellschaft überdrüssig wäre, würde ich es dir sagen. Das Leben ist zu kurz für Andeutungen. Klare Sprache und unmittelbares Handeln, das sind die Kommunikationsarten, die ich bevorzuge. Menschen, die sich schnell gekränkt fühlen, sind es bestimmt nicht wert, eine längere Bekanntschaft mit ihnen zu unterhalten. Siehst du das auch so?«

Wieder einmal war ich unsicher, wusste nicht wirklich, was ich selbst dachte, deshalb nickte ich nur und überlegte, wie viele Menschen bei mir zu Hause lieber nichts sagten, als sich der peinlichen Situation zu stellen, mit der Wahrheit rauszurücken. Die war immer nur in ihrem passiven Schweigen zu finden.

Eine letzte halbe Stunde verging mit der mühevollen Arbeit, Grasschnitt zusammenzuharken und eine Schneise durch Unkraut und Wildgräser zu schlagen. Doch dann merkte ich, dass sich auf meinen Händen und Unterarmen ein geröteter und gereizter Hautausschlag mit weißlichen Quaddeln gebildet hatte. Ich kratzte daran herum, während ich zurück zum Cottage ging. Dulcie sah mich.

»Lass mal sehen.«

Ich hielt ihr meine Arme hin. Sie schüttelte den Kopf.

»Ich tippe auf Bärenklau. Üble Sache, aber du hast noch Glück. Man kann davon erblinden.«

»Wirklich?«

»Wirklich. *Heracleum mantegazzianum*: Riesenbärenklau. Brennt wie verrückt, was man so hört. Ein invasiver, streitsüchtiger Plagegeist. Komm mit, das muss abgespült werden, bevor es Blasen wirft oder sich entzündet. Seife und kaltes Wasser, sofort.«

Sie führte mich zu einem Außenwasserhahn und drehte ihn auf, während meine Haut sich anfühlte, als würde sie verbrennen. Dulcie holte ein Stück Seife, und ich wusch mich so gründlich wie möglich. Als ich fertig war, sahen meine Handgelenke und Arme noch röter aus als vorher, und meine Hände waren leicht geschwollen, als hätte jemand mit einem Hammer auf sie eingeschlagen.

Dulcie drehte sie kopfschüttelnd hin und her.

»Ich mach dir sicherheitshalber einen Breiumschlag.«

»Nicht nötig, wirklich. Das ist nur noch eine kleine Reizung.«

Bald darauf hatte ich meine Decke und Plane aufgerollt und meinen Rucksack gepackt. Ich war hin- und hergerissen zwischen dem Wunsch, mich noch ein Weilchen auszuruhen, zumindest so lange, bis das Brennen nachließ, das mir die Arme hochkroch, oder aufzubrechen, bevor die trägen Nachmittagsstunden lockten und mein Abschied sich bestimmt weiter verzögern würde.

Ich bückte mich und kraulte den Hund ein letztes Mal hinter den großen Ohren. Sie fühlten sich warm an, wie eine Flanellhose, die auf der Heizung gelegen hat.

»Danke für das gute Essen«, sagte ich zu Dulcie. »Sie haben es schön hier.«

»Im Winter ist es eine andere Welt.«

»Das kann ich mir vorstellen.«

»Schau wieder herein, falls du hier vorbeikommst. Butters würde dich bestimmt gern wiedersehen.«

Der Hund sah zu mir hoch.

»Oh, das hätte ich fast vergessen.«

Sie verschwand im Cottage und kam mit einem kleinen braunen Päckchen zurück.

»Was ist das?«

»Eine Dauerwurst. Oder genauer gesagt mehrere. Deutsch. Man nennt sie *Landjäger*, und sie halten sich Monate. Sogar Jahre. Schlag deine Vorurteile in den Wind und freu dich daran, dass du was zu knabbern hast. Ich hab mir gedacht, das könnte deine Meinung über unsere teutonischen Verwandten ändern.«

»Wo haben Sie die her?«

Dulcie antwortete nicht. Stattdessen sagte sie nur: »Auf Wiedersehen, Robert«, und ging ins Haus. Ich stand da, umfangen von einer drückenden Stille, die von Ungesagtem erfüllt zu sein schien und vielleicht auch mit einem ganz schwachen Gefühl des Bedauerns durchsetzt war.

Der Hund folgte mir bis zum Ende des Sträßchens, dann wandte auch er sich von mir ab.

Oberhalb der Bucht wachten herrschaftliche Häuser, während die Sonne kupferne Scherben wie Schrapnellsplitter über das Meer warf.

Viele Gärten waren umgegraben worden und wurden für Gemüseanbau genutzt, und in einigen befanden sich Hühnerpferche. Einer enthielt sogar einen Schweinestall und ein Laufgehege für die Tiere, die sich aufgeregt grunzend gegen den Zaun drückten, als ich vorbeiging.

Ein Stück weiter waren eine Post, ein Gemischtwarenladen und eine Reihe Gästehäuser, alle mit ZIMMER-FREI-Schildern in den Fenstern. Ich warf Blicke in gepflegte Aufenthaltsräume, wo alles auf Hochglanz poliert und aufgeräumt war. Zimmer mit kaum benutztem Teegeschirr, Sessel für alle Zeit mit Schutzüberzügen abgedeckt, geöffnete Netzgardinen wie hauchfeine Wolken, die zweimal im Monat gewaschen wurden, und faule Katzen, die sich gähnend auf Fensterbänken in der Nachmittagssonne rekelten, nachdem sie sich mit gerösteten Brotrinden, Wurstzipfeln und Speckkrusten vom Frühstückstisch den Bauch vollgeschlagen hatten.

Meine Hände und Unterarme brannten mehr denn je, und ich kratzte mich im Gehen, was mir aber kaum Erleichterung verschaffte.

Am Ende der Häuserzeile stand ein altes Backsteinhotel. Die Erkerfenster des Speisesaals schienen über die Klippe zu ragen wie der Bug eines Entdeckerschiffs, das durch weite unbekannte Meere pflügt, und umrahmten einen Panoramablick auf die See, die sich spektakulär davor ausbreitete. Die draußen angebrachte Speisekarte, unter Glas und teilweise von einem schmierigen Streifen Möwenkot verdeckt, bot eine appetitliche Auswahl an Gerichten an, die ich mir nie im Leben würde leisten können.

Unwillkürlich musste ich an die Mahlzeiten denken, die Dulcie zubereitet hatte, und ich fragte mich, wie viel sie wohl in so einem Restaurant kosten würden und ob der Koch überhaupt in der Lage wäre, die Zutaten zu beschaffen, die Dulcie wie durch Zauberhand irgendwie auftrieb. Mein Magen knurrte leicht, als ich an ihre herrlich unaufgeräumte Küche dachte und dann an den Weg, der vor mir lag.

Die Aufgabe, mich mit äußerst geringen Mitteln irgendwie zu verpflegen, erforderte sowohl Einsatz als auch Fantasie und ragte jeden Morgen beim Erwachen wie ein großes dunkles Fragezeichen vor mir auf. Und jetzt, wo ein unersättlicher Appetit in mir geweckt, belebt, kurz kultiviert und durchaus mit Nachsicht gestillt worden war, erschien mir diese Aufgabe nicht mehr ganz so spannend.

Noch wichtiger war der hartnäckige Gedanke, dass Dulcie mich auf eine Art wahrgenommen hatte, die gänzlich unbeeinflusst war von Vertrautheit, Geschichte oder Erwartungen. Das heißt, sie hatte mich einfach so genommen, wie sie mich kennengelernt hatte, und, mehr noch, sie hatte es für angebracht gehalten, mich wie jemanden zu behandeln, der ihre Aufmerksamkeit wert war – nicht ganz auf Augenhöhe, denn sie war offensichtlich ein kluger, weltgewandter und geistreicher Mensch, was man von mir nun nicht gerade behaupten konnte. Dennoch hatte ich in unserer kurzen gemeinsamen Zeit das Gefühl gehabt, als würde ich zu jemand anderem. Dass ich mich mir selbst annäherte, anstatt der Mensch zu sein, als der ich bislang gelebt hatte. Dulcie hatte mich gesehen, wie ich war, und war nicht gelangweilt oder desinteressiert gewesen.

Und doch trieben mich Starrsinn und ein aufkeimendes Gespür für mein neugieriges Ich fort von Dulcie und ihrer vollen Speisekammer, hinein in eine unbekannte Zukunft. Die Straße senkte sich, und das steile Gefälle beanspruchte meine Knie, während ich in ein Gewirr von Gassen mit alten Fischerhäusern gelangte, die sehr viel kleiner waren als die opulenten viktorianischen Villen weiter oben.

Dicht zusammengedrängt, wiesen sie praktisch keine senkrechten oder waagerechten Linien auf und waren durch enge Gässchen voneinander getrennt, an denen weitere Cottages einander so nah gegenüberstanden, dass ihre Bewohner sich von einem halb dunklen Wohnzimmer zum anderen die Hände hätten reichen können. Es war ein kopfsteingepflasterter, verwirrender Ort aus Schatten, Winkeln und dunklen Ecken, durchbrochen von jähen Strahlen morgendlichen Sonnenlichts, das durch die Lücken zwischen den Häusern drang, ein Ort mit kleinen Fenstern und steilen, glitschigen Stufen, die in finstere Keller und Geheimgänge hinabführten, die einst von Schmugglern genutzt wurden. Angeblich konnten gestohlene Wein- und Whiskyfässer vom Meer hinauf ins Dorf und von dort auf Englands Schwarzmarkt geschafft werden, ohne je das Tageslicht zu sehen. Ich war, wie man hier sagte, die Bucht runter.

Vor diesen Häusern sah ich alte, handgefertigte Hummerreusen, manche halb verwittert, ausgefranste Taurollen, Blumentöpfe, in denen Kräuter wie Petersilie, Schnittlauch und Thymian wuchsen, Treibholz, vom Meer zu abstrakten länglichen und rundlichen Formen geschliffen, und überall lagen diese mundgeblasenen Schwimmkörperkugeln aus buntem Glas, die in der Sonne glänzten, und Steine mit Maserungen aus prähistorischen Gesteinsschichten oder versteinerte sonderbare Wesen aus einer Zeit, als alles nur abkühlende Lava und sich setzende Sedimente war. Steine, von denen ich an nasskalten, unwirtlichen Tagen während der Mittagspause in der Schulbibliothek mit großem Eifer Abbildungen studiert hatte.

Zwischen den Häusern waren Leinen gespannt, an denen Sachen zum Trocknen – Kinderkleidung, Wathosen aus Gummi, tropfnasse Pullover – oder bunte Flickenteppiche hingen, die darauf warteten, sich den Staub ausklopfen zu lassen, und darunter waren Galoschen auf schmiedeeiserne Ständer gestülpt. Aus Neugier ging ich eine solche Gasse entlang, vielleicht angelockt vom Geruch der Räucherheringe, die der Länge nach aufgeschlitzt an den Gestellen des Räucherhauses am Dorfrand hingen, bis ich um eine Ecke bog und mich auf der Straße wiederfand, die weiter hinab in das immer engere Gewirr der unteren Bucht führte.

Ich kam an etlichen stämmigen, aber nicht unfreundlich wirkenden Einheimischen vorbei, vielfach Frauen, die Körbe in der Ellbogenbeuge trugen. Manche waren zu einem kleinen Schwätzchen stehen geblieben, das sie unterbrachen, um diesen Fremden zu grüßen, der an einem Wochentag im Frühsommer gewiss ein seltener Anblick war.

Die Straße wand sich abwärts, steil und kurios. Im Fenster eines Fischhändlers lag der Fang des Tages, während der Obsthändler offenbar kaum Obst anzubieten hatte. In einer Bäckerei kaufte ich zwei große frische Brötchen. Ich zählte drei kleine Pubs, ehe die Straße unvermittelt an einer steinernen Rampe endete, von der die Fischerboote jeden Tag zu Wasser gelassen und bei ihrer Rückkehr wieder hochgehievt wurden.

An dem Strand darunter hatte das Meer Berge von Tang angeschwemmt, weich und blasig, und sich dann weit genug zurückgezogen, um die hölzernen Buhnen freizugeben, die dort eingerammt worden waren, um eine Fahrrinne für Generationen von Booten zu bilden. Schnecken und Seepocken hingen dekorativ an den nassen Steinen, und auch fleischige rote Seeanemonen, so wunderschön, wenn unter Wasser voll aufgeblüht, aber bei Ebbe gestrandet bloß noch schwermütig aussehende, gallertartige Klumpen.

Ich ging über Sandbänke, die mit den spiralförmigen Hinterlassenschaften von Wattwürmern übersät waren. Ich ging über rutschige Braunalgen, Meersalat und roten Seetang, ausgebreitet auf dem mit Rillen durchzogenen Sand und geduldig auf die nächste Flut wartend, die sie wieder zum Leben erwecken würde, wie eine Marionette auf die Rückkehr des Puppenspielers wartet.

Die Klippen entlang der Küste befanden sich in einem ständigen Zustand der Umgestaltung, wo in regelmäßigen Intervallen Felsspalten, Steilwände und Überhänge wegbrachen und Zeit nicht mehr in Jahren oder Jahrzehnten oder Jahrhunderten gemessen wurde, sondern durch das Wiederauftauchen der hier im Lehm eingeschlossenen Spezies: der Ammoniten, Hämatiten und Farnwedel, gepresst und bewahrt zwischen den Buchseiten vergangener Epochen. Jede war ein Lesezeichen in Englands fortdauernder Geschichte, und das Land selbst war eine Skulptur, an der unablässig gearbeitet wurde.

Ich schaute auf das Wasser, das in einer sanften Dünung anstieg, sich dann aufwarf und in zischenden Wellen aus weißer Gischt brach, die Schieferablagerungen darunter mit einem hypnotischen rhythmischen Schaben von Stein auf Stein verschob.

Das Meer war eine Sanduhr, die bei jedem Gezeitenwechsel umgedreht wurde. Als ich ein Stückchen die steile Klippe hinaufkletterte, kreischte über mir eine Möwe zur Begrüßung.

Ich aß ein Brötchen, dann zog ich mich bis auf die Unterhose aus, rannte hinunter zum Wasser und warf mich ins Meer, um meine prickelnde Haut zu kühlen und endlich das erste Vollbad seit Wochen zu genießen.

Der Meeresboden war ein körniger Morast aus Steinchen und zerbrochenen Muscheln, die mir um die Knöchel wirbelten. Im Wasser fühlten sich meine Knochen eisenhart an, unzerstörbar, und als das braune Wasser sich in sprudelnden Schaum verwandelte, überraschte mich eine größere Welle, die siebte in einer Reihe, und obwohl ich ihr im letzten Moment den Rücken zuwandte und nur bis zur Brust im Wasser stand, krachte sie mir gegen den Nacken, schlug mir trotzig ins Gesicht, drang mir in die Ohren, sodass ich nichts mehr hörte, und schleuderte mich in das eisige Nass.

Aber das Zaudern und Schwanken, wenn warmes Blut in kaltes Wasser gelangt, war vorbei. Mein Herz war unter der Wasserlinie, und mein Hals, das Nervenzentrum, das sämtliche Sinneswahrnehmungen durchlaufen, war ebenfalls nass. Also stieß ich mich ab und ließ mich von der Nordsee tragen. Meine Füße traten in dunkle Leere, als ich hinausschwamm. Jede anschwellende Welle wogte durch mich hindurch, hob mich hoch, und die Kraft des Mondes zeigte sich, wenn das Land und alles darauf zwischen jeder Wellenbewegung aus dem Blickfeld verschwand.

Bald war mein Körper warm, und ich fühlte mich wahnsinnig lebendig. Das Salzwasser beruhigte meine vom Bärenklau entzündete Haut, und ich ließ mich auf dem Rücken treiben, dachte an nichts.

An der Bootsrampe hantierte ein Fischer mit einem verknoteten blauen Tau so dick wie mein Handgelenk. Neben ihm waren Reusen gestapelt, und vier Körbe enthielten das Beste seines morgendlichen Fangs.

»Keine zehn Pferde würden mich da reinkriegen«, sagte er, als ich vorbeikam, und krempelte die Ärmel seines Pullovers um.

Ich lächelte. »Ist nicht so schlimm, wenn man erst drin ist. Erfrischend.«

Er schnaubte. »Fischer schwimmen nicht.«

»Warum nicht?«

»Die meisten können's nicht. Aber, zugegeben, kein schlechter Tag für ein Bad, schätze ich.«

Er bückte sich und nahm ein halbes Dutzend Makrelen aus einem Korb. »Bitte sehr, nimm sie. Für das alte Herzchen.«

Er sagte das nicht als Frage, sondern als Feststellung.

»Für –?«

»Für Dulcie.«

Ich fragte mich kurz, woher er wusste, wer ich war.

»Du bist doch der Bursche, der bei ihr oben aufgekreuzt ist.«

»Stimmt. Aber –«

»Tja, du kannst mir die Arbeit abnehmen, wenn du die hier mit hochnimmst. Ich hab versprochen, ich bring ihr was, aber ich muss noch allerhand erledigen und die Reusen hier reparieren. Makrelen sollten entweder möglichst schnell gegessen werden oder direkt ab ins Räucherhaus gehen.«

»Sie müssen Mr Barton sein.«

Er nickte. »Stimmt.«

»Ihr Hummer war fantastisch.«

»Warte mal noch einen Monat, bis Hauptsaison ist und sie gewichtsmäßig zugelegt haben, dann schmecken sie wirklich fantastisch.«

»Das hat Dulcie auch gesagt, aber bis dahin bin ich längst weg.«

Barton musterte mich aus den Augenwinkeln.

Er hielt mir die Fische beinahe streitlustig hin. Wie eine Provokation. Eine Herausforderung. Sie waren dicht vor meinem Gesicht mit glänzenden glatten Flanken. Sie rochen nach nichts.

»Nun nimm schon, Junge.«

»Aber ich will eigentlich weiter.«

»Weiter?«, sagte Barton leicht beleidigt. »Wohin denn?«

Ich deutete mit dem Kinn die Küste hinunter. »Nach Süden.«

»Und was soll da unten Tolles sein?«

»Ich weiß nicht. Ich hab gedacht, ich find's raus.«

Er hielt mir die Fische noch immer dicht vors Gesicht. Ich starrte in die trüben Spiegel ihrer Pupillen und sah das dunkelgrüne und silbrige Streifenmuster an ihren dünnen, aber muskulösen Flanken. Die Bäuche hatten die Farbe von geschmolzenem Blei. In den Kiemen ein leicht unzüchtiges Pink. Sie glänzten metallisch.

»Das dauert doch nicht lange«, sagte er. »Was machen schon ein oder zwei Stunden aus, verglichen mit dem Rest deines Lebens? Das alte Mädchen kann mich dann später bezahlen.«

Ich trat von einem Bein aufs andere. Stunden waren kostbar, doch die Bucht, so schön sie auch war, schien es darauf abgesehen zu haben, mich gefangen zu halten.

»Nun stell dich nicht so an«, sagte Barton.

»Na schön.«

Ich nahm ihm die Fische ab, und das schien ihn zu besänftigen.

»Sie ist eine prima Köchin, diese Dulcie. Manche Leute hier unten halten sie für verrückt, aber sie lässt sich bloß von keinem was sagen. Lebt ihr Leben so, wie sie's leben will.«

»War sie mal verheiratet?«, fragte ich.

Barton bückte sich und zurrte die Gurte an seinem Korb fest. Ich hielt die Fische noch immer hoch.

»Das musst du sie schon selbst fragen, aber sie wird dir nur das erzählen, was sie erzählen will.« Er richtete sich auf. »Bring die Makrelen mal lieber schnell rauf und in die Speisekammer. Es wird ein warmer Tag.«

Er hob einen Korb an und hängte ihn sich über die Schulter.

»Woher haben Sie denn gewusst, dass ich es bin, Mr Barton?«

Er wandte den Kopf ab. Sah blinzelnd aufs Meer.

»Hab ich einfach.«

Dulcie schien nicht überrascht, mich wieder bei ihr auftauchen zu sehen. Aber mir entging nicht, dass ihr Tonfall recht schroff war. »Deine Haare sind nass. Wieso?«

»Ich war schwimmen.«

»Im Meer?«

»Ja. Es war eisig.«

»Natürlich war es eisig. Es ist das Meer. Es ist furchtbar gefährlich.«

»Ich hab mich ganz sicher gefühlt.«

»Im Meer ist niemand sicher. Es ist oft grausam, glaub mir. Und du hast mir die da mitgebracht?«

»Mr Barton hat mich gebeten, sie Ihnen zu liefern.«

»Den ganzen Weg hier rauf?«

»Ja.«

»Ist sein letzter Sklave gestorben?«

Ich zuckte die Achseln.

»Und was ist mit deiner Reise nach Süden?«

»Na ja, er hat darauf bestanden.«

»Die kann ich nicht alle selber essen, selbst wenn Butler mir hilft. Also musst du wohl zum Abendessen bleiben.«

»Oh nein«, sagte ich, obwohl ich nach dem Schwimmen und dem Weg den Hang hinauf schon wieder einen Mordshunger hatte.

»Von mir aus. Aber die Fische waren für uns beide gedacht. Barton bringt normalerweise nur halb so viele hoch.«

Ich schaute hinunter in die Bucht, Richtung Meer und Richtung Ravenscar in der Ferne.

»Ich werde sie mit frischem Fenchel und Spinat füllen«, sagte Dulcie.

»Ich will Ihnen nicht zur Last fallen.«

»Dann tu's nicht.«

»Was ist Fenchel?«, fragte ich.

»Alles klar. Du bleibst zum Essen. Butler wird begeistert sein.«

Ich war wieder da.

Es war Abend, als wir schließlich aßen, doch diesmal lehnte ich den Wein dankend ab.

»Hast du schon einen Schlafplatz für die Nacht gefunden?«, fragte Dulcie.

»Noch nicht.«

»Dann nimm wieder die Hütte, wenn du willst. Ist ziemlich dreckig da drin, aber wahrscheinlich immer noch besser als ein Biwak unter einer Plane.«

Butler saß neben Dulcie, und sie hatte eine Hand auf seinen Kopf gelegt. Ich nahm ein letztes Bröckchen Fisch von meinem Teller.

»Darf ich?«

»Natürlich.«

Ich hielt es dem Hund hin, der prompt danach schnappte und mir dann gierig die Finger ableckte.

»Wofür war die ursprünglich? Die Hütte, meine ich.«

Dulcie verfütterte etwas Brot an den Hund.

»Sie war ein Atelier«, sagte sie.

»Ein Künstleratelier?«

»Ja. War. Ist sie noch immer, schätze ich.«

»Das ist ein toller Standort für ein Atelier. Sind Sie Malerin?«

»Himmel, nein. Ich nicht.«

»Schriftstellerin?«

»Nein, auch mit diesem Fluch bin ich nicht gestraft worden, Gott sei Dank.«

»Aber Sie können so gute Geschichten erzählen, Dulcie.«

»Erzählen und Verkaufen sind nicht dasselbe.«

»Die Hütte sieht aus, als wäre lange nichts dran gemacht worden«, sagte ich. »Sie könnte einen Anstrich vertragen.«

»Ich habe keinen Grund dazu.«

»Ich hab gesehen, dass ein Holzofen drin steht.«

»Den hab ich für die kältere Jahreszeit aufstellen lassen.«

»Haben Sie sie gebaut?«

»Ja. Das heißt, nein. Nicht mit meinen eigenen Händen. Ich habe mitgeholfen, sie zu entwerfen.«

Für eine Weile war nur der Hund zu hören, der auf seinem Brot kaute. Plötzlich nahm ich die Stille und Ruhe in Dulcies verwildertem Zuhause wahr und nicht bloß, wie friedlich es war, sondern auch, wie abgeschieden es sein konnte. Erst in dem Moment empfand ich einen schwachen Hauch von der Einsamkeit, kalt wie ein Eiszapfen, die sie womöglich tief in ihrem Innersten spürte. Ehe ich mich versah, platzte ich mit einem Vorschlag heraus.

»Ich könnte die Hütte für Sie wieder auf Vordermann bringen, wenn Sie möchten.«

»Wozu das denn?«

»Ich meine nur, sie muss repariert werden, bevor die Feuchtigkeit so richtig reinzieht.«

»Soll die Feuchtigkeit machen, was sie will. Das Cottage reicht mir.«

»Einmal gründlich aufräumen und ein Anstrich, das ist schnell erledigt. So bleibt die Hütte erhalten. Das bringt sie wieder in Schuss, bevor die Wiese sie völlig verschluckt.«

»Auch die Wiese kann machen, was sie will. Der Aufwand lohnt sich nicht.«

»Aber es wäre doch schade um so eine gute Hütte.«

»Hör mal, Robert, wenn du damit deine Zeit vertun willst, will ich dich nicht davon abhalten. Ich habe praktisch keine Verwendung mehr für die Hütte, aber ich muss darauf bestehen, dich dafür zu bezahlen.«

»Ich will kein Geld. Ich brauche nur einen Tag. Höchstens zwei. Einen, um sie auszuräumen und vorzustreichen, den zweiten für den Hauptanstrich.«

»Aber du brauchst Verpflegung, darauf bestehe ich. In dem Verschlag ist jede Menge Farbe. Nimm die. Pinsel sind auch da, aber weiß der Himmel, in welchem Zustand. Du kannst alles nehmen, was du da findest.«

»Und dann, wenn ich fertig bin –«

»Ziehst du weiter?«

»Ja.«

»Dann haben wir eine Abmachung, wie's aussieht.«

Dulcies nachdenkliches, schiefes Schmunzeln verwandelte sich in ein strahlendes Lächeln, als sie ihr Glas hob und wir anstießen, ihres halb voll Wein, meines mit kühlem Quellwasser, das leicht erdig schmeckte.

»Sehr gut«, sagte sie. »Sehr gut.«

Das Licht schwand schnell, und meine entzündeten Unterarme juckten noch immer, als Dulcie ein sehr kleines Schneckenhaus aufhob, das von seiner Bewohnerin schon längst verlassen worden war. Sie hielt es hoch und betrachtete es eingehend.

»Siehst du das? Das ist eine Fibonacci-Spirale. Ein Zahlensystem der Natur, bei dem gewisse Pflanzen und Insekten und Tiere sich an den sogenannten Goldenen Schnitt halten. Menschen auch. Dazu gibt es viele Untersuchungen. Ich finde es tröstlich, dass wir in einer chaotischen Welt noch immer Ordnung entdecken können.«

»Ich versteh nicht ganz.«

»Nun ja, es ist wirklich eines der erstaunlichsten Dinge in der Natur. Es geht um Proportion, musst du wissen. Wie das im Einzelnen funktioniert, weiß ich leider nicht, aber es hängt damit zusammen, dass jede Zahl die Summe der vorangegangenen beiden Zahlen ist. Es ist eine aufsteigende Folge, die erstmals bei der Fortpflanzung von Kaninchen beobachtet wurde. Es gibt sie in Tannenzapfen und Ananas. In der Anordnung von Blättern an einem Stängel. Angeblich zieht sie sich auch durch die Mitte von Bananen und Äpfeln – das können wir später mal überprüfen, wenn du willst. Es gibt sie in Muscheln und Artischocken und Farnen und in dem spiralförmigen Haus dieses schönen wanderlustigen Gastropoden – ein schöner gestaltetes Geschöpf wirst du nicht finden. Die Fibonacci-Spirale. Die Fibonacci-Folge. Sie ist eines der großen unerklärlichen mathematischen Wunder des Lebens.«

»So was Interessantes habe ich in der Schule nie gelernt«, sagte ich, und das war die Wahrheit. Meine gesamte Schulzeit verschwamm in meinem Kopf bereits zu einer gesichtslosen Reihe von Lehrern, denen der Schwung und die Begeisterung fehlten, die Dulcie an den Tag legte, wenn sie bei gewissen Themen so richtig in Fahrt kam. Wenn der eine oder andere nur halb so inspirierend gewesen wäre wie sie, hätte ich mir vielleicht überlegt, noch länger die Schulbank zu drücken. Dennoch, ich muss ziemlich durcheinander gewirkt haben, denn sie redete weiter.

»Die natürliche Welt ist voll davon. Pass auf, ich zeig dir noch eins. Zieh doch mal einen Stiefel aus.«

»Einen Stiefel?«

»Ja, bitte.«

Ich tat wie geheißen und schnürte einen Stiefel auf.

»Jetzt spreiz deine Hand – ja genau, so weit du kannst. Also, von deiner Daumenspitze zur Spitze deines kleinen Fingers, das ist deine Handspanne. Jetzt halte sie dir ans Gesicht. Ein bisschen tiefer, Robert.«

Ich drückte mir den Handteller auf die Nase und stellte fest, dass meine Handspanne fast haargenau mein Gesicht umschloss.

»Siehst du«, sagte sie, »passt perfekt, vom Daumen zur Spitze des kleinen Fingers.«

Ich ließ die Hand sinken.

»Aber wieso sollte ich meinen Stiefel ausziehen?«

»Ach so, ja. Jetzt leg dieselbe Handspanne mal an deinen Fuß.«

Ich tat es und stellte fest, dass sie auch diesmal passte.

»Und jetzt deinen Unterarm«, sagte Dulcie.

Dasselbe Ergebnis.

»Wenn du deinen Fuß an den Unterarm legst, wirst du feststellen, dass auch der genau passt, obwohl wir das ja bereits wissen. Und nun das Letzte, was du machen solltest: Schnupper mal an deinem Stiefel.«

»Ich soll an meinem Stiefel schnuppern?«

»Ganz recht. Steck die Nase rein und atme tief ein.«

Ich hob den Stiefel und inhalierte die muffige Luft des ledrigen Innenlebens, roch den Schweiß zahlloser Sommermeilen. Ich verzog das Gesicht.

»Zu welchem Ergebnis bist du gekommen?«

»Er müffelt ein bisschen.«

»Ganz genau.«

»Aber was hat das mit der Fibonacci-Spirale zu tun, Dulcie?«

»Rein gar nichts. Das ist meine höfliche Art, dir zu sagen, dass deine Füße stinken, Robert, und falls wir unsere kleinen Plaudereien in Zukunft fortsetzen, solltest du in Erwägung ziehen, deine Stiefel zu lüften und ihnen vielleicht gelegentlich mal eine Prise Talkum zu gönnen.«

Ich stand im Morgengrauen auf, ging zum Bach und setzte mich in einen Tümpel, der tief genug war, um bis zur Taille einzutauchen. Ich schrubbte mich mit einem Büschel Moos von oben bis unten ab, besonders gründlich zwischen den Zehen, und wusch mein zweites Paar Socken durch.

Dulcie war nirgends zu sehen, als ich mit dem Ausräumen der Hütte begann. Zuerst trug ich die in einer Ecke gestapelten Möbel auf die Wiese, dann die leeren Flaschen, die Lampenschirme und kaputten Bilderrahmen. Als Nächstes kamen zwei Aschenbecher, die zusammengeknäuelten Lappen und eine Malerpalette, deren Farben rissig und trocken wie Wüstenerde waren, dran. Ein Pappkarton enthielt verschiedene Zeitungen aus den frühen 1930ern, einen Stapel Fotografien, die von einer Schnur zusammengehalten wurden, Theaterprograme und andere Drucksachen. Ich fing an, den Kartoninhalt durchzusehen, und fand abgerissene Eintrittskarten, Einladungen zu irgendwelchen Festen, aus Notizbüchern gerissene bekritzelte Seiten und viele Listen mit Namen von Menschen und Orten, mit Erledigungen und Gegenständen, doch während ich herumkramte, kam ich mir plötzlich wie ein Voyeur vor. Das waren Leben, in die ich nicht ausdrücklich eingeladen worden war. Ich machte noch einen neugierigen Moment weiter, dann hörte ich auf und legte alles wieder zurück.

Neben den Fotografien war ein kleiner brauner Aktenkoffer, dessen Schlösser im Laufe der Jahre türkisgrün angelaufen waren. Ich hebelte sie auf. In dem Koffer lag eine Mappe mit einem getippten Manuskript. Es war ebenfalls zusammengebunden, aber mit einem dieser rosa Bänder, die normalerweise für juristische Dokumente verwendet werden. Es lag dünn in meiner Hand.

Oben auf dem Manuskript war ein seltsamer Gegenstand, den ich heraushob. Er bestand aus etlichen tristen, verwaschen aussehenden Lappen, die an einem Ring aus Holz – möglicherweise Haselnuss – verknotet und mit weiteren Stoffstreifen straff umwickelt waren. An dem Holzring war eine Schnur zum Aufhängen befestigt. Zwischen den Stoffsträngen befand sich eine handgemachte Rosette, und in der Mitte des Rings baumelte ein Paar weiße ellbogenlange Handschuhe, die Handflächen mit einem einzelnen Faden wie zum Gebet aneinandergeheftet. Als ich das Ding in die Höhe hielt, bewegten sich die Streifen ähnlich wie der Blasentang, der sich, wie ich am Vortag gesehen hatte, von den Steinen, an denen er haftet, nach oben reckt, aber in umgekehrter Richtung.

Der Gegenstand war sonderbar und unerklärlich, und er machte mich nervös. Also legte ich ihn behutsam beiseite, und just in dem Moment fiel die Morgensonne in das Atelier und blendete mich kurz. Ich wandte mich ab und löste den Knoten an dem rosa Band um das Manuskript.

Auf der ersten Seite stand in Schreibmaschinenschrift:

Offene See
von
Romy Landau

Neugierig hielt ich es einen Moment in der Hand und legte es dann zurück in den Koffer.

Rund eine Stunde später ging ich die Bucht runter und kaufte in einem Eisenwarenladen Pinsel, Terpentin, Farbe, Schleifpapier, Nägel und noch einiges mehr, das ich brauchen würde.

Der Blick der Verkäuferin verfolgte mich durch den Laden, doch als ich ihr das Geld hinlegte, das Dulcie mir mitgegeben hatte, um ihre monatliche Rechnung zu bezahlen, erhellte sich ihr Gesicht, und sie tippte meine Einkäufe in die Kasse.

»Du bist der Junge aus dem Norden, von dem ich gehört hab«, sagte sie.

»Ja. Der bin ich.«

»Ein Verwandter von Dulcie, ja?«

»Nein.«

Ein gewisser Beschützerinstinkt hielt mich davon ab, der Frau mehr zu verraten, ehe ich nicht wusste, was sie mit ihren Fragen bezweckte. Das Dorfleben hatte mir nicht nur beigebracht, wie zerstörerisch ein beiläufiges Schwätzchen beim Einkaufen sein kann, es hatte mich auch die Kunst der Diskretion gelehrt.

Sie betrachtete die Sachen, die ich gekauft hatte. »Dann erledigst du ein paar Reparaturen für sie?«

»Kann man so sagen, ja.«

»Ein bisschen Gesellschaft wird ihr guttun. Es muss einsam sein da oben, nach allem, was sie durchgemacht hat.«

»Sie hat ja ihren Hund.«

Die Frau schüttelte den Kopf. »Ein schwacher Trost. Furchtbar war das. Eine furchtbare Geschichte.«

»Ja«, sagte ich, bevor ich fragte: »Was genau ist da eigentlich passiert?«

»Das ist Miss Pipers Angelegenheit«, sagte sie und reichte mir die Tüte mit meinen Einkäufen. »Einzig und allein ihre. Sie wird sie dir bestimmt erzählen, falls oder wenn sie es für nötig hält. Mir steht es jedenfalls nicht zu, es jedem Handwerker, der hier vorbeikommt, auf die Nase zu binden.«

Die Frau wollte mehr erzählen, das merkte ich ihr an, oder sie wollte zumindest, dass ich weiter nachfragte, damit sie sich ein kleines sadistisches Vergnügen daraus machen konnte, mich erneut abblitzen zu lassen, und die Art, wie sie »Handwerker« sagte, war zutiefst herablassend – also dankte ich ihr, drehte mich um und verließ den Laden, um mich auf den langen Rückweg zu machen. Ich war zwar neugierig, aber ich hatte keine Lust, mich in das komplizierte Netz hineinziehen zu lassen, das Menschen wie diese Verkäuferin strickten. Stattdessen kaufte ich mir ein paar Stücke gepresstes Krebsfleisch und kaute sie langsam, während ich den steilen Weg aus dem Dorf hinaufstieg. Sie schmeckten wie zähes Gummi, das vom Meeresboden heraufgeholt worden war.

Ich machte einen Umweg zu einer kleinen Kirche, die ich von Dulcies Senke aus jenseits der Weiden gesehen hatte. Sie stand an der Kreuzung von drei kleinen Straßen, und als ich näher kam, sah ich, dass auf dem dazugehörigen Friedhof, einem von Mauern umgebenen, steil abfallenden, dreieckigen Stück Land mit engen Grabsteinreihen, ein Dutzend Schafe einer seltenen Rasse weidete. Ihre geschorenen Felle waren dunkel wie Kohlestaub, und sie betrachteten mich gelassen mit ihren gelben Augen. Sie hoben gleichzeitig für einen Moment die Köpfe und senkten sie dann gemeinsam wieder, um das Gras zu rupfen, das um die Grabstätten herum wuchs, während ich über einen Zauntritt stieg und an den Gräbern entlangspazierte.

Sie waren anders als alle, die ich bislang gesehen hatte. Mehrere Grabsteine waren mit verschiedenen Symbolen der Seefahrt verziert – verknotete Taue, Anker und springende Fische –, und die Inschriften erzählten von bei Meeresstürmen verlorenen Leben. Mir fiel auf, dass etliche Seemänner am selben Tag untergegangen waren. Andere Grabmäler schmückten Reliefs von landwirtschaftlichen Geräten wie Sensen, Mistgabeln, Rechen und Dreschflegeln. Auf einem oder zweien waren aus Stein gemeißelte Hände, die sich freundschaftlich umfasst hielten, und viele trugen dieselben Familiennamen.

Für die Grabpflege sorgten die Schafe, denn sie rupften das Gras rings um die letzten Ruhestätten von Männern mit biblischen Namen wie Obadiah, Ezekiel und Aloysius, die rund ein Jahrhundert zuvor verstorben waren. Die verwitterten Tafeln aus Yorkshire-Stein waren alle dem Meer zugewandt, das viele dieser Leben genommen hatte, und sie waren im Grunde Gedenksteine für Leichname, die nie gefunden worden waren.

Die Kirche selbst war ein kleiner Bau aus Sandstein mit einem winzigen Glockenturm, nicht größer als ein Schornstein. In der obersten Ecke der Vorhalle hing ein Schwalbennest aus Lehm und Gras, aus dem das unaufhörliche Gezwitscher der Jungvögel drang, und als ich auf eine Bank stieg, um hineinschauen zu können, reckten sich mir vier Köpfchen entgegen, deren Schnäbel in Erwartung von Würmern so weit aufgerissen waren, dass ich die dünnen rosa Membranen ihrer Kehlen sehen konnte.

Ich stieß die grobe Eichentür auf und betrat den halbdunklen Innenraum der Kirche.

Er war kühl und still und durchdrungen vom Duft der Jahrhunderte: Staub, Politur, alte, abgewetzte Kissen, Leder, nasse Mäntel, Kerzenwachs und Öl, alles zusammen ergab eine Mischung, die das ängstliche Kribbeln auslöste, das einen erfasst, wenn man sich dem erhabenen architektonischen Anblick des steingewordenen Glaubens gegenübersieht.

Gleich hinter dem Eingang stand ein Tisch, auf dem neben einem Besucherbuch und einer Spendendose welke Blumen lagen. Ich ging den Mittelgang hinunter, der ähnlich wie die von Dachsen bewohnten Hohlwege, die mich hierhergeführt hatten, eingesunken und abschüssig war, weil Generationen von Gläubigen ihn mit ihren schlurfenden Füßen abgewetzt hatten. Die Kirche war schmal, aber die gewölbte Decke war wie ein umgedrehtes Segelschiff, sehr viel höher, als es von außen den Anschein hatte. Meine Schritte hallten hinauf zu den alten gebogenen Balken hoch oben.

Die Bankreihen waren jeweils durch eine brusthohe Pforte zugänglich, sodass jeder, der dort saß, den Kopf Richtung

Kanzel heben musste, hinter der Licht durch ein schlichtes Buntglasfenster fiel und ein großes Kruzifix beleuchtete, dessen Schatten sich fünfmal länger als seine eigentliche Größe erstreckte. Proportionen waren verzerrt, und Winkel schienen sich zu verändern, als wäre ich im kärgsten Kirmes-Spiegelkabinett der Welt.

Eine Holztreppe führte zu einigen Bänken auf einer hohen und schmalen Empore, die über das Kirchenschiff wachte, und als ich sie hinaufstieg, knarrte jede Stufe bedenklich. Erst dann sah ich, dass ich nicht allein war, denn hinten in der Kirche, am äußeren Ende der vorletzten Reihe, saß eine tief gebeugte Frau, den Kopf gesenkt und mit lautlos bebenden Schultern.

Falls sie mich beim Hereinkommen gesehen hatte – und das musste sie eigentlich –, so hatte sie mich nicht gegrüßt, und plötzlich kam ich mir vor wie ein agnostischer Hochstapler, der sie in ihrer Trauer störte.

Ich wandte mich zum Gehen, doch in dem Moment sah ich etliche eigenartige Gebilde, die an Mobiles erinnerten, von der Decke hängen, ganz ähnlich wie das, was ich in dem Koffer in der Hütte gefunden hatte. Die hier schienen aus noch älteren Stoffstücken gebastelt zu sein, und sie hingen an Fäden von den Deckenbalken wie Quallen in tiefen Küstengewässern.

Als ich an der Frau vorbeiging, sah ich, dass sie nicht alt war und eine zusammengefaltete Soldatenmütze im Schoß hielt. Von Kummer überwältigt, blickte sie nicht einmal auf, als ich den Riegel an der Tür hob und sie behutsam hinter mir schloss.

7

In derselben Nacht in der Hütte wurde ich erneut von einem grunzenden Geräusch nicht weit von mir geweckt. Ich setzte mich ganz langsam auf, um über die Fensterbank zu spähen, und sah höchstens drei Meter entfernt einen Dachs in der weichen Erde wühlen. Er war groß und grau und hatte mir den Rücken zugewandt, und sein Körper war so gekrümmt, dass ich an die Kriegerwitwe denken musste, die ich in der Stille des Abends hatte weinen sehen. Erneut packte mich das schlechte Gewissen, weil ich mir wie ein Voyeur vorkam, doch zugleich fühlte ich mich vom Glück gesegnet, weil ich diesen mondbeschienenen Moment der Einsamkeit erleben durfte.

Das Fell des großen alten Dachses sah drahtartig aus, und das Tier war so nah, dass ich nicht nur seine langen Krallen erkennen konnte, mit denen es den Boden unter den ersten sich entrollenden Farnwedeln des Frühsommers wegkratzte, sondern auch seine scharfen, leicht gelblichen Zähne, als es auf einem langen Wurm kaute wie ein Kind, das an einer Lakritzschlange knabbert. Nur sein Gesicht hatte die charakteristischen schwarz-weißen Streifen.

Der Dachs trottete langsam von dannen, die Nase dicht am Boden, ohne meine andächtige Präsenz zu bemerken.

Nach diesem Erlebnis war ich beschwingt, hellwach und außerstande, wieder einzuschlafen. Also knipste ich die Lampe an und nahm das Manuskript, das ich gefunden hatte, erneut aus dem Koffer.

Ich blätterte die erste Seite um und las das Inhaltsverzeichnis. Auf der nächsten Seite stand eine Widmung:

Für Dulcie
Die Honigschleuderin

Ich las ein Gedicht mit dem Titel »Exeunt (oder *Weiße Pferde*)«, und als ich fertig war, las ich es noch einmal. Ich fühlte mich wie ein unbefugter Eindringling, und es gab Wörter und Bilder darin, die ich nicht verstand – zumal mir auch die genaue Bedeutung oder der Sinn, falls es überhaupt so etwas Greifbares besaß, nicht klar war –, dennoch löste das Gedicht unbekannte Empfindungen aus. In dem Moment entfalteten sich neue Gefühle von Verwirrung und Neugier in mir, vor allem jedoch ein überwältigendes, mächtiges Bewusstsein für den Raum, diesen Raum im Hier und Jetzt, als wären die Wörter über die Seite gekrochen und vom Papier gefallen und hätten mich umschlungen wie Ranken, die mich zurück in das Gedicht zogen, sodass die erdachten Zeilen und die reale Welt irgendwie zu einem tieferen Porträt von Land und Meer verschmolzen. Ich las es ein drittes Mal.

Das nächste Gedicht hieß »Entmutterung«. Auch das las ich. Ich las sie alle, und als ich durch war, blätterte ich zum Anfang zurück und las alle noch einmal.

Noch immer gab es vieles, das ich nicht verstand, dennoch fühlte ich mich durch die fremde Art von Dichtung in *Offene See* nicht eingeschüchtert, und auch die komplizierte Sprache verwirrte mich nicht, ganz im Gegenteil. Romy Landaus Verse waren klar und erweckten eine Welt zum Leben, die ich wiedererkannte. Da waren Bilder, die mir vertraut waren, von Orten, die ich erst kürzlich selbst gesehen hatte, und ihre Wortwahl hatte eine nahezu alchemistische oder beschwörende Wirkung. Die Gedichte waren genau hier, wo ich saß, geschrieben worden, in dieser Hütte, in einer Welt mit Nebel, der vom Meer her über die Wiese trieb, mit Vogelnestern und, ja, Dachsen, die vor Tagesanbruch durch die Dunkelheit schlichen. Jedes las sich wie eine Botschaft, die in eine Flasche gesteckt und in den Strom der Zeit geworfen worden war, um direkt zu mir zu gelangen. Die Verse waren *diesem* abgeschiedenen Fleckchen Erde auf *diesem* Berghang mit Blick auf *diese* Küste entsprungen. Ich empfand die Gedichte, und das war genug.

Ich legte die Blätter zurück in den Koffer und streckte mich auf meinem Schlafsack aus, als die erwachende Sonne lange Lichtfinger über die Decke der Hütte malte und die Wildwiese von Morgentau dampfte, und es war, als wäre in mir ein Schalter umgelegt worden. Ich war müde, aber hellwach, während die Stimme der Dichterin noch lange, nachdem ich das Manuskript aus der Hand gelegt hatte, in mir widerhallte. Das Gefühl war nicht berauschend, sondern eher beunruhigend. Ihr Werk, aufgeladen mit Bildern von Verhängnis und bangen Ahnungen, war schwermütig und beklemmend und so ganz anders als die altertümlichen und unverständlichen Verse, die wir in der Schule hatten auswendig lernen müssen. Wer immer Romy Landau war, ihre Dichtung fühlte sich modern an, wie von noch nicht lange zurückliegenden und sehr realen Geschehnissen geprägt. Die Gedichte waren wie eine Reihe von nach innen gekehrten Spiegeln, die sich für alle Zeit selbst ins Nichts reflektierten. Der Tod lauerte auf diesen Seiten, dessen war ich mir sicher. Jedes Gedicht warf Fragen auf.

Ich lag noch immer da und grübelte über *Offene See* nach, als sämtliche Farben des Sommermorgens den Raum mit einem Schlag durchfluteten.

Den ganzen folgenden Tag arbeitete ich an der Hütte. Es war bald klar, dass ich etliche kleinere Reparaturen erledigen musste, wenn ich sie der anrückenden Wiese, der Feuchtigkeit und den Kletterpflanzen und dem Schimmel und den Nagern entringen wollte.

Zuerst machte ich mich daran, die Eingangstür auszuheben und sie wieder so zu befestigen, dass sie luftdicht war. Dazu hobelte ich den Rahmen glatt, schliff und lackierte ihn, und dann brachte ich zwei neue Angeln an. Eigentlich war das eine Arbeit für zwei, und ich allein brauchte doppelt so lang, musste mich schwer anstrengen und klemmte mir obendrein einen Fingernagel ein, unter dem prompt eine Blutblase erblühte. Dann ersetzte ich einen lockeren Fensterriegel, schnitt ein Stück Teerpappe zurecht, um ein verwittertes Rechteck in der Ecke auszutauschen, und reparierte die defekten Wasserhähne in dem winzigen Bad, das abgesehen von der Schimmelschicht an einer Wand und dem klemmenden Spülkasten in einem guten Zustand war.

Am späten Vormittag kündigte Butler mit einmaligem Bellen die Ankunft von Dulcie an, die ein Tablett mit Sandwiches durch das hohe Gras trug.

»Ich stell die hier für dich hin.«

»Danke«, sagte ich. »Möchten Sie sich anschauen, was ich gemacht habe?«

»Nein. Ich vertraue deinem Urteilsvermögen, Robert.«

Sie schien unwillig, die Hütte zu betreten, deren Inhalt auf der Wiese verteilt war. Dann ließ sie den Blick darüber gleiten.

»Ich rieche einen Fuchs.«

»Einen Fuchs?«

»Ja«, sagte Dulcie. »Den beißenden Gestank eines listigen Eindringlings. Du nicht auch?«

»Ich glaube, meine Nase riecht leider nur noch Lack.«

»Sieh mal – Butler wittert ihn auch.«

Ich wandte den Kopf und sah, dass der Hund den Boden hinter der Hütte absuchte, die Nase dicht über der Erde wie ein Metalldetektor, der über einem umgepflügten Feld geschwenkt wird. Er hielt inne und hob ein Bein.

»Ich glaube kaum, dass du den alten Reynard sehen wirst«, sagte Dulcie, noch ehe ich ihr von dem frühmorgendlichen Besuch des Dachses erzählen konnte. »Nicht, wenn Butler überall hinpinkelt.«

»Wer ist Reynard?«

»Der Fuchs natürlich.«

»Haben die alle einen Namen?«

»Alle Füchse heißen Reynard.«

»Aber wieso?«

»Nun, die Geschichten um den Fuchs spielen eine bedeutende Rolle in unserer heimischen Sagenwelt, wenngleich – ob du's glaubst oder nicht – sein Name eine Abwandlung des deutschen *Reineke* ist. Offenbar treibt seit undenklichen Zeiten ein anthropomorphisierter Fuchs-Mensch in der europäischen Mythologie sein Unwesen. Es gibt ihn bei Chaucer, wo er einen sprechenden Hahn in seinen Träumen heimsucht. Für viele ist er ein Schwindler, ein Schurke, aber andere sehen ihn als gnadenlos durchtriebenen Antihelden.«

»Bei uns töten die Farmer ihn.«

»Wundert mich nicht, diese Rohlinge. Ein wahrhaft barbarischer Akt.«

»Aber die fressen die Hühner.«

Dulcie seufzte. »Das tun Menschen auch. Sollten wir sie deshalb etwa jagen, totprügeln, verstümmeln, vergiften, mit Fallen fangen, erschießen oder von einem Rudel bescheuerter Beagle in Stücke reißen lassen?«

Ich lächelte. »Mir fällt schon der eine oder andere ein, mit dem ich das machen würde.«

Dulcie lachte und bot mir ein Sandwich an.

Ich nahm es.

»Zum Beispiel?«

»Ein Junge in der Schule. Dennis Snaith.«

»Ich kann ihn jetzt schon nicht leiden«, sagte Dulcie. »Wer so einen Namen hat, ist entweder ein Petzer oder ein brutaler Schläger, denke ich mir.«

»Beides«, sagte ich.

»Und womit hat dieser nichtsnutzige Kerl deinen Zorn auf sich gezogen?«

»Er hat mir bei Räuber und Gendarm die Nase gebrochen.«

»So ein mieser Sauhund.«

»Ja. Dafür hab ich ihm aber eine reingehauen.«

»Gut gemacht. Gut gemacht. Manchmal musst du die einzige Sprache sprechen, die solche Leute verstehen.«

Ich nahm einen herzhaften Bissen von meinem Ei-mit-Kresse-Sandwich. Dulcie griff in ihre Tasche.

»Ich habe Salz.«

»Oh nein, danke.«

Sie griff in die andere. »Pfeffer?«

»Es schmeckt prima, so wie es ist.«

»Gut, dann lass ich dich mal weitermachen.«

»Aber ich hab Ihnen noch nicht gezeigt, was sonst noch gemacht werden muss und was ich gefunden habe?«

»Gefunden?«

»Ja. Da war einiges Gerümpel, das wahrscheinlich weggeworfen werden kann, glaube ich – leere Flaschen und so.«

»Weg damit! Weg mit dem ganzen Zeug!«

»Aber da war auch das hier.«

Ich wischte mir die Hände an der Hose ab, griff nach dem Aktenkoffer und holte das Manuskript mit den Gedichten heraus.

»Leider habe ich meine Brille nicht dabei«, sagte Dulcie. »Und ich habe unheimlich viel zu tun.«

Sie wandte sich ab.

»Das ist eine Sammlung von Gedichten«, sagte ich. »Sie ist Ihnen gewidmet und heißt –«

»Offene See.«

Dulcie sah mich kurz an, und zum ersten Mal bemerkte ich etwas in ihrem Gesicht, das ich bislang nicht gesehen hatte – ein stiller Kummer, vielleicht. Etwas Verzweifeltes hinter einer unbeugsamen Fassade. Eine gequälte Zurückhaltung.

»Ich weiß«, sagte sie mit gepresster Stimme. »Und hast du welche davon gelesen?«

»Ein paar«, log ich. »Ich hoffe, Sie haben nichts dagegen.«

»Warum sollte ich? Ich habe sie nicht geschrieben.«

»Trotzdem.«

»Gedichte gehören der Welt. Man entscheidet sich dafür, sie zu lesen oder nicht. Sie sind größer als ein einzelner Mensch.«

»Möchten Sie sie sehen?« Ich hielt ihr das Manuskript hin.

»Sie sehen?«

»Ja.«

»Robert, ich habe sie praktisch gelebt. Ich muss sie nicht lesen.«

»Und dann war da noch das hier.« Ich hielt das Ding aus Lappen hoch. »Ich habe keine Ahnung, was das ist.«

Dulcie nahm es mir nicht aus der Hand. Stattdessen wandte sie sich halb zur Wiese. Zum Meer.

»Wenn du es unbedingt wissen willst, das ist eine Jungfrauenkrone.«

»Ich hab ganz ähnliche in der Kirche an der Straße gesehen.«

»Du warst in der Kirche?«

»Ja.«

»Jungfrauenkronen sind symbolisch.«

»Und was symbolisieren sie?«

Langes Schweigen trat ein.

»Reinheit.«

Als ich nichts erwiderte, sagte Dulcie: »Sexuelle Reinheit. Sie werden für Beerdigungen gemacht.«

»In der Kirche hingen sie an der Decke wie als Dekoration.«

Sie seufzte. »Wie gesagt, sie sind symbolisch. Sie werden denjenigen auf den Kopf gesetzt, von denen gesagt wird, sie seien keusch gestorben.«

»Keusch?«

»Unberührt. Angeblich. Jungfräulich. Sie sind für diejenigen, die zu jung gestorben sind. Hamlets arme Ophelia trug eine, als sie in ihrem nassen Grab gefunden wurde, das sie sich selbst ausgesucht hatte.«

Sie runzelte die Stirn, holte tief Luft und redete weiter.

»Ja, in vergangenen Zeiten bedeutete der Tod von eigener Hand die Bestattung in ungeweihter Erde. Kein christlicher Friedhof war bereit, sie aufzunehmen, was meiner Meinung nach durch und durch kaltherzig ist, aber keine große Überraschung. Es ist Shakespeare hoch anzurechnen, dass er seinen König da ein Auge zudrücken lässt: ›Hier gönnt man ihr doch ihren Mädchenkranz / Und das Bestreun mit jungfräulichen Blumen / Geläut und Grabstätt.‹ ›Mädchenkranz‹ ist ein anderes Wort für Jungfrauenkrone. Ihre ›fromm verschiedne‹ Seele ist also mit so einem Ding auf ihren wallenden feurigen Haaren dahingeschieden.«

Stille machte sich zwischen uns breit, und mir wurde plötzlich bewusst, dass die Hütte für eine Person gebaut worden war. Ihre Abmessungen begünstigten eine körperliche Nähe, die sich in diesem Moment irgendwie unbehaglich anfühlte, während die Stille sich hinzog, ein leerer Platz, der gefüllt werden wollte.

»Warum haben Sie eine, Dulcie?«

»Darum.«

Ich zögerte.

»Hat sie irgendwas mit den Gedichten zu tun?«

»Du stellst zu viele Fragen.«

»Tut mir leid.«

»Und du entschuldigst dich noch immer zu oft.«

Wieder zögerte ich.

»Das tut mir nicht leid.«

»Genau die richtige Antwort. Dir ist schon fast verziehen.«

Sie streckte die Hand aus. Ich gab ihr die Mappe und die Jungfrauenkrone.

»Alles«, sagte sie. »Das eine hat alles mit dem anderen zu tun.«

Sie öffnete die Mappe, warf einen Blick auf die erste Seite und klappte sie mit einer heftigen Bewegung zu. Dann wandte sie den Kopf und starrte ins Leere. Ich bemerkte, dass ihre Augen feucht waren und dass jetzt eine noch aufgewühltere Verzweiflung in ihrem Gesichtsausdruck lag.

»Kein einziges Mal habe ich im Beisein von anderen geweint.«

Sie drehte sich um, schirmte ihr Gesicht ab.

»Niemals, nicht einmal bei der Beerdigung war ich kurz davor. Nicht einmal dann. Das heißt, bis heute.«

In dem Moment tauchte Butler auf und umkreiste uns, einen neugierigen Ausdruck im Gesicht.

»Tut mir leid, wenn ich Sie aus der Fassung gebracht habe.«

»Ich hab doch gesagt, du sollst aufhören, dich zu entschuldigen.«

Die Mappe baumelte in ihrer Hand, als sie sich wieder zu mir umdrehte.

»Tja, ich schätze mal, ich kann es genauso gut jetzt machen.«

»Was machen?«

»Dir alles erklären.«

Ich versuchte zu antworten. Versuchte, etwas zu sagen, das ehrlich und klug und mitfühlend war, aber vielleicht war ich zu jung, um in vollem Maße über eines dieser Attribute zu verfügen. Stattdessen lief ich im Gesicht rot an, und mir wurde ein wenig übel, und ich wünschte, der Hund würde diesen Augenblick nutzen, um irgendeine Forderung zu stellen. Ich brachte nur abgebrochene Sätze heraus.

»Sie müssen nicht –« Ich stockte und setzte erneut an. »Ich meine, Sie –«

»Zu spät«, sagte Dulcie. »Die Schleusentore ächzen unter dem Druck. Aber eines bitte ich mir aus.«

»Ja?«

»Wir werden literweise Tee brauchen, und ich glaube, du bist dran. Iss ruhig zuerst deine Sandwiches. Dann komm rüber ins Haus.«

»Ihr Name bedeutete ›starrköpfig‹ oder ›widerspenstig‹. Romy. Wir lernten uns in London kennen. Schon damals war sie eine Poetin auf dem Weg zur Genialität. Nicht, was ihre literarische Arbeit betraf – sie studierte noch, und ihr Stil war noch lange nicht ausgereift –, sondern in der Art, wie sie ihr Leben lebte. Ungehemmt und so völlig ohne das sauertöpfische Naturell, das man den Deutschen gemeinhin nachsagt. Verstehst du, Robert? Schon allein ihre Existenz war poetisch: ihre Kleidung, ihr Humor, ihr Lachen. Ihre Haltung. Und glaube mir, 1933 war kein gutes Jahr, um ein unabhängiges Leben in der Bohème zu führen – was paradox ist, wenn man die geografischen Ursprünge des Begriffs bedenkt.«

Wir waren in Dulcies Wohnzimmer, das sie als Salon bezeichnete. Ich saß in einem Sessel, aber sie stand lieber. Zweimal hatte sie sich schon den Kopf an einem Kronleuchter gestoßen, dessen dekorative Kristalle Lichtreflexe über das verblasste Tapetenmuster – ineinander verschlungene Weidenblätter auf beigem Grund – wandern ließen.

»Wie auch immer. Die Zeichen der Zeit waren zu sehen, festgehalten in fetten gelben Sternen. Ein Mensch mit ihrem Charakter konnte unmöglich in einem Land bleiben, das von Verbrechern regiert und von willigen Helfern in Gang gehalten wurde. Deshalb packte Romy ihre Sachen, sobald der Führer seinen Arsch fest auf den Regierungsthron gepflanzt hatte. Sie schrieb sich sozusagen außer Landes. Ein Stipendium. Sie hätte nach Oxford oder Cambridge gehen können, aber sie behauptete, die hätte sie nicht auf der Landkarte gefunden, also gab sie unserer schönen Hauptstadt den Vorzug. Und dort lernte ich sie kennen. Sie war für viele ein Magnet, aber niemand spürte ihre Anziehungskraft stärker als ich.«

»Hat Ihnen und Romy –«

»– der erhebliche Altersunterschied nichts ausgemacht, oder das Urteil anderer? Wolltest du das fragen? Falls ja, lautet die Antwort, nein, hat es nicht, aber bitte keine weiteren Fragen, Robert. Ich erzähle dir, was ich dir erzählen will.«

Dulcie fuhr fort.

»Also ja, Romy war sehr viel jünger als ich, was die Kritiker und die Spießer und die Frömmler noch mehr erzürnte, aber Romy war sehr viel von allem für alle, und das immer. Schneller, lustiger, fröhlicher und mit einem messerscharfen Verstand, perfekt dazu geeignet, die Luft aus den aufgeblasenen Geldadelsäcken zu lassen, die ihr zu Füßen lagen. Sie musste nur die richtige Ausdrucksmöglichkeit für sich finden, und mit ein bisschen behutsamer Lenkung durch meine unbescheidene Wenigkeit stellte sich heraus, dass das die Poesie war. Als sie ihren Abschluss machte – als Zweitbeste, weshalb sie sich eine Woche lang vor Enttäuschung die Augen ausweinte –, hatte ich allmählich die Nase voll von London und den immer gleichen trübseligen Gesichtern, den öden Zusammenkünften, dem Klatsch und Tratsch und dem ganzen Getue darum, den zahllosen Lords und Viscounts, unwürdigen Erben und albernen entfernten Verwandten der königlichen Familie, denn, Robert, eines musst du wissen: Romys Verstand arbeitete ständig und immer auf Hochtouren. Außerdem tranken wir beide gern einen über den Durst, aber während mich zwei Aspirin, ein rohes Ei und ein erholsamer Schlaf nach einer durchzechten Nacht wieder auf den Damm brachten, erlitt sie ganz schreckliche psychische und physische Zusammenbrüche, die sie tagelang ans Zimmer fesselten. Dann war sie nur ein Schatten ihrer selbst, eine leere Hülle. Das war nicht allein mit der Trinkerei zu erklären, es ging weit darüber hinaus, in etwas

Tieferes und Dunkleres. Mein Vater hatte dieses Cottage vor ewigen Zeiten als Schlupfwinkel gekauft, für seine heimlichen Wochenenden mit irgendwelchen Geliebten vermutlich, und so sind wir immer öfter hierhergekommen, damit Romy sich erholen und schreiben konnte, damit ich im Garten arbeiten und kochen und malen und atmen und denken konnte, damit wir beide einfach *sein* konnten. Zusammen sein. Hier in diesem perfekten Refugium. Statt Geschwätz und Gin und Hustenanfälle durch Rauchverpestung hatten wir hier saubere Luft, gesundes Essen und für Romy ein tägliches Bad im Meer. Sie hatte etwas Unbeugsames an sich, und es machte ihr Spaß – nun ja, genau wie dir. Behauptete, es würde ihr einen klaren Kopf verschaffen, und es schien tatsächlich Wunder zu wirken. In solchen Momenten sah sie aus, als würde sie von innen leuchten.«

Ich nickte. Dulcie schien ihre Erinnerung nach den passenden Wörtern zu durchforsten.

Ich trank einen Schluck aus meiner Tasse und stellte sie wieder ab. Dulcie redete weiter.

»Und so schrieb sie den größten Teil ihrer ersten Gedichtsammlung hier in diesem Haus. Ich habe die Gedichte redigiert, und natürlich wurde der Band ein Riesenerfolg, den außer mir niemand erwartet hatte, denn wenn ich für etwas ein Talent habe, Robert, dann dafür, schlummerndes Potenzial zu entdecken und zu wecken. Manche erschaffen, andere unterstützen. Ich zähle zu Letzteren. Ich kann gut zureden. Anspornen. Fördern. Jedenfalls, schon bald bejubelten die Kritiker eine neue Stimme in der europäischen Lyrik, und Eliot schrieb, und der junge Wystan Auden schrieb, und Will Yeats sagte ein paar nette Dinge, und Robert Frost schickte ein Telegramm über den großen Teich – Pound rümpfte die Nase, aber das überraschte niemanden –, und das war's dann.

Romy hatte es geschafft, und ihr Leben nahm eine neue Dimension an. Wir reisten. Wir reisten überallhin. Wir sahen die Souks in Marrakesch. Die Tempel von Tulum. Die Ruinen von Pompeji. Amerika natürlich, das herrlich verfressen und vulgär war und bestens zu uns passte. Wir reisten sogar nach Island. Und selbstverständlich besuchten wir fast alle großen Städte Europas, wo Romy Lesungen hielt und die Presse bezauberte, egal wohin sie kam. Sie war sehr gefragt, und wieder einmal drehte sich das Karussell des Lebens noch schneller. Gin zum Frühstück, Champagner zum Mittagessen und ein ganzer Rattenschwanz von unbezahlten Zimmerservice-Rechnungen, das volle Programm. Europa war damals wunderschön.«

Sie stockte für einen Moment und sagte dann mit verträumter Stimme: »Vielleicht wird es das bald wieder sein.«

Dulcie durchquerte den Raum, nahm ein kleines gerahmtes Bild von der Wand und reichte es mir.

Es war die Fotografie einer jungen Frau, die schöner war, als ich sie mir vorgestellt hatte. Ihr Kinn war etwas nach oben gereckt, als würde sie den Fotografen irgendwie herausfordern, und ihre Haut war so rein und klar, dass sie zu leuchten schien. Ihre Lippen waren ungeschminkt und leicht geöffnet, sodass ihre Zähne zu sehen waren, die ein wenig schief standen, was ich aber erregend fand. Obwohl das Bild monochrom war, konnte ich erkennen, dass sie leuchtend blaue Augen hatte, die irgendwie nicht zu ihrem Haar passten, das recht kurz geschnitten war und so schwarz wie Gagat. Am liebsten hätte ich sofort noch weitere Fotos von ihr gesehen, um sie aus anderen Blickwinkeln zu betrachten. Um mehr zu erfahren.

»Sie sieht sehr nett aus«, sagte ich, zu verlegen, um meine wahren Gefühle zu äußern. »Wie –«

»Wie?«

»Wie eine Berühmtheit. Ein Filmstar.«

Dulcie nahm mir das Bild wieder ab und warf nur einen ganz kurzen Blick darauf.

»Wie hieß ihr Buch?«, fragte ich.

»Der Smaragd-Kronleuchter«, sagte Dulcie, während sie den Rahmen wieder an die Wand hängte. »Wir reisten also mal hierhin und mal dorthin, vom Meer in die Stadt, für Auftritte und Lesungen und für die Dinnerpartys, auf denen Romy oft der Ehrengast war, denn die literarische Welt liebt nichts mehr, als einen neu aufgegangenen Stern zu feiern – ›Frischfleisch‹ wäre vielleicht die bessere Bezeichnung –, und für einen kurzen und strahlenden Moment war sie das. Es hatte fast etwas Proteisches an sich, wie sie in die unterschiedlichen Rollen schlüpfte, die von ihr erwartet wurden: Kommentatorin, Komikerin, geistreiche Frau, Visionärin. Doch währenddessen wurde es zu Hause immer schlimmer.«

»In London?«

»Nein. Im Mutterland. Oder eher im Vaterland. Deutschland, wo ihr Werk nicht gedruckt wurde. Der Nationalismus näherte sich seinem Siedepunkt, die ignoranten kriegstreibenden Spießer gewannen die Oberhand, und die Autoren, die veröffentlicht waren, sahen sich vor zwei gleichermaßen missliche Alternativen gestellt: entweder sich der Zensur der unkultivierten Scheusale unterwerfen, die an der Macht waren, oder ins Exil gehen. Romy hatte sich bereits für Letzteres entschieden, obgleich ich weiß, dass sie immer davon träumte, eines Tages zurückzukehren. Nicht, weil das Leben hier mit mir und ihr schriftstellerischer Erfolg ihr nicht genügten, sondern eher, weil sie etwas zu beweisen hatte. Der Führer und seinesgleichen waren das Gegenteil von allem, wofür sie stand, wofür *wir* standen, und niemals zurückzukehren, hätte die vollständige Unterwerfung bedeutet. Kapitulation. Außerdem war natürlich ihre Familie dort.«

»Im Widerstand gegen die Nazis?«

»Na ja, das nicht. Nicht unbedingt. Sagen wir einfach, eine derart monumentale Ideologie kommt nicht an die Macht, ohne dass ein erheblicher Teil der Bevölkerung sich mitschuldig macht, und belassen es dabei.«

»Dann standen einige ihrer Verwandten auf der anderen Seite.«

»Aber ja, aber ja. Der Nationalismus ist eine Infektion, Robert, ein Parasit, und nach Jahren wirtschaftlicher Not waren viele Leute willige Wirtskörper. Und hier bei uns hatte sich das Blatt gegen alles Deutsche zu schnell gekehrt. Die maßgebliche Frage war: Was soll man tun, wenn man in der Heimat abgelehnt, im Ausland jedoch als kluger Geist bejubelt wird – wenn auch nur für einen kurzen Moment –, aber dann ebenso schnell wieder fallen gelassen wird, nur aufgrund des Fleckchens Erde, auf dem man zufällig geboren ist? Romy hatte kaum Zeit, richtig durchzuatmen, bevor sie auf Ablehnung von beiden Seiten stieß: von den schmierigen englischen Kritikern, die sie zuvor mit Lob überschüttet hatten, jetzt aber fast jedes einzelne Komma anzweifelten, um nur ja nicht als unpatriotisch zu gelten; und in ihrem Heimatland, wo man Romys Stimme einfach totgeschwiegen hatte. Ihre Leser wurden weniger, die Verleger ließen nichts mehr von sich hören, und all die kriecherischen Zeitgenossen, die ihr Werk in den höchsten Tönen gelobt hatten, hörten unerklärlicherweise auf zu schreiben. Ihr schöpferisches Feuer, das einst so wild gelodert hatte, war von nationalistischem Fanatismus und ignoranten *Wichsern* gedämpft worden. Man hatte sie kaltgestellt.«

»Also, ich versteh ja nichts davon, aber die Gedichte, die ich gelesen habe, fand ich sehr schön«, sagte ich. »Sie klingt, als wäre sie sehr talentiert.«

»Das war sie«, sagte Dulcie. »Das war sie. Jemand Besonderes.«

Sie verstummte. In meiner Naivität erkannte ich erst in dem verlegenen, stillen Moment, dass die Jungfrauenkrone vielleicht für Romys Bestattung gemacht worden war. Aber ich traute mich nicht, das zu sagen, weil Dulcie gesagt hatte, sie würde mir erzählen, was sie mir erzählen wollte. Ihre Tränen hatten nicht einer zerbrochenen Beziehung gegolten, sondern einem verlorenen Leben. Einer unausgesprochenen Tragödie.

»Wie du wohl siehst, ist das Cottage klein, und in den verdammten endlosen Wintern, die über die Nordsee heranfegen, scheint es noch kleiner zu werden. Außerdem war es damals noch vollgestopft mit dem ganzen Plunder, den die vielen Geliebten meines Vaters dagelassen hatten, also brachten wir Romy auf der Wiese unter. In der freien Natur Yorkshires. Ich ließ das Atelier extra für sie bauen. Auf ihre Bedürfnisse zugeschneidert. Es war ein Ort, wo sie mit Blick auf die Wiese und bis hinunter zur Bucht schreiben konnte. Schreibtisch, Holzofen. Sogar ein kleines Klappbett. Alles, was sie brauchte. *Der Smaragd-Kronleuchter* war nämlich eine Metapher für die brechenden Wellen, die grüne Edelsteine ins Sonnenlicht schleudern, und für die Unendlichkeit von allem. Von hier aus würde sie ihr Comeback planen. Ihre Wiedergeburt, wenn du so willst.«

»Ich kann mir vorstellen, dass es ein schöner Arbeitsplatz war, bevor alles überwuchert wurde.«

Dulcies Miene verdunkelte sich wieder.

»Mag sein«, sagte sie leise. »Mag sein. Aber ein drohender Krieg ist schwer zu ignorieren, und erst recht der Verlust des eigenen Mutes.«

Sie trank einen Schluck Tee und schaute sich dann im Zimmer um.

»Wo steckt der Hund?« Sie rief seinen Namen, und der Hund kam aus der Küche gelaufen. »Ach, da bist du ja.«

Butler blieb einen Moment stehen, und als er sah, dass seine Dienste nicht benötigt wurden, drehte er sich um und trottete wieder davon.

»Ich vermute, du möchtest wissen, wie es weiterging.«

»Sie müssen es mir nicht sagen. Ehrlich.«

Dulcie seufzte. Sie hatte die ganze Zeit gestanden, doch nun endlich setzte sie sich, als hätte es sie erschöpft, ihre Geschichte zu erzählen. Sie ließ sich schwer in einen Sessel fallen und griff nach einer zusammengefalteten Zeitung, die sie vor dem Gesicht schwenkte wie einen Fächer. Aber sie konnte nur einen Moment still sitzen, denn sogleich rappelte sie sich wieder auf und machte sich im Zimmer zu schaffen, ohne wirklich etwas Sinnvolles zu tun.

»Der Krieg kam«, sagte sie mit dem Rücken zu mir. »Und noch sehr viel mehr. Wir sollten noch mal Tee machen. Möchtest du Tee? Oder vielleicht etwas Stärkeres?«

Ich schüttelte den Kopf. »Nein, danke.«

»Ich mach trotzdem noch welchen.«

Während Dulcie sich an mir vorbeischob, um in der Küche den Kessel zu füllen und auf den Herd zu stellen, dann zurückkam, um Kanne, Teedose und Sieb zu holen, die sie in einem großen Schrank neben einem Sammelsurium von Tassen, Tellern und Besteck unterschiedlichster Provenienz aufbewahrte, wurde mir bewusst, wie klein das Cottage war und dass es einem in den langen dunklen Wintertagen tatsächlich immer kleiner vorkommen konnte. Es bot ausreichend Platz für zwei Menschen, die sich nahestanden, solange sie sich in einer guten Gemütslage befanden.

»Glauben Sie, es wird noch einen Weltkrieg geben?«, fragte ich nach einer Weile.

Sie brachte gerade das Teetablett herein, stockte aber und blieb leicht schwankend im Türrahmen stehen. »Oh ja«, sagte sie mit Nachdruck.

»Ein dritter? Glauben Sie wirklich?«

»Mit großer Gewissheit. Ich würde mein Haus, meinen Hut und mein Pferd darauf verwetten.«

»Sie haben ein Pferd?«

»Nein, hatte ich aber mal – sogar mehrere. Von einem dritten Krieg zu sprechen, ist allerdings irreführend.«

»Aber wieso sind Sie sich da so sicher?«

»Weil immer irgendwo ein Krieg geführt wird und wir nie auch nur irgendwas daraus lernen. Die Menschheit existiert in einem immerwährenden Konflikt, und das wird so bleiben, solange sie sich ›Menschheit‹ nennt. Es ändert sich nichts. Und überhaupt, ein dritter Krieg wird wahrscheinlich der letzte Krieg sein.«

»Glauben Sie denn nicht an Fortschritt, Dulcie?«

Sie trat ins Zimmer, stellte das Tablett ab, auf dem leere Tassen standen, und ließ sich zum zweiten Mal in den Sessel fallen.

»Jedenfalls an keinen linearen Fortschritt. Ich glaube nicht, dass wir uns kontinuierlich verbessern, falls du das meinst. Wir können gewisse Lektionen lernen, aber wir setzen sie nicht um. Es geht immer einen Schritt vor und zwei zurück. Dann ein Hüpfer nach links oder rechts. Dann einer diagonal. Verstehst du, was ich meine?«

Ich hatte wohl verständnislos das Gesicht verzogen, denn Dulcie führte den Gedanken weiter aus.

»Nehmen wir doch mal eure Kathedrale. Ein großartiges Bauwerk. Himmelstürmend. Errichtet, um bei allen, die es zum ersten Mal erblicken, Ehrfurcht und Staunen auszulösen – und fast tausend Jahre alt. Ein Wunder der Vorstellungskraft, als hätte Gott selbst die Entwürfe gezeichnet.«

»Ich dachte, Sie glauben nicht an –«

»Ruhe, es geht mir um einen umfassenderen Gedanken. Also. Jetzt weite deinen Bildausschnitt aus, und was siehst du – eine Stadt, ja, gut und schön. Was noch? Ich sage dir, was du siehst: graue städtische Gebäude aus billigem Beton, einförmige, massenproduzierte Ziegel und – oh, ich kann gar nicht hinsehen – die Ausgeburt des schlechten Geschmacks, Kieselrauputz. Nicht bloß in deiner Stadt, sondern fast überall im Land. Ich rede von Häusern, die dem Auge so wohltun wie eine Hornhautverkrümmung; Gebäude, die errichtet wurden, um welche Gefühle auszulösen? Bloß Langeweile und Trägheit. Ein Gefühl der Trostlosigkeit. Eine Grausamkeit erdacht von Planern, die keinerlei Inspiration haben. Wenn es nach ihnen ginge, würde das ganze Land mit Kieselrauputz beschmissen, bildlich gesprochen.«

Dulcie kam jetzt so richtig in Fahrt.

»Wer sind die?«, fragte ich.

»Ach, na wer schon? *Die.* Die Hausmeister des Mittelmaßes. Die Hüter der Einförmigkeit und die Verkäufer von Schund. Männer, hauptsächlich. Wenn wir früher Türme zum Himmel gebaut haben, bauen wir heute schäbige Schwitzkästen für Bürohengste. Nach neunhundert Jahren nenne ich das nicht Fortschritt. Kein bisschen. Wir bewegen uns gleichzeitig rückwärts, vorwärts und seitwärts. Wir oszillieren, Robert. Wir leben im Chaos, und aus Chaos erwächst Krieg. Ich kann es auch einfacher für dich ausdrücken, wenn du möchtest: Der Erste Weltkrieg war die größte Gräueltat, die die Menschheit je begangen hat. Was haben wir daraus gelernt? Größere und bessere Bomben bauen, mehr nicht. Hitler ist trotzdem passiert, und zu gegebener Zeit wird es wieder einen wütenden kleinen Mann geben. Manchmal denke ich, dass wir in vielerlei Hinsicht völlig irre sind, und das ständig. Wahrscheinlich ist das eine kollektive Form von Wahnsinn. Anders ist nicht zu erklären, dass wir immer wieder dieselben Muster von Tod und Gewalt durchleben. Romy hatte das erkannt. Romy wusste es. Sie hatte nämlich die dichterische Klarsicht. Der wahre Dichter durchschaut das Gespinst aus Lügen, späht in den Raum zwischen den Dimensionen. Und jetzt bin ich ziemlich müde. Vielleicht lege ich mich kurz aufs Ohr.«

»Natürlich.«

»Vielleicht hast du später Lust, einen Spaziergang mit Butler zu machen, wenn du mit dem, was auch immer du da drüben machst, fertig bist.«

»Sehr gerne.«

In der Küche pfiff der Kessel wie der Wind.

Das Gespräch wurde am Abend nicht fortgesetzt. Vielleicht waren Dulcie vorläufig die Worte ausgegangen.

Nachdem ich mit Butler einen zweistündigen Spaziergang rauf ins Moor gemacht hatte, der mich heftig ins Schnaufen brachte und auf dem ich die erste Schlange meines Lebens sah – eine dicke Kreuzotter, die sich mitten auf einem schmalen alten Packpferdepfad durch die Heide sonnte –, kehrte ich erschöpft zurück.

Von Dulcie war nichts zu sehen, und ihre Vorhänge waren zugezogen. Obwohl ich mir ein bisschen heimlichtuerisch vorkam, kochte ich vier Eier in einem Topf Wasser, in den ich anschließend ein Büschel Brennnesselblätter und eine Scheibe Zitrone gab. Ich trug ihn vorsichtig zum Eingang der Hütte, schälte sorgsam die Eier und aß sie genüsslich, und als der Tee lange genug gezogen hatte, trank ich ihn direkt aus dem Topf, während die Sonne langsam unterging. Dann, als die Wildwiese ruhig wurde und kaum noch zu sehen war, schaltete ich eine Lampe an und holte das Manuskript heraus, das ich wieder in den Aktenkoffer im Atelier gelegt hatte, weil Dulcie das wollte.

Etwas in mir zwang mich förmlich, die Gedichte noch einmal zu lesen. Ich denke, es war der verzweifelte Ausdruck, den ich in Dulcies Augen gesehen hatte, und alles, was ungesagt geblieben war. Vielleicht ein Versuch, diese fremde und außergewöhnliche Person, die sie beschrieben hatte, besser zu verstehen. In diesem Papierstapel, der etliche Jahre nur von Spinnen berührt worden war, lagen die Erklärung, wer sie war, und die Wahrheit über das Leben ihrer Freundin Romy.

Dieses Mal achtete ich genauer auf die Sprache und notierte mir auf einem Zettel alle Wörter, die ich nicht verstand, zusätzlich zu denen aus anderen Gedichten, die ich während meiner Zeit bei Dulcie verschlungen hatte. Die Liste lautete:

Inselmaniker
Kumulus
phosphoreszierend

Kodizill
Meniskus
Vellum

Harakiri

Arbutus
Grundsee

Plattitüde
Anoxie
Hypoxie

Saksamaa
Elbe

Seppuku

Bei diesen ersten nächtlichen Lesungen blieben mir viele der Gedichte rätselhaft, doch gerade ihre Rätselhaftigkeit weckte in mir den Wunsch, ihre Bedeutung zu verstehen. Während ich dasaß und die Flamme der Öllampe flackernde Schatten über die hellen Seiten warf, kam es mir so vor, als wäre ihre Autorin mit mir zusammen in der Hütte. Dass sie genau an diesem Ort ersonnen worden waren, begeisterte mich, und ich verstand zum ersten Mal, was es bedeutete, von einem Geist heimgesucht zu werden, denn je mehr ich las, desto mehr litt ich unter der Tatsache, dass sie nicht mehr lebte, unter dem Gefühl, dass diese Gedichte in Wahrheit Botschaften aus dem Totenreich waren, Sendschreiben von einem Ort tiefster Einsamkeit. Doch nicht nur das, sie waren Botschaften – sogar Appelle –, zurückgesandt an den Ort ihrer Entstehung. Hierher, wo ich saß, in einer Hütte, auf einer Wildwiese in Yorkshire.

Während mein ungeschulter, nicht sehr belesener Verstand sich durch die Sammlung arbeitete, wurde ihm eines zunehmend klar: Jedes Gedicht war so aufgebaut, dass Romy Landau auf ihre eigene Flucht hin schrieb, ihr eigenes

Erlöschen. Es waren Totenklagen für sie selbst, Beschwörungen eines Auswegs.

Anfangs hatte ich geglaubt, sie befassten sich vordergründig mit einer Welt, die ich sofort wiedererkannte – mit den Landstraßen, dem Cottage, der Wildwiese und vor allem dem Meer –, nun jedoch trat all das in den Hintergrund und gab stattdessen den Blick frei auf einen komplexen Geist, der in die Finsternis einer ultimativen und grenzenlosen Verzweiflung sank. Das nackte und kompromisslose Grauen in den Anfangszeilen von »Entmutterung« traf mich wie ein Vorschlaghammer.

Ein Schoß harrt
Worauf?
Bloß auf ein
Kind;
eine Geburtsmaschine bist du
nicht.

Es war mitten in der Nacht, als ich alle Gedichte gelesen hatte und endlich erkannte, was mit Romy passiert war. Die Antwort war die ganze Zeit offensichtlich gewesen, in Dulcies Hass und Misstrauen dem Meer gegenüber und in der Jungfrauenkrone. Doch erst, als ich die Sammlung zum dritten, vierten und fünften Mal las, begriff ich endlich, ich, ein junger Bursche, der eher daran gewöhnt war, durchs Land zu wandern, mit den Händen zu arbeiten und davon zu träumen, welche großen Abenteuer die Zukunft nun, da der dunkle Schleier des Krieges gelüftet war, wohl für ihn bereithalten mochte.

Besonders ein Gedicht offenbarte die Wahrheit, das Gedicht, das heute am häufigsten in Anthologien auftaucht, das an Universitäten behandelt wird, das im Radio und auf Bühnen vorgetragen wird, das vertont und sogar in einen Gedenkstein gemeißelt wurde, der an einem Wanderweg im Herzen eines Waldes nahe der deutsch-österreichischen Grenze steht. Damals jedoch war es bloß ein vor der Welt geheim gehaltenes Gedicht, das nur von mir gelesen wurde, dem einfachen Sohn eines hart arbeitenden Bergmanns.

Exeunt (oder Weiße Pferde)

Ich verlasse dies Land
und geb mich goldenem Wasser hin.

Ich frage mich, wie tief
erstrecken sich die Sonnenfinger,

wie weit reicht die Kraft der
Trauergestalt auf dem Trauerstrand

und was erwartet sie,
die weiße Pferde reitet

und die dann gleitet
in schwankende Dunkelheit

an Korallenketten hinab zu zarten Wurzeln
und salzigen Betten,

wo entmenschtes Geheul
klingt wie Glockenspiele,

wo alles Rost und Schatten ist
und salzzerfressene Knochen.

Eine erloschene Sonne, ein entschwindender
Strand.
Ein vollkommener Sog, der sie heimträgt.

Romy Landau hatte sich ertränkt.

8

Mitten in der Nacht setzte Nieselregen ein. Er hielt bis in die frühen Morgenstunden an, langsam und beharrlich, und ließ auch nach Tagesanbruch nicht nach, sodass ich den größten Teil des Vormittags in der Hütte blieb. Zuerst inspizierte ich die Holzdielen – zwei hatten sich gelockert, also hämmerte ich sie wieder fest und pinselte sie mit einer Lasur gegen Holzwürmer ein. Dann kümmerte ich mich um einige Fußleisten, die stellenweise angemodert waren. Ich hebelte die Nägel heraus, mit denen sie befestigt waren, und entfernte die Leisten. Der Regen trommelte erneut aufs Dach, doch dann zog er weiter, und als ich einen Blick nach draußen warf, waren Dulcies Vorhänge geöffnet, und auch das Küchenfenster stand offen. Der Hund saß mit hängendem Kopf unten in der Wiese und genoss einen friedlichen Moment im hohen Gras.

Dulcie winkte, als ich näher kam.

»Vierzehn Stunden«, sagte sie fassungslos. »Ich hab *vierzehn Stunden* geschlafen. An einem Stück. Ich kann's kaum glauben. Hast du was gegessen? Der Magen muss dir ja in den Kniekehlen hängen.«

»Ich hoffe, Sie sind mir nicht böse, aber ich hab mir gestern Abend Eier gemacht.«

»Und was dazu?«

»Nichts. Ich habe sie gekocht.«

»Was mich böse macht, ist, dass du dir nicht mehr gemacht hast und noch immer so isst, als hätten wir Krieg. Großer Gott, Junge, du wirst tagelang Verstopfung haben, wenn ich dir nicht ein bisschen Porridge eintrichtere. Komm rein, komm rein. Ich habe einen ganzen Topf voll, mit einem Schuss Blaubeermarmelade und meiner ganz besonderen geheimen Zutat.«

»Was denn für eine?«

»Ich lass dich raten. Das ist doch der Spaß an der Sache.«

Ich arbeitete jeden Tag an dem Atelier, eine Woche lang und dann zwei. Ich reparierte die Hütte, und mit jeder erledigten Aufgabe tat sich ein größeres Problem auf, das behoben werden musste. Regenrinnen austauschen. Eine neue Fensterscheibe. Zwei neue Fensterscheiben. Einen verstopften Abfluss reinigen, ein gesprungenes Keramikrohr freilegen und ausbessern.

Farbe abkratzen, schleifen, lackieren.

Kitten und anstreichen.

Wenn ich nicht arbeitete, wurde ich von Dulcie mit immer üppigeren Mahlzeiten verpflegt. Sie war eine einfallsreiche Köchin, die rationierte Lebensmittel mit Zutaten aufpeppte, die sie sich irgendwie von einflussreichen Freunden beschaffte: aufwendige Fleischpasteten und gedämpfte Puddings, selbst gemachte Nudeln, Boeuf bourguignon, Obsttorten, Currys, gebratene Enten und Gänse und vielerlei andere Neuentdeckungen. Wenn die Gezeiten und das Wetter es erlaubten, ging ich an den meisten Abenden danach die Bucht runter und schwamm im Meer, wo ich prustend gegen die Rückströmung ankämpfte, um das kalorienreiche Essen zu verbrennen, das ich nicht gewohnt war.

Und jede Nacht las ich beim Lampenschein in der knarrenden Hütte auf der Wiese nach und nach die Bücher, die

Dulcie mir gegeben hatte, von manchen verwirrt und gelangweilt, aber von anderen inspiriert und begeistert.

Es war richtig Sommer geworden, und ich spürte, dass mein Körper sich veränderte. Als ich von zu Hause aufbrach, war er mager und blass gewesen, doch jetzt wurde er kräftiger, formte sich. Schmale Muskelstränge zogen sich durch meine Arme, und das weiche Babyfleisch an Taille und Bauch wurde durch die ständige körperliche Anstrengung und das viele Schwimmen straff. Ich fühlte mich auch anders: stärker und leistungsfähiger. Es war eine Stärke, die irgendwie von innen kam. Das viele Lesen und Arbeiten und Dulcies nahrhafte Küche und auch die endlosen Sonnentage hatten wahre Wunder an meiner physischen Gestalt vollbracht, die früher die Farbe von Hefeteig gehabt hatte und jetzt einen goldbraunen Teint annahm.

Und ich sah die Welt klarer.

Überall an meinen Händen und Armen waren Schnitte und Kratzer, Narben und Stiche und Striemen, allesamt Erkennungszeichen für körperliche Arbeit im Freien. Ich trug sie stolz, als hätte ich einen Orden für eine unglaubliche Heldentat verliehen bekommen.

In der Bucht wurde es voller.

Ich konnte beobachten, wie der pulsierend heiße Hochsommer Menschen brachte, und die Menschen brachten Eimer und Spaten und eingepackte Sandwiches mit Rührei und Schinken und gekochte Eier und kalte Lebensmittelmarken-Würste, die mit einer glänzenden Fettschicht überzogen waren. Sie schälten hart gekochte Eier und schraubten lauwarme Limoflaschen auf, und manche hatten einen eigenen Windschutz oder Fußbälle oder dünne kleine, an Besenstielen befestigte Fischernetze, und die meisten hatten Kinder, und binnen Kurzem bekamen sie alle eine verbrühte knallrote Farbe, während sie unter der erbarmungslosen Sonne auf dem breiten Strand Amok liefen.

Die Gezeitentümpel wurden zum Gegenstand forensischer Untersuchungen durch temperamentvolle barfüßige Jungs aus den Industriestädten von Teesside und West Yorkshire – die Einheimischen nannten sie »Buddler«, weil sie so gern Löcher buddelten –, während Mütter mitgebrachtes Mittagessen auf Decken ausbreiteten, Hunde Salzwasser husteten und gereizte Väter mit einem Taschentuch auf dem Gesicht schliefen; zumindest diejenigen, die aus dem Krieg zurückgekehrt waren. Alle waren froh, am Leben zu sein, und keiner sprach es aus.

Schon allein den feuchten Sand unter den Zehen zu spüren, war genug.

Und es waren auch Mädchen da. Junge Frauen ungefähr in meinem Alter. So viele mürrische, cremefarbene Frauen in Badeanzügen und Kopftüchern und in voller Blüte. Sie waren den Männern zahlenmäßig überlegen und platzierten ihre Handtücher sorgfältig abseits von ihren Eltern und jüngeren Geschwistern, von denen sie sich mit zickig verächtlichen Blicken durch die Gläser ihrer Sonnenbrillen distanzierten.

Jeden Tag sah ich sie, diese jungen Ladys, am Strand verteilt oder paarweise im seichten Wasser planschend, aufkreischend, wenn die kalte Nordsee nach ihnen schnappte. Andere saßen gelangweilt herum, allein, und rauchten möglichst elegant Zigaretten. Sie bewohnten das Niemandsland zwischen Adoleszenz und Erwachsensein, wo Unsicherheit und Unschuld, Freude und weltverdrossener Zynismus miteinander streiten, wo verschiedene Masken an- und ausprobiert werden. Für einen linkischen Jungen wie mich, der aus der Industrie-Provinz im Norden kam, schienen sie völlig unerreichbar.

Manche sah ich lachen, andere schmollen. Ich betrachtete die Rundungen ihrer Beine und Hüften, die gewölbten Rücken, wenn sie hüpften und rannten und sich drehten und schwammen, und irgendwie schienen sie die von der See ausgehöhlten Kurven der Klippe widerzuspiegeln, die sich an den Küstenabschnitt schmiegte, wenn er um Biegungen verschwand. Sie nahmen den Strand wochenlang in Beschlag.

Ich war zu überwältigt von ihrer physischen Gestalt und kühlen Selbstsicherheit, um meinen Schwärmereien anders Ausdruck zu verleihen als mit einem schüchternen Lächeln. Zu meinem Entsetzen war selbst das häufig ein Ding der Unmöglichkeit, weil die Muskulatur um meinen Mund im entscheidenden Moment streikte und mein Lächeln zu einer peinlichen Grimasse geriet, die mein hochrotes Gesicht verzerrte.

Diejenigen, die mich daraufhin finster anstarrten, während ich dastand und mich nach meinem abendlichen Bad abtrocknete, oder die, noch niederschmetternder, glatt durch mich hindurchsahen, fand ich am schönsten und verführerischsten. Ein vernichtender Blick von einer konnte mir das Herz brechen und den Tag ruinieren, doch nach der Andeutung eines Lächelns war mir manchmal noch stundenlang schwindelig vor Glück.

Oft dachte ich über ein ganz bestimmtes Mädchen nach. Eine dunkelhaarige junge Frau, ein oder zwei Jahre älter als ich, mit einer papierweißen Haut. So zarte Haut, dass ich mir vorstellte, sie wäre eine Karte ihres Innenlebens.

Ich hatte sie nur zweimal gesehen, an aufeinanderfolgenden Tagen, knöcheltief im Sand direkt am Wasser, aber im

Geist beschäftigte ich mich nächtelang mit ihr und entwarf immer ausführlichere Szenarien, die stets damit begannen, dass sie und ich tiefschürfende, bedeutungsschwangere Gespräche führten. Dann kam ich ihr in meiner Fantasie zu Hilfe, nachdem sie von einer Qualle verbrannt (obwohl ich nie eine gesehen hatte) oder auf einem vorgelagerten Felsen von der Flut überrascht worden war (ich hatte im Knappschaftshaus zu viele Samstagsvorführungen von Filmen mit Tyrone Power und Gary Cooper gesehen).

Das wiederum führte dazu, dass die namenlose junge Frau mich endlich erst auf die Wange und dann auf den Mund küsste und wir dann auf den Sand sanken, von der Gischt umtost, und dann –

Und dann spürte ich stets den sehnsüchtigen Wunsch, doch wenigstens ihren Namen zu kennen.

Vielleicht hieß sie Kathleen oder Angela oder Jeanette oder Dorothy. Oder vielleicht etwas Exotischeres. Womöglich war sie Italienerin oder Spanierin oder Französin. Cécile oder Carlotta.

In meinen Fantasieszenarien war der Strand natürlich frei von kreischenden Kindern und kleinen dampfenden Hundehaufen und Leuten, die Soleier mampften, und mein Mund war in der Lage, anständig zu lächeln, und mir fielen genau die richtigen Worte in der richtigen Reihenfolge ein, und alles an mir war anders und besser.

Es war das erste Mal, dass ich eine Frau auf diese Weise sah. Zu Hause gab es nur die Schulmädchen des Dorfes, die ich meistens schon von Geburt an kannte, oder aber sie waren entfernte Cousinen oder Schwestern von Klassenkameraden. Wir waren alle durch Geografie und Lebensverhältnisse auf engem Raum zusammengepfercht, und das sich daraus ergebende Übermaß an Vertrautheit war die unvermeidliche Folge einer in nächster Nachbarschaft gemeinsam verbrachten Kindheit. Wer je versuchte, sich selbst neu zu erfinden, stellte bald fest, dass das unmöglich war, und selbst kleine Anläufe zur individuellen Selbstentfaltung konnten bei denjenigen, die eine Art unausgesprochenes Besitzrecht an deiner ureigenen Existenz beanspruchten, Spott und Häme auslösen. Zu weit von dem Platz abzuweichen, den jeder von uns im übergeordneten Großen und Ganzen gefälligst einzunehmen hatte, wurde kaum je belohnt. Ganz im Gegenteil. Es wurde erwartet, dass die jungen Männer schnell erwachsen wurden, bald eine Familie gründeten und sonntags ihre besten Anzüge trugen, genau wie ihre Väter.

Dann waren da noch die älteren Frauen der Gemeinde, manche stark und heroisch, andere zermürbt von Sorgen oder herzlosen und gleichgültigen Ehemännern. Und schließlich gab es die wenigen Frauen des Dorfes, die angeblich Ketchup-Flaschen deutlich sichtbar ins Fenster stellten, um vorbeikommenden Arbeitern, zum Beispiel Bierkutschern oder Handwerkern aus fernen Städten und Dörfern, zu signalisieren, dass ihre Männer außer Haus waren – obgleich diese Frauen anscheinend nur in böswilligen Gerüchten und Stammtischgeschwätz existierten. Wären sie für alle Augen sichtbar gewesen, hätte ich sie vielleicht bemerkt, aber für die meisten von uns war Sex ein fremdes Land, das man kaum besuchte und über das niemals gesprochen wurde. Nur wenige Frauen, die ich kannte, flirteten gelegentlich, denn an einem Ort, wo die Häuser vom Rauch verrußt waren und am Himmel Kohlestaub waberte und die umliegenden Äcker mit ihren endlosen gepflügten und bepflanzten Furchen nichtssagend und rein funktional waren, gab es nicht die geringste Gelegenheit zu flirten und so gut wie keinen Anlass dazu. Noch weniger Frauen in meiner Heimat wären imstande gewesen, die Muttermale, Sommersprossen oder Leberflecke, die ihre schöne, nach Sonne lechzende Haut zierten, so unbefangen in aller Öffentlichkeit zu zeigen, wie das die jungen Ladys in jenem Sommer am Strand der Bucht taten.

Nach einer gewissen Zeit würden sie aus ihren unterschiedlichen Ruhezuständen erwachen und nach Hause fahren – vielleicht, um wieder in Fabriken zu arbeiten oder ihre Ausbildung zur Sekretärin fortzusetzen; sie würden zu herrischen Vätern zurückkehren, zu ihren treulosen Freunden oder glattzüngigen Verlobten und dann, vielleicht, zu langweiligen Ehemännern, zu sonnenlosen Arbeitstagen hinter Schreibtischen oder in Werkhallen, zu kürzer werdenden Herbsttagen und langen Winternächten in Tanzlokalen und Cafés mit beschlagenen Fenstern und dem unangenehmen Geruch nach kaltem Tabakrauch, Haaröl, fauligen englischen Zähnen und feuchten Wollmänteln. Und dann, vielleicht, in fünf oder zehn Jahren, würde es für manche von ihnen Babys geben, ein zunehmend einengendes häusliches Leben und das allmähliche Versauern gegenüber allen Dingen, die mal als liebenswert galten. Schrumpfende Welten. Manche dürften wie ihre Mütter werden und eines Tages aufwachen, um entsetzt festzustellen, dass sie ihre Väter geheiratet hatten. Für die meisten entzog sich das Leben ihrer Kontrolle, ich jedoch hatte es mir bereits zum vorrangigen Ziel gemacht, kein Opfer eng gesteckter Erwartungen zu werden. Ich hoffte, dass viele der jungen Frauen die Kraft hatten, dasselbe zu tun.

Aber zumindest fürs Erste fühlte sich der Sommer endlos an, und in mir keimte etwas Unbekanntes, wenn ich an jenen Abenden mein Handtuch aufrollte und zu diesen ungebundenen Mädchen der Bucht hinüberschielte, die so wirkten, als bestünde ihr einziger Daseinszweck darin, sich zu recken und zu gähnen und zu lächeln und zu rauchen, zu sehen und gesehen zu werden.

Es war ein Hunger der anderen Art. Etwas Neues erwachte.

Es war Begehren, und zweifelsohne lebte eine junge Männlichkeit in mir wie ein nützlicher Parasit. Sie hatte sich eingenistet und veränderte mich langsam von innen, und ich war lediglich ein passiver Wirt, während komplexe Chemikalien mich durch den Sommer steuerten. Ich konnte nichts dagegen tun. Eine seltsame Alchemie vollzog sich; es gab kein Zurück mehr.

»Hast du deiner Mutter geschrieben?«, rief Dulcie mir eines Nachmittags zu, als ich dabei war, die Heckenschere zu schärfen. Sie war von den störrischen Stängeln der durstigen Wiese bereits stumpf geworden.

Mit einem Anflug von schlechtem Gewissen wurde mir klar, dass ich während der vielen Wochen meiner Wandeerung, die mich hierhergeführt hatte, wo die Tage nun zu einem einzigen langen Band aus Sonnenschein verschmolzen, nur unterbrochen von der Dunkelheit der Nacht, kein einziges Mal daran gedacht hatte, und das sagte ich ihr.

»Na, wird sie sich denn keine Sorgen machen?«, fragte Dulcie.

Auch diesen Gedanken hatte ich nicht in Erwägung gezogen. »Es geht ihr bestimmt gut. Sie hat immer viel um die Ohren.«

»Und ich bin sicher, sie kann nicht ruhig schlafen, bis sie wenigstens ein kleines Briefchen von dir bekommt.«

»Glauben Sie wirklich?«

»Ich weiß es.«

Ich runzelte die Stirn.

»Ich habe sehr schönes Briefpapier«, sagte Dulcie. »Bedien dich.«

Am selben Abend, im Licht der Lampe, der Hund neben mir auf meinen Decken ausgestreckt, legte ich mein Buch beiseite, klopfte das Kissen zurecht und setzte mich auf, um auf dickem Papier, so porig und gesprenkelt wie eine Eierschale, einen Brief an meine Mutter zu schreiben.

Liebe Mam,

ich hoffe, Dir und Dad geht's gut. Ich schreibe dir aus einer Hütte auf einer Wildwiese über einer Bucht in Yorkshire. Sie ist trocken und warm, und ich fühle mich sehr wohl.
Die Hütte gehört einer Lady namens Dulcie, für die ich ein paar Handlangerarbeiten mache. Dulcie ist groß. Sie ist größer als alle Männer, die ich kenne, außer vielleicht Jack Barclay, aber anders als Big Jackie hat sie noch alle Schneidezähne, und sie isst keine Würmer.
Tatsächlich isst sie sehr viel, aber sie ist überhaupt nicht dick. Sie erinnert mich an eine sehr lange Katze, und sie ist anders als alle aus dem Dorf oder sonst wo. Sie kocht fast so gut wie Du.
Ich hoffe, das Wetter bei Euch ist genauso schön wie hier. Ich wette, der Schrebergarten ist ausgedörrt und Dads Pastinaken denken, man hätte ihnen die Kehlen aufgeschlitzt. Fliegen die Tauben bei der Hitze? Ich werde allmählich braun wie eine Kaffeebohne, gehe jeden Tag schwimmen und lese viele Bücher. Ich lerne England kennen oder zumindest einen schönen grünen Teil davon.

Ich habe vor, wieder nach Hause zu kommen, wenn die Prüfungsergebnisse bekannt gegeben werden, obwohl ich nicht mehr genau weiß, wann das ist. Wenn ich also nicht rechtzeitig zurück bin, kannst Du sie ja vielleicht abholen und an mich schicken. Falls oder wenn ich eine Adresse habe, schreibe ich sie Dir.

Herzliche Grüße
Robert

PS: Dulcie hat einen Hund, der aussieht, als wäre er dazu abgerichtet, alle Fremden zu zerfleischen, aber in Wirklichkeit ist er ganz freundlich. Er heißt Butler, weil er sich so benimmt, als wäre er einer. Er sitzt gerade neben mir. Auch mit ihm habe ich mich in diesem Sommer angefreundet.

Eines Tages, bei einem sehr frühen Mittagessen bestehend aus Omeletts mit Sauerampfer, Salat und gebratenen Pastinaken, fragte Dulcie aus heiterem Himmel: »Hast du das mit den weißen Pferden gelesen?«

Ich brauchte einen Moment, bis ich begriff, dass sie das Gespräch fortsetzte, das vor über zwei Wochen abrupt geendet hatte.

»Ja«, sagte ich.

»Du bist ein aufgeweckter Junge.«

Ich wusste nicht, was ich darauf antworten sollte, merkte aber, dass ich ein wenig rot wurde.

»Dann weißt du es also«, sagte sie.

»Was denn?«

Sie bedachte mich mit einem gestrengen Blick.

»Du weißt jetzt, welches Schicksal ihr widerfahren ist. Oder du solltest es wissen, falls dein Gehirn halbwegs funktioniert.«

Ich zögerte, bevor ich erneut den Mund aufmachte.

»Hat sie –«

»Ja?«, unterbrach sie mich.

»Hat sie –«

»Sprich weiter«, sagte Dulcie, als wollte sie jeden Versuch einer Antwort vereiteln.

»Hat Romy sich ertränkt?«

Dulcie schaute weg, Richtung Meer, dann sah sie wieder mich an. Sie runzelte die Stirn.

»Denkst du das?«

Wieder zögerte ich unsicher.

»Ja. Ich denke, darum geht es in ›Weiße Pferde‹.«

Sie sah mich ernst an.

»Dann denkst du richtig.«

»Es tut mir leid. Es tut mir leid, dass ich recht habe, ehrlich.«

»Und wie fandest du das Gedicht?«

»Es war das Traurigste, was ich je gelesen habe. Aber –« Mir wollten die richtigen Worte nicht einfallen, aber ich versuchte es trotzdem. »Auf eine seltsame Art war es auch wunderschön.«

Dulcie nickte. Sie nickte sehr lange.

»Sie ist jetzt in der offenen See.«

Wir aßen schweigend unsere Omeletts auf.

»Haben Sie die ganze Sammlung gelesen, Dulcie?«, fragte ich, als unsere Teller leer waren. »Haben Sie *Offene See* gelesen? Sie haben nie direkt gesagt, dass Sie das getan haben.«

»Warum sollte ich?«

Ich wollte eine Erwiderung stammeln, doch Dulcie kam mir zuvor.

»Romy hat mir die Sammlung vermacht.«

»Wie meinen Sie das?«

»Sie hat sie zurückgelassen, da drüben in ihrem Atelier. Sie hat sie deutlich sichtbar auf den Schreibtisch gelegt, und dann ist sie den Berg runter und ins Meer gegangen und wurde nie wieder gesehen. Ein Gedicht lag neben dem Stapel. ›Weiße Pferde‹. Eine Woche später habe ich es gelesen, aber dann habe ich alles in einen alten Aktenkoffer gepackt, und da ist es die ganze Zeit geblieben. In meiner Trauer war ich maßlos zornig. Also, nein, ich habe die Gedichte nicht gelesen. Und jetzt kennst du die ganze Wahrheit.«

»Wollte sie sich umbringen?«

Schon allein, es auszusprechen, fühlte sich falsch an, als hätte ich ein Gesetz des Schweigens gebrochen. *Sich umbringen.* Als Dulcie nicht antwortete, bereute ich sofort, die Frage gestellt zu haben, und hätte sie am liebsten zurückgenommen. Eine gefühlte Ewigkeit verging.

»Sie hatte den Vorsatz, unsterblich zu werden«, sagte Dulcie schließlich. »Aber um das zu erreichen, muss man sterben. Und um so zu sterben, muss man alles hinter sich lassen, was man kennt und liebt.«

Ich zauderte, aber das Bedürfnis, eine weitere Frage zu stellen, war wie ein Zwang, den ich nicht beherrschen konnte.

»Warum heißt das Gedicht ›Weiße Pferde‹?«

»Das ist eine nautische Metapher«, erklärte sie. »Ein wiederkehrendes Bild, das für alle Zeit in meine Netzhaut eingebrannt ist. Weiße Pferde sind die brechenden Wellen. Der sich überschlagende Kamm könnte als die Mähne gesehen werden, und das Donnern klingt zweifellos wie das Dröhnen von Hufen.«

»Ich hab auch nicht verstanden, was ›exeunt‹ bedeutet.«

»Ach, na ja, das ist ein Begriff aus dem Shakespeare-Theater. Eine Anweisung, die Bühne zu verlassen. Abzugehen, normalerweise im Plural, aber ich glaube, in dem Fall ergibt es trotzdem einen Sinn. Und jetzt kannst du die Puzzleteile zusammensetzen.«

Ich überlegte eine volle Minute lang.

»›Exeunt (oder *Weiße Pferde*)‹ war Romys Abschiedsgruß, bevor sie sich ertränkt hat?«

»Wie ich schon sagte, du bist ein aufgeweckter Junge«, entgegnete sie.

»Es ist eine schöne Art, die Welt zu verlassen«, sagte ich.

»Sie war Dichterin. Manchmal denke ich, sie war auch die erste puristische Modernistin. Diejenige, die die Tür hätte aufstoßen können für das, was als Nächstes kommt. Eine brillante neue Zukunft war für sie zum Greifen nahe, da bin ich mir sicher.«

»Es ist schade, dass die Welt sich nicht von ihr verabschieden konnte.«

Dulcie spitzte die Lippen und schaute weg. Sie trank einen Schluck Tee.

»Das konnte ich auch nicht.«

»Hat sie einen Abschiedsbrief hinterlassen?«

Sie schüttelte den Kopf. »Nein. Oder falls doch, war er gut versteckt. Glaub mir, ich habe die Taschen ihrer Kleidung durchsucht, bin ihre Sachen durchgegangen. Habe alles durchstöbert. Sie hat bloß die Gedichte und ein Romy-förmiges Loch im Leben vieler Menschen hinterlassen. Ich kann dir sagen, Robert, das Schweigen danach war fürchterlich. Niemand sollte je so etwas Plötzliches und Unerwartetes, so etwas Endgültiges durchmachen, ohne irgendeine Reaktionsmöglichkeit zu haben. Kein Wort des Abschieds; nichts. Jahrelang nichts.«

Ich scheuchte eine Fliege weg, die wiederholt versucht hatte, auf meinem Arm zu landen.

»Hatte sie vielleicht eine Schreibblockade?«, fragte ich.

Dulcie schüttelte sehr entschieden den Kopf. »Gott, nein. Überhaupt nicht. Sogar ganz im Gegenteil. Sie hatte eine Schreib- ... Flut. Und in gewisser Weise kann das genauso zerstörerisch sein, denn man kann die Qualität seines Werks nicht immer richtig einschätzen, wenn es aus einem heraussprudelt; man versinkt bloß in dieser Manie. Und es war eine Manie.«

»Darf ich Sie noch was fragen?«

»Du musst mich nicht fragen, ob du mich was fragen darfst. Lass das in Zukunft einfach weg, Robert. Bald sind wir alle tot.«

»Warum nennt Romy Sie ›die Honigschleuderin‹?«

»Weil damals Imkern meine Leidenschaft war, unter anderem.«

»Hier?«

»Ja, hier. Bis ich damit aufgehört habe. Ich hab den Honig verschenkt, aber es blieb immer noch mehr übrig, als eine Person und ihr Hund brauchen. Man muss die Waben schleudern, um den Honig in flüssiger Form zu ernten. Deshalb hat sie mir den Namen Honigschleuderin gegeben, neben einigen anderen.«

Wir schwiegen eine Weile. Ich überlegte, ob ich Dulcie noch eine weitere Frage stellen sollte. Schließlich tat ich es.

»Haben Sie je daran gedacht, *Offene See* zu veröffentlichen?«

Dulcie seufzte und blickte dann mit zusammengekniffenen Augen Richtung Meer. Aber sie sagte nichts.

»Vielleicht ist es für Sie zu schmerzlich, die Gedichte zu lesen.«

Sofort wandte sie den Kopf und zischte: »Dein Problem ist, dass du zu schlau bist für so einen einfachen Burschen.«

»Tut mir leid. Ich versteh überhaupt nichts von Gedichten. Aber ich fand das Buch großartig, und vielleicht sehen andere Leute das ja auch so.«

»Jetzt machst du's schon wieder, spielst den treudoofen halbgebildeten Bauerntölpel.«

Dulcie bremste sich. Sie nahm eine aufrechte Haltung ein, rückte ihren Hut gerade.

»Nein, mir tut es leid, Robert. Nimm meine Scharfzüngigkeit nicht persönlich. Aber du solltest dich auch nicht kleiner machen, als du bist. Die Sache ist doch die: Romys Gedichte haben dich berührt, deshalb ist deine Meinung genauso berechtigt wie alle anderen. Im Grunde bist *du* genau die Sorte Mensch, für die sie geschrieben hat. Die Kritiker oder Akademiker haben sie nie interessiert. Sie stammte auch aus der Arbeiterschicht, und sie wollte einfach nur gelesen werden, deshalb wäre sie ganz sicher entzückt, wenn sie dein Lob hören würde, das wäre sie wirklich.«

»Waren Sie nie versucht, die Gedichte zu lesen, Dulcie?«

»Jeden einzelnen Tag.«

»Aber Sie haben es nie getan.«

»Ich dachte, das hätte ich klar genug gesagt.«

»Darf ich fragen, warum nicht?«

»Ich dachte, auch das wäre klar genug.«

Dulcie stieß einen tiefen Seufzer aus, als sie sah, dass mir unbegreiflich war, wieso sie das Manuskript – etwas, das vielleicht die Antworten auf ihre Fragen barg – all die Jahre nicht angerührt hatte. Dann fragte sie: »Hast du Angst vor Gespenstern?«

Ich schüttelte den Kopf. »An so was glaube ich nicht.«

»Das habe ich nicht gefragt.«

Irritiert schüttelte ich erneut den Kopf.

»Jeder fürchtet sich davor, in den frühen Morgenstunden mit seinem vergangenen Ich konfrontiert zu werden«, sagte sie. »Denn nichts anderes sind Gespenster: die nackten Wahrheiten, denen wir lieber nicht ins Gesicht sehen, oder die Stimmen derjenigen, die wir im Stich gelassen haben. Wir tragen unsere eigenen Gespenster in uns, mit denen wir uns selbst heimsuchen. Das Buch zu lesen, würde bedeuten, die Toten aufzuwecken, und dazu bin ich noch nicht bereit. Mehr werde ich zu dem Thema nicht sagen.«

»Aber bestimmt gibt es da draußen noch mehr Menschen wie mich, die an den Gedichten ihre Freude hätten.«

Das Gespräch war offensichtlich beendet. Dulcie schwieg und schien tief in kummervollen Gedanken versunken, doch dann hellte sich ihre Miene plötzlich auf, und ihr Tonfall veränderte sich vollkommen.

»Hör mal, ich habe eine fantastische Idee. Du hast wie ein Sherpa an diesem verdammten Atelier gearbeitet, und ich glaube, ich selbst kriege so allmählich einen leichten Hüttenkoller. Diese traurigen Gespräche gehen mir an die Nieren, also schlage ich vor, wir werfen einen von den alten Motoren an und machen eine Sonntagsspritztour. Und falls heute nicht Sonntag ist, dann taufen wir sie entsprechend um.«

»Was meinen Sie mit ›einen von den alten Motoren‹?«

»Na, ein Automobil natürlich.«

»Sie haben ein Auto?«

»Ich habe mehrere.«

Ich war sprachlos. Natürlich hatte ich schon oft Farmer auf ihren Traktoren herumfahren sehen, aber ich war noch nie jemandem begegnet, der ein Automobil sozusagen für

Freizeitzwecke besaß, schon gar nicht mehrere. Fahrzeuge waren groß und dreckig und praktisch – hustende, tuckernde und Schlamm spritzende Maschinen –, und der Gedanke, dass jemand, den ich kannte, tatsächlich ein Auto besitzen könnte, war mir nie in den Sinn gekommen. Nur die Reichen konnten sich das leisten.

»Aber wie?«

»Was meinst du mit *wie*? Ich habe sie gekauft.«

»Alle auf einmal?«

»Was stellst du nur für Fragen? Selbstverständlich nicht.«

Für einen Moment fragte ich mich, ob Dulcie mich vielleicht auf den Arm nahm. Ich schaute mich um.

»Aber wo sind sie?«

»Tja.« Sie überlegte kurz. »Ein Wagen steht in einer Tiefgarage mitten in Chelsea, und ein anderer wird von einem lieben Freund in Schuss gehalten, der ihn regelmäßig in der Umgebung eines Dorfes mit dem unwahrscheinlichen Namen Upper Slaughter in den Cotswolds ausfährt, und dann stehen zwei – nein, Moment, drei – in einer Scheune auf dem Hof von Francis Storm.«

»Wo ist das?«

Dulcie deutete hinter sich. »Ein kleines Stück den Berg hoch. Die große Farm ganz oben gehört Frank. Auf dem Weg hierher bist du bestimmt daran vorbeigekommen. Warte mal kurz.«

Sie kramte in einer Schublade im Salon herum und kehrte mit etlichen Schlüsseln in der Hand zurück.

»Nehmen wir den Citroën. Aber du wirst ihn leider herholen müssen. Er hat eine Farbe wie eine gequetschte Aubergine. Zumindest, als ich ihn das letzte Mal gesehen habe. Einer von den Schlüsseln hier müsste passen.«

»Aber hat der Farmer denn nichts dagegen?«

»Dagegen? Das Auto gehört schließlich mir, und er kassiert ein hübsches Sümmchen Miete, das er für Schweinefutter und Gummistiefel ausgeben kann, also mach dir mal keine Sorgen.«

»Und wenn er denkt, ich wollte das Auto stehlen, und schießt auf mich?«

»Du hast doch den Schlüssel, oder etwa nicht?«

»Und wenn er denkt, ich wär in Ihr Haus eingebrochen und hätte ihn geklaut?«

»So was würdest du nie tun. Du bist ein guter Junge.«

»Das weiß er aber nicht.«

»Ich bewundere deine lebhafte Fantasie, aber Frank Storm macht das nichts aus. Glaub mir. Seine Farm ist ganz oben. Kannst du gar nicht verfehlen – geh einfach immer dem Geruch nach und dann nach hinten, wo die Scheunen sind. Ich glaube, der Citroën ist in der linken. Schau dich einfach ein bisschen um. An so einem schönen Tag wie heute ist Frank sowieso draußen unterwegs. Dem gehört fast alles bis runter nach Whitby. Nimm Butler mit, falls du Angst hast. Der kann für dich bürgen.«

»Da wäre nur ein Problem, Dulcie.«

Sie seufzte. »Ja?«

»Ich kann nicht fahren.«

»Du kannst nicht fahren? Musst du ja auch kaum.«

»Aber ich kann überhaupt nicht fahren.«

»Kann überhaupt jemand richtig fahren?«

»Na ja, ich glaube schon.«

»Robert, ehrlich. Es sind nur zweihundert Meter, und es geht die ganze Zeit bergab. Löse die Handbremse und lass ihn einfach runterrollen. Kinderspiel. Du musst ihn bloß um ein paar sanfte Kurven lenken und gelegentlich hupen. Und natürlich bremsen, wenn nötig.«

»Aber welches Pedal ist die Bremse?«

»Das rechte. Oder vielleicht auch das mittlere. Ach, das findest du schon raus. Es ist kaum eine Menschenseele unterwegs.« Sie sah mir meine Verunsicherung an. »Bist du bange?«

»Nein«, sagte ich trotzig. »Ich hab keine Angst, ich doch nicht.«

»Gut. Du holst den Citroën, und ich pack uns was zu essen ein. In zehn Minuten kann ich schnell noch einen Krautsalat zu den Hähnchenkeulen machen, die ich gestern Abend gebraten habe. Und die sind verdammt lecker geworden. Am besten such ich uns noch ein gutes Fläschchen dazu aus. Das heißt, soweit mein schwindender Vorrat noch was Gutes zu bieten hat. Und nimm ja den Hund mit – der kann richtig gut lenken. Er passt schon auf, dass dir nichts passiert.«

Das Auto hoppelte vorwärts, als hätte es den Tank voller Kaninchen, als ich den Motor anwarf. Es hustete einmal, dann zweimal, und dann sprang es mit einem rostigen Würgen an. Dulcies Citroën war zwar ein formschöner und begehrenswerter Wagen, aber ihm war deutlich anzusehen, dass er vernachlässigt worden war. Seine schnittigen Flanken waren mit Rostflecken gesprenkelt, und eine Patina aus Algen breitete sich langsam über die Gummidichtungen der Fenster aus. Der Wachsglanz der Karosserie war übersät mit Schrammen und Kratzern, und in einer Ecke der Windschutzscheibe hatte eine Spinne innen ein kunstvolles Netz gesponnen.

Vor mir befand sich eine wundersame Anordnung von Anzeigen.

Ich wusste, dass ein Auto verschiedene Gänge hatte, also rammte ich den Schaltknüppel mit einiger Mühe in den ersten Gang, wobei er ein gutturales Ächzen von sich gab, und dann versuchte ich mich an den Pedalen, bis ich herausfand, dass der Wagen wieder vorwärtshoppelte, wenn ich das eine durchtrat und das andere langsam losließ. Dann ging der Motor aus. Der Wagen lugte ungefähr zehn Zentimeter aus dem Eingang der Scheune.

Ich ließ ihn an und rollte wieder ein Stück vor, diesmal etwas sanfter, sodass die kalten harten Reifen über warmen Kies knirschten, und dann drehte ich langsam das große Lenkrad, um diese Masse aus Metall und Leder über Frank Storms Hof zu steuern.

Ich fuhr *sehr langsam.*

Aber ich fuhr.

Während ich über Löcher im Boden rumpelte und das Lenkrad zu fest umklammerte, kurbelte ich das Fenster auf. Eine gut genährte Katze mit grünen Augen tauchte aus einer anderen Scheune auf und spazierte einige Augenblicke neben dem Wagen her, bis sie die Geduld verlor, mich überholte und meinen Weg kreuzte.

»Hab nie eine Fahrstunde gehabt«, rief ich ihr nach. Sie drehte sich kurz um und warf mir einen vernichtend verächtlichen Blick zu, wie ihn nur halbwilde Farmkatzen beherrschen. »Keine einzige«, schob ich nach.

Der Wagen rollte vom Hof, und ich bog auf die Straße und überließ der Schwerkraft die Arbeit. Wie Dulcie gesagt hatte, ging es einen recht steilen Hang hinab, und selbst im ersten Gang wurde ich allmählich ziemlich schnell. Dieser Fahrspaß war leicht. So leicht, wie ein Eis mit Erdbeersauce zu schlecken. Ich ließ eine Hand aus dem Fenster hängen und wackelte im Fahrtwind mit den Fingern.

Ich empfand ein Gefühl von vollkommener, uneingeschränkter Freiheit.

Irgendetwas Kleines und Dunkles flitzte aus der Deckung einer Lehmböschung quer über die Straße auf die andere Seite. Es bewegte sich in niedrigen Sprüngen, aber sehr schnell – vielleicht ein Hermelin oder ein Wiesel. Gab's da einen Unterschied? Ich trat auf die Bremse, ohne zu wissen, welches Pedal denn nun wirklich die Bremse war, und statt langsamer zu werden, tat der Wagen einen Satz nach vorne und brummte wie ein schlafender Hund, der mit Stockstößen geweckt wird, und dann kam ein lauteres, beängstigenderes Röhren, das die Zeiger an sämtlichen Anzeigen gleichzeitig hochwippen ließ, und in meiner Panik übersteuerte ich, schleuderte erst in die eine, dann in die andere Richtung, bis ich kurz auf den hohen grasigen Randstreifen geriet und für eine lange, nicht enden wollende Sekunde das Gefühl hatte, der Wagen würde sich überschlagen. Aber irgendwie brachte ich ihn wieder auf die Bahn, und die Straße wand sich abwärts, beschrieb enge Kurven, die ich locker bewältigte. Ich segelte jetzt dahin, und die hohen alten Hecken rauschten vorbei, nur hin und wieder durch Einfahrten unterbrochen, die kurze Blicke auf die Weiden dahinter boten, und auf einmal war direkt links vor mir die Abzweigung in Dulcies Sackgasse. Ich hielt darauf zu und nahm die enge Kurve, ohne zu bremsen.

Der glatte Asphalt wurde zum buckligen Feldweg voller Furchen und tiefen ausgetrockneten Pfützen. Ich lehnte mich zur Seite, als der Wagen auf dem sandigen Grund ins Schleudern geriet und eine mächtige Staubwolke hinter sich herzog, während ich den Weg hoppelnd und ratternd hinunterfuhr. Das Spinnennetz zitterte, und das Handschuhfach sprang auf, erbrach ein Durcheinander aus leeren Zigarettenpackungen, einem Paar Handschuhe und einer halb leeren Flasche Hochprozentigem auf den Boden. Ich schlug vor

Begeisterung mit beiden heißen Handflächen klatschend aufs Lenkrad. Das Ende der Sackgasse und die Wiese kamen rasch näher, also trat ich auf ein Pedal, und nichts geschah. Ich trat auf ein anderes, und der Wagen beschleunigte. Ich trat auf das dritte, fest, und das brachte den Wagen genau in dem Moment vor dem Cottage zum Stehen, als Dulcie lässig aus der Hintertür trat, angetan mit einem knallgrünen Cape, das nur wenige Zentimeter über dem sich langsam legenden Staub endete und vor der Brust von einer großen Brosche zusammengehalten wurde, die anscheinend mit dem Auge aus einer Pfauenfeder geschmückt war.

Ich hatte den Motor erneut abgewürgt.

»Ah«, sagte Dulcie. »Ausgezeichnet.«

Ich war nie über den ersten Gang hinausgekommen.

Mit Butler und einem übergroßen, auf der Eckbank festgeschnallten Esskorb, fuhr Dulcie uns extrem langsam – aber nicht ganz so langsam, wie ich gefahren war – die einzelne steile Straße hinauf, die weg von der Bucht und landeinwärts führte. Alle Fenster waren heruntergekurbelt, um das ausgesprochen moderig riechende Wageninnere zu durchlüften.

»Wir fahren Richtung Moor, und ich versuche erst einmal, mich wieder hier zurechtzufinden«, sagte sie dicht zum Lenkrad vorgebeugt, während sie verschiedene Schalter und Hebel ausprobierte. »Ich hab mittlerweile Augen wie ein kurzsichtiger Maulwurf, deshalb sei doch so lieb und warne mich, wenn du siehst, dass ich von der Straße abkomme. Aber richtig laut. Machst du das?«

Wir ließen die Bucht hinter uns, und als wir über einen steilen Buckel in der Straße fuhren, gab Dulcie unvermittelt Vollgas, und ich spürte das Omelett in meinem Magen einen Salto schlagen.

»Jetzt hab ich den Dreh wieder raus!«, rief sie über das Dröhnen des Motors und den Wind hinweg. Sie beschleunigte erneut. »Ich glaube, ich würde mir gern das Moor in voller Sommerblüte anschauen.«

Die Straße verflachte sich und führte uns meilenweit durch ein Moorgebiet, das sich in alle Richtungen ausdehnte, und wir schaukelten und hoppelten über Hubbel und durch Schlaglöcher. Der Hund reckte den Kopf aus dem Fenster. Seine Zunge und Ohren flatterten, und seine Lippen wurden nach hinten gezogen, sodass es aussah, als würde er lächeln.

»Das ist ein Citroën Traction Avant«, rief Dulcie, »was so viel heißt wie ›Vorderradantrieb‹, aber in Frankreich nennen sie ihn *Reine de la Route.* ›Königin der Straße‹. Das gefällt mir.«

»Wie alt ist er?«

»Er war eines der ersten Modelle aus der Produktion – 1934.«

»Kannten Sie Romy da schon?«

»Gerade erst. Wenn ich dir erzählen würde, dass wir uns just an dem Tag kennenlernten und sie mir half, ihn auszusuchen, würdest du mir das glauben? Weil es nämlich stimmt. Wir waren betrunken, und sie war sehr überzeugend. Der Händler konnte sein Glück kaum fassen. Er war so dankbar für seinen ersten Verkaufserfolg, dass er mir noch ein Paar Autofahrerhandschuhe und eine Flasche billigen Champagner geschenkt hat, der wie Pferdepisse schmeckte, den wir aber trotzdem ausgetrunken hatten, als wir zu Hause ankamen.«

Die Straße gabelte sich, und Dulcie riss den Wagen im letzten Moment nach rechts. Alles im Innenraum, das nicht festgezurrt war, rutschte in die entgegengesetzte Richtung.

Kurz darauf fuhren wir in das Dorf Grosmont, doch da Dulcie das Tempo kein bisschen verlangsamte, hatten wir es im Nu wieder hinter uns gelassen, und schon wenige Minuten später brausten wir mit lautem Hupen, das die Ruhe des Dorfangers zerriss, durch Goathland, und ein Mann trat aus dem Postamt und starrte uns neugierig an, als säßen wir im Führerhaus eines feindlichen Panzers und nicht in einem schlammbespritzten, schnittig aussehenden Citroën, der von einer winkenden, johlenden, sehr großen Lady gesteuert wurde, während ihr Hund freudig lange Speichelfäden durchs Dorf zog.

Nach einer Weile kamen wir in eine waldige Gegend, und zweimal zeigte Dulcie mit lautem Rufen auf irgendetwas, aber ihre Worte gingen im Lärm der Fahrt unter. Obwohl ich ein bisschen Angst hatte, dass sie einen Unfall bauen würde, versuchte ich, mir nichts anmerken zu lassen. Der Benzingestank war heftig, als wir tiefer in den dichten Wald fuhren. Zu beiden Seiten ragten hohe Kiefern auf, und zwischen den Stämmen konnte ich immer mal wieder kurze Blicke auf trockene Lichtungen erhaschen, die mit einem dichten, vom Sonnenlicht gesprenkelten Teppich aus welken Nadeln bedeckt waren, und manchmal öffneten sich schmale Lücken, wenn Straßenschilder auf winzige Dörfer hinwiesen, in denen Waldarbeiter lebten und ihren Lebensunterhalt verdienten.

Die Bäume endeten, und eine Nebenstraße führte uns in eine Kleinstadt, wo gerade geschäftiges Markttreiben herrschte, sodass Dulcie gezwungen war, langsamer zu werden. Sie beugte sich zu mir herüber und rief unnötig laut: »Das ist Pickering: voll mit mürrischen alten Knackern, bloß weg hier«, und sie gab wieder Gas, beschleunigte so rasant, dass etliche Autos am Straßenrand hielten, um uns vorbeizulassen, und manche Fahrer vorwurfsvoll abbremsten und uns wütend mit Fäusten drohten.

Andere Ortsschilder rauschten vorbei.

Kirby Misperton. Amotherby.

Scagglethorpe. Brawby.

Wir passierten das Städtchen Malton, und einige Minuten später wurde Dulcie endlich langsamer und bog rechts auf eine lange Straße ab, die schnurgerade war und sich wie ein Band mitten durch ein großes privates Landgut zog. Wir durchfuhren den Bogen eines reich verzierten Torhauses, folgten der Straße zu einem Obelisken auf einem Rondell und bogen dann erneut rechts ab auf die Zufahrt zu dem größten Haus, das ich je gesehen hatte, vielleicht dem größten in ganz England. Es war ein herrlicher weitläufiger Steinpalast mit einem mächtigen Kuppeldach und langen Flügeln zu beiden Seiten, einem ummauerten Garten und endlosen grünen Rasenflächen, die sich bis zu einem See erstreckten.

»Na bitte«, sagte Dulcie. »Keine schlechte Hütte.«

Wohin ich auch sah, überall waren Opulenz und architektonische Pracht, die so viel Ehrfurcht und Staunen auslösten, dass ich gezwungen war, meinen Sinn für Perspektive zu hinterfragen.

»Wo sind wir?«

»Castle Howard, Domizil der Familie Howard, seit 1699 die ersten Fundamente gelegt wurden, wenngleich die Bezeichnung Schloss natürlich ziemlich protzig ist, wo es doch in Wahrheit bloß ein sehr großer Herrensitz ist – obwohl, zugegeben, ein ambitionierter Bau, der mehrere unterschiedliche Stile in sich vereint; ein bisschen Barock hier, ein Hauch Palladianismus dort.«

»Und da *wohnen* Menschen?«

»Natürlich.«

»Auf so viel Raum?«

»Auf so viel Raum.«

Dulcie bog von der Straße ab und steuerte uns auf den weiten Rasen. Sie stellte den Motor ab und ließ den Wagen ausrollen, stieg aus, als er schließlich stand. Butler sprang neben ihr hinaus.

»Ein schönes Fleckchen für einen Imbiss, würde ich sagen.«

Ich kletterte aus dem Wagen und betrachtete die Reifenspuren, die wir auf dem makellosen Gras hinterlassen hatten.

»Kennen Sie die Besitzer?«, fragte ich.

»Nein. Sollte ich?«

»Ich dachte bloß, die finden es vielleicht ein bisschen eigenartig, wenn irgendwelche Fremden es sich in ihrem Garten gemütlich machen.«

»Wie du es dir in meinem Garten gemütlich gemacht hast, meinst du?«

Ich erkannte, dass sie damit recht hatte, und konnte nicht widersprechen.

»Nun komm und fass mit an«, sagte sie, warf ihr Cape beiseite und entfaltete eine karierte Picknickdecke.

Auf der Rückfahrt fuhr Dulcie entspannter, trank wiederholt Schlückchen aus einem Flachmann, der eine Flüssigkeit enthielt, die ihre Zähne dunkelrot verfärbte. Das Essen und die aufregende Hinfahrt, das alles hatte sie ein wenig lethargisch gemacht, während wir nun in östlicher Richtung die Howardian Hills verließen.

Erneut passierten wir Malton und nahmen die Straße nach Scarborough, um das Tal von Pickering zu durchqueren, fuhren dann meilenweit durch eine endlose offene Landschaft mit zahlreichen kleinen Dörfern, die sich vielfach nur durch Vorsilben wie East und West oder Lower und Upper unterschieden; ihre Bewohner waren Familien, die seit Generationen kaum über diese kleinen Gemeinden hinausgekommen waren, wo Landwirtschaft die wichtigste Erwerbstätigkeit war und es außerhalb davon praktisch keine Arbeit gab. Andere trugen die Namen vergangener Kulturen – noch mehr Siedlungen, die von räuberischen Wikingern gegründet worden waren – Staxton, Flixton –, sodass die Sprache des Landes über sich wandelnde Epochen und wechselnde Herrscher hinweg eine eigene Erzählung erschaffen hatte. Doch für diejenigen, die den Boden beackerten und die Gaben des Landes am Ende des Sommers ernteten, war das Leben hier über Jahrhunderte hinweg relativ gleich geblieben, mit karger Existenz und enger Bindung an den Wechsel der Jahreszeiten.

Überall um uns herum hatte der Krieg Spuren hinterlassen, und die Art des ländlichen Lebens änderte sich. Die Rationierung hatte einen Appetit geweckt, der sich als unstillbar erwies, und landwirtschaftliche Flächen wurden aufgekauft und auf Massenproduktion umgestellt. Die große Angst war jetzt der Hunger, nicht mehr der bewaffnete Konflikt. Die Zeit des einfachen Ochsenpflugs, von der mein Vater erzählt hatte, war längst vorbei.

Wir fuhren durch den vorstädtischen Rand von Scarborough, rollten durch Straßen mit hohen Stadthäusern, die leer stehende Wohnungen anboten, und nachdem wir den einen oder anderen Blick auf das frühabendliche Meer geworfen hatten, wandten wir uns wieder landeinwärts und hinauf ins Moor, denn niemand hatte es für nötig gehalten, eine Straße entlang dieses wilden Uferstreifens der prähistorischen Küstenlinie zu bauen, die zurück zu einer Bucht führte, deren Reiz gerade in ihrer Abgeschiedenheit lag, erreichbar nur für diejenigen, die mit kräftigen Beinen, robusten Booten oder kühner Neugier ausgestattet waren.

Dulcies Kinn sank während der Fahrt immer tiefer Richtung Lenkrad, und zweimal begann ich laut ein Gespräch, um mich zu vergewissern, dass sie wach war, und jedes Mal wandte sie den Kopf und sah mich an, als wäre ich ein Fremder, verwirrt und mit trüben Augen, als hätte ich sie vom Abgrund des Tiefschlafs zurückgerissen.

Sie sprach kaum, und sie wirkte irgendwie niedergeschlagen.

Der Hund spürte das, und als wir schließlich in die schmale holprige Gasse bogen, die zu ihrem Cottage führte, leckte er, hinter ihr sitzend, Dulcie Pipers Ohr. Sie parkte den Wagen aufs Geratewohl, ging ohne ein Wort mürrisch ins Haus und überließ Butler und mich unserem Schicksal.

9

An diesem Abend ging ich nicht schwimmen. Stattdessen verbrachte ich die Nacht mit den Versen von John Clare. Von den Gedichten, die Dulcie mir an die Hand gegeben hatte, faszinierten mich seine am meisten. Manche seiner Texte – diejenigen, in denen er seine Wanderungen über die Landstraßen und Felder Englands beschrieb, seine Beobachtungen der Jahreszeiten, seine Arbeit, sein Streben nach Freiheit – waren wie ein Spiegel, der meinem eigenen Leben vorgehalten wurde. Ich hatte nicht gewusst, dass es Dichter gab, die auf dem Land arbeiteten und das zu Papier brachten, was sie sahen und fühlten, was sie rochen und schmeckten und hörten.

Bis zu diesem Sommer war Lyrik eine Geheimsprache gewesen, die nur von vornehmen Leuten gesprochen wurde, so rätselhaft wie das Latein, das sie offenbar so gern bemühten. Sie war nur ein weiteres Mittel gewesen, um die arbeitenden Männer und Frauen auszusperren, aus einer in sich geschlossenen Lebenswelt, die von meinesgleichen nie gelebt werden würde. Lyrik war ein Mittel gewesen, um das Einfache kompliziert zu machen.

Jetzt jedoch tat sich mir dieses geheime Universum durch die Gedichte, die ich im Atelier las, jeden Abend etwas weiter auf, und nirgends mehr als in den Worten, die John Clare, Landarbeiter und Prophet der Scholle, über ein Jahrhundert zuvor geschrieben hatte. Die Kraft der Gefühle, die er vermittelte, war fast überwältigend, und besonders ein Gedicht las ich immer wieder gern, ein Epos in Miniaturform mit dem Titel »Der Umzug«, das mich zutiefst ansprach, und ich versuchte, große Teile der gereimten Verse auswendig zu lernen. Diese atemlose Darstellung einer mikrokosmischen poetischen Kartografie – von Kaninchenspuren und Maulwurfshügeln, Weißdornhecken und Obstgärten, von Nachtigallen und schiefen Zauntritten – entsprach genau dem, was ich selbst auch erlebte. Clare war ein neuer Freund und Vertrauter, ein geistiger Führer und eine tröstliche Stimme in den von der Lampe erhellten Schatten dieser knarrenden Hütte.

Und noch immer dachte ich jede Nacht an die Mädchen am Strand. Ganz gleich, wie schwer ich tagsüber körperlich gearbeitet hatte oder wie lang ich geschwommen war, sie beschäftigten mich so sehr, dass sie mir den Schlaf raubten.

Mir drehte sich der Kopf, und mein aufgeregtes Blut rauschte und brauste mir in den Ohren, wenn ich mich hinlegte und an ihre Oberschenkel und flachen Bäuche dachte. Ich dachte an ihre Kniekehlen, ihre Nasenlöcher und die Fältchen an ihren Ellbogen. Ich fragte mich, wie wohl ihre Haare rochen, wenn sie nass waren, und wie oft sie sich die Zehennägel schnitten. Ich überlegte, ob sie Zucker im Tee tranken und wie ihre Achselhöhlen aussahen, ich sah vor meinem geistigen Auge, wie unterschiedlich sie über den nassen Sand gingen, und ich hätte gern gewusst, ob sie schon mal Hummer gegessen hatten und Versteinerungen sammelten oder sich die Haare färbten oder John Clare lasen.

Und ich fragte mich, welche Gedanken sie nachts wach hielten.

Diese Fixierung auf die Mädchen in der Bucht weckte in mir den Wunsch, so schreiben zu lernen, dass ich Gedichte an sie alle verfassen könnte, und diese Gedichte würde ich dann zusammengefaltet in die Spalten der Felsen stecken und abwarten, bis die Flut sie erreichte, die Tinte vom Papier wusch, aus dem Papier allmählich Brei wurde, der Brei sich zu all der anderen vergehenden Materie in der großen schiefergrauen Suppe gesellte, und dann – erst dann – würde ich den Mut haben, ihnen zu sagen, dass großartige Gedichte über sie geschrieben worden waren, doch um diese Gedichte lesen zu können, müssten sie lernen, das Meer zu lesen. Wenn sie dann diese Worte hörten und meine ehrlichen Absichten verstanden und die Poesie einer derart romantischen Geste erkannten, vielleicht würden sie sich dann rettungslos in mich verlieben.

Doch bis dieser Tag kam, lag ich weiter im Dunkeln auf den knarrenden Holzdielen, umhüllt von der Nacht und mit vor Begehren rastlos zuckenden Beinen. Ich empfand eine Art emotional unbedarfte Ohnmacht angesichts der Unmöglichkeit, dass dergleichen je geschehen würde. Diese Erfolge existierten nur in der tiefsten Tiefe meiner sonnenverbrannten Fantasie, und am Morgen erwachte ich, kribbelig, schweißverklebt in der rauen Wolle meiner Decken.

Ich war gerade eingenickt, als ich ein Geräusch hörte. Ein gequältes Stöhnen. Ich blieb still liegen, horchte in der leeren und endlosen Stille nach dem Ursprung dieses Lautes, und dann ertönte er erneut. Ein unterdrücktes Jammern, das aus dem Cottage kam. Ich zog meine Stiefel an, ging an den Rand der Wiese und blickte zum Haus hinüber. Die Nacht war kühl, und nichts regte sich. Wieder hörte ich es – dieses lang gezogene Klagen, gefolgt von einem Schluchzen, dann wurde die Lampe in Dulcies Schlafzimmer eingeschaltet und warf flache Lichtrechtecke über den Garten.

Ich duckte mich, um nicht dabei ertappt zu werden, dass ich ohne eine vernünftige Erklärung ums Haus schlich. Das Licht blieb einige Minuten lang an, also kehrte ich mit taunassen Unterschenkeln zurück zu meinem Schlafsack und den Decken, um ein letztes Mal »Der Umzug« zu lesen.

Sie fühlt wie wen'ge nur die Liebe
Die gilt dem allerkleinsten Ding
Und doch wird Gras auf ewig sprießen
Wo einst der Städte Pracht verging.

Ich nickte im Jahr 1833 ein und schlief ein Jahrhundert oder noch länger.

Der Tag war still und trocken, und ich verbrachte den Vormittag damit, die Instandsetzung des Ateliers abzuschließen. Als letzten Arbeitsgang strich ich die Außenwände mit einer Doppelschicht Tünche. Ich hatte die alten rauen Holzbretter bereits abgeschliffen und die letzten Farbschuppen des früheren Anstrichs entfernt, und jetzt klatschte ich die Farbe dick und schnell auf.

Schon bald war die Verwandlung nahezu vollkommen. Die zuvor trist aussehende Hütte, die ich halb versunken in der Ecke der Wiese entdeckt hatte, wo sie verrottete wie eine im Sturm gefällte Eiche, schien wieder aufrecht und gerade zu stehen, irgendwie stolzer auf sich selbst, die reparierten Fensterrahmen vor den Elementen geschützt, das poröse Dach von dickem Moos befreit und abgedichtet, das Innere komplett renoviert und wieder bewohnbar. Ich war alle Habseligkeiten durchgegangen, die Dulcie behalten wollte, und hatte den restlichen Abfall wie stinkende Lappen, zerbrochene Möbel, kaputte Glühbirnen und so weiter entsorgt. Ich hatte den

Toilettenspülkasten repariert und sogar ein neues Rohr in den Rauchabzug eingebaut, wodurch der alte Holzofen, zuvor verrußt und nutzlos, nun jedoch auf Hochglanz gebracht und in tadellosem Zustand, wunderbar zog; ein wenig Kleinholz und ein paar gut getrocknete Scheite genügten ihm, um eine solche Hitze zu entwickeln, dass sich das Atelier an einem warmen Sommertag in eine Sauna verwandelte.

Das Streichen nahm einige Stunden in Anspruch, und als die erste Schicht fast trocken war, begann ich mit der zweiten, bis gelandete Fliegen dort festklebten, mein Haar und mein sonnengebräunter Oberkörper mit kleinen weißen Farbspritzern bedeckt waren, mir die Arme wehtaten und ich merkte, dass ich halb verdurstet war.

Ich ging zum Haus und rief nach Dulcie, doch sie antwortete nicht. Ich hörte bloß Butler wie verrückt innen an der Tür kratzen. Als ich sie öffnete, flitzte er an mir vorbei und geradewegs auf die Wiese, wo er unbeirrt weiterrannte, als hätte er die Witterung eines Fuchses in der Nase, der die Frechheit besessen hatte, am helllichten Tag durch Butlers Revier zu streifen.

Ich folgte ihm anhand der Bewegung des hohen Grases, durch das er sich für mich unsichtbar einen Weg zu den Büschen am unteren Ende bahnte, wo ich an meinem ersten Tag in diesem seltsamen und magischen Winkel des Landes eine Art Entrückung oder Wachtraum erlebt hatte. Ich folgte ihm schnell und wäre beinahe kopfüber in die versteckte Quelle zwischen hohen Grasbüscheln gestürzt, konnte mich aber im letzten Moment noch fangen und meinen Schwerpunkt verlagern.

Unter den Brombeerbüschen lag eine Gestalt ausgestreckt im Schatten.

Butler war als Erster bei ihr, ich einen Moment später, außer Atem und mit schweißnassen Schläfen.

Es war Dulcie.

Sie lag auf der Seite, wie in stabiler Seitenlage, und ich sah, dass ihre Hände offenbar blutig waren. Auch im Gesicht hatte sie Blut – einen Streifen um den Mund herum und einen roten Fingerabdruck auf der Wange. Ihr breitkrempiger Hut lag neben ihr.

Ich rang nach Luft und erstarrte. Der Hund winselte, schob sich langsam unter die Dornenranken und fing an, ihr das Gesicht zu lecken.

Plötzlich war Dulcie wach und wieder voller Leben.

»Igitt. Was soll das denn?«

Sie scheuchte den Hund weg und sah mich dann leicht verwundert an. Langsam stemmte sie sich auf einen Ellbogen.

»Nicht bewegen«, sagte ich.

»Und warum nicht, Herrgott noch mal?«

»Sie sind verletzt.«

»Ach ja?«

»Ja – Sie bluten.«

Ich zeigte auf ihre Hände. Dulcie starrte sie einen Moment lang an, dann rülpste sie, ausgiebig und tief, und machte dann Kaugeräusche. Sie schmatzte mit den Lippen und griff nach ihrem Hut.

»Ach, Robert, du bist so übertrieben dramatisch. Ehrlich.«

»Ich dachte, Ihnen ist was passiert.«

»Brombeeren sind passiert. Zu viele Brombeeren. Sie sind dieses Jahr früh dran und noch ein bisschen sauer, aber mit ein bisschen Muscovado-Zucker gut essbar. Ich werde sie einkochen, Marmelade draus machen. Oder vielleicht auch ein leckeres kaltes Kompott. Ich fürchte, ich hab eine zu viel probiert.«

»Ich dachte –«

»Was denn? Dass ich abgekratzt wäre?«

Dulcie juchzte belustigt.

»Sie haben auf dem Boden gelegen.«

»Ja, und ein Nickerchen gemacht, wie ich das auch bei dir schon des Öfteren beobachtet habe.«

Sie lachte wieder, diesmal noch lauter.

»Das ist nicht lustig«, sagte ich.

»Doch, das ist es. Und jetzt hilf mir mal hoch.«

Wir gingen langsam zurück zum Cottage, Butler dicht neben uns.

»Eigentlich finde ich, da unten bei den Würmern zu liegen, wäre nicht der schlechteste Abgang«, sagte Dulcie gelassen.

Wir kämpften uns durchs Gras, das Meer im Rücken.

»Ich hoffe, die Frage macht Ihnen nichts aus, Dulcie, aber letzte Nacht meinte ich, etwas gehört zu haben.«

»Das ist keine Frage. Das ist eine Feststellung.«

»Hab ich Sie da gehört?«

»Ich weiß nicht. Was hast du denn gehört?«

»So ein sehr aufgewühltes Jammergeheul.«

»Wahrscheinlich Füchse. Beim Rammeln.«

»Das aus Ihrem Haus kam.«

Sie sah mich nicht an.

»Dann muss es Butler gewesen sein. Der spricht oft im Schlaf. Hunde machen das nämlich, weißt du. Ist gar nicht so selten.«

Sie sah noch immer weg, schaute zum Atelier hinüber, ein glänzender weißer Würfel, der in der Mittagssonne trocknete.

»Es hörte sich eher an, als würde –«

»Räucherheringe«, fiel Dulcie mir ins Wort. »Ich dachte,

wir essen Heringe, die so stark geräuchert sind, dass du das Gefühl hast, sie kommen aus der Asche eines Lagerfeuers. Außerdem gibt es für jeden von uns ein perfekt pochiertes Ei, oder vielleicht für dich noch zwei mehr, weil du offenbar überaus fleißig gewesen bist. Betrachte es als das späteste Frühstück der Welt, aber als Wiedergutmachung dafür werde ich nahezu anschließend einen sehr frühen Nachmittagstee mit Scones so dick wie deine Faust servieren, die gut zu dem Kompott passen. Aber – ach, so ein Mist. Gerade fällt mir ein, wir haben keinen Rahm. Scones ohne Rahm sind eine Katastrophe apokalyptischen Ausmaßes.«

»Jetzt sind Sie aber übertrieben dramatisch. Das hört sich doch schon nach mehr als genug an.«

»Als Gegenleistung für das Festmahl bitte ich nur um einen kleinen Gefallen.«

»Sehr gern. Um welchen denn, Dulcie?«

Wir waren jetzt am Gartenzaun, standen auf dem Streifen, den ich von Unkraut befreit hatte, der aber bereits von der Wiese zurückerobert wurde. Ich hätte nicht mehr sagen können, wie lange es her war, dass ich diese Schneise geschnitten hatte.

»Falls uns später danach ist, könntest du mir vielleicht ein Gedicht vorlesen.«

»Irgendein Gedicht?«

»Aus *Offene See*.«

Ich zögerte.

»Wenn Sie das möchten. Es wäre mir eine Ehre.«

»Gut. Dann geh jetzt los und wasch dir die Hände. Die Heringe und die Beilagen werden in höchstens sieben Minuten serviert.« Sie kraulte den Hund hinter den Ohren. »Fischhaut zum Nachtisch, du edles Tier«, sagte sie zu ihm. »Dein Lieblingsessen.«

Als ich abends nach dem üppigen Nachmittagsessen vom Schwimmen zurückkehrte, brannte auf dem Gartentisch ein Kreis von verschiedenfarbigen und unterschiedlich großen Kerzen, deren Flammen in der sanften Meeresbrise flackerten.

»Wie war das Wasser?«

»Nass und wunderbar«, antwortete ich, während ich mir mit einem Handtuch die noch feuchten Haare rubbelte. »Soll ich jetzt die Gedichte holen?«

Sie nickte. »Ich mach uns eine Flasche auf. Da ist noch ein Brandy, den ich immer für einen besonderen Anlass verwahrt habe, aber ich hätte mir nie träumen lassen, dass es für den hier sein würde. Ich fürchte, ich werde ihn brauchen.«

Als ich mit dem Manuskript zurückkam, zündete Dulcie sich gerade eine sehr große Zigarre mit einem Streichholz an, das daneben winzig wirkte. Sie paffte einige Male kurz und schnell an der Zigarre, bis sie richtig brannte, dann warf sie das Streichholz beiseite und blies eine lange, dicke Rauchfahne aus, gefolgt von einem kleinen Hüsteln. Noch nie hatte ich eine Frau Zigarre rauchen sehen und auch Männer nur ganz selten. Die Bergarbeiter im Dorf bevorzugten ihre filterlosen Zigaretten und manchmal, wenn sie sonntags etwas Freizeit hatten, rauchten sie Pfeife. Zigarren symbolisierten Dinge, die die meisten nie kennenlernen würden: Reichtum und Überfluss.

»Ich wusste gar nicht, dass Sie rauchen, Dulcie.«

»Nur in Verbindung mit Lyrik.«

Ich setzte mich. Sie holte einen großen Messingaschenbecher aus ihrer Tasche. Er hatte die Form einer Fliege, unter deren Flügel, wenn man sie nach oben drehte, ein Hohlraum zum Vorschein kam, und Dulcie klopfte vorsichtig Asche hinein.

»Welches soll ich Ihnen vorlesen?«

»Wie soll ich das entscheiden, wenn ich den Inhalt nicht kenne? Ich dachte, wir hätten geklärt, dass es einen Grund dafür gibt, warum es bislang unangetastet da drüben Staub angesammelt hat.«

»Dann nehme ich vielleicht einfach irgendeins.«

Dulcie paffte an ihrer Zigarre und goss mir zwei Fingerbreit Brandy ein. Ich hatte mein einziges sauberes Hemd angezogen.

»Vielleicht solltest du weniger entschlussfreudig sein.«

»Da bin ich mir nicht so ganz sicher«, entgegnete ich.

Ich blätterte das Manuskript durch und stieß auf ein Gedicht mit dem Titel »Threnodie für Ertrunkene«.

»Was ist eine Threnodie, Dulcie?«

Sie hauchte Qualm aus. Ein Rauchschleier stieg über ihr Gesicht, bis sie ihn wegwedelte.

»Das ist eindeutig ein Wort, das Romy benutzt hätte, jawohl. Es ist ein Trauergesang. Oder ein Gedicht. Eine Totenklage.« Sie räusperte sich, ehe sie weitersprach. »Man könnte es auch als Wehklage bezeichnen.«

»Ach so«, sagte ich und verstand plötzlich mehr, als ich erwartet hatte.

Sie fuhr fort: »Ohne es gelesen zu haben, können wir wohl davon ausgehen, dass dieses spezielle Gedicht eine Vorahnung dessen war, was später geschah – eine Warnung an die Welt, obwohl die Welt natürlich nie Gelegenheit hatte, sie zu beherzigen.«

»Ein Hilfeschrei?«

»Eher eine Absichtserklärung.«

Ich nippte an meinem Brandy. Er schmeckte wie reines Feuer. Scheußlich. Ich trank noch einen Schluck.

»Vielleicht lese ich doch lieber ein anderes.«

»Deine Entscheidung. Aber verrate mir – ich bin neugierig –, wie lautet die erste Zeile des Gedichts?«

»›Blüten aus Blut / Blume, dann Flut‹«, las ich. »Nein, ich glaube, ich nehme ein anderes.«

Ich sah das Inhaltsverzeichnis durch. Dulcies Zigarre war ausgegangen, und sie riss ein weiteres Streichholz an, um sie wieder anzuzünden.

»Ich glaube, das hier handelt von Ihnen«, sagte ich.

Sie sog geräuschvoll an der Zigarre, um sie richtig ans Brennen zu bringen, bis der schwere beißende Rauch uns wieder dicht umwaberte.

»Lass mich das beurteilen. Möge die Lesung beginnen.«

»Es heißt ›Die Honigschleuderin‹.«

Sie schüttelte das Streichholz aus.

»Oh.«

Ich begann, es vom Blatt abzulesen.

Die Honigschleuderin

Dein Atem kommt über
das Kissen, ein Savannenhauch.
Keine Steppenroller
aus deinem Mund

während du
schliefst.

Die gefräßigen Wölfe wurden vertrieben
aus dem Reich der Grausamkeit

und draußen fallen die ersten süßen
Tropfen Morgenregen

wie ein trunkener Geiger auf den Stufen
des marmornen Kenotaphs.

Als ich fertig war, nahm Dulcie einen kräftigen Schluck Brandy und schenkte sich gleich wieder nach.

»Lies es noch einmal. Und bitte etwas langsamer.«

Sie schloss die Augen. Ich nippte an meinem Glas und kam dann ihrer Bitte nach.

Dulcie schwieg lange. Die Zigarre klemmte schwelend zwischen ihren Fingern. Sie hing da, während ein Band aus blauem Rauch durch den Garten und auf die Wiese wehte. Erst da bemerkte ich die Fledermäuse, die tief über das Gras flogen, pfeilschnell und im Zickzack, und die Insekten des Abends verschlangen.

»Ja«, sagte sie, die Augen noch immer geschlossen. »Ja.«

Ich leerte mein Glas. Wenn man sich erst daran gewöhnt hatte, schmeckte der Brandy gar nicht so schlecht. Er hatte etwas rauchig Fruchtiges, einen Nachgeschmack, der lange andauerte, wenn die letzten Tropfen geschluckt worden waren.

»Nur noch einmal, bitte.«

Ich las es erneut, und nach der letzten Zeile öffnete Dulcie die Augen.

»Mein Gott. Sie war ein Genie.«

Sie goss uns beiden noch mehr Brandy ein, und wir saßen da, beobachteten die Fledermäuse, die über den Himmel flatterten.

Schließlich durchbrach Dulcie die Stille der übertriebenen Theatralik der anbrechenden Nacht. »Weißt du, was du machen solltest? Du solltest dir eine Freundin suchen.«

Ihre Stimme war vom Alkohol gedehnt, und ein leichtes Nuscheln ließ ihre Worte ineinander übergehen.

Als ich nicht antwortete, schob sie nach: »Oder einen Freund. Oder beides. Gönn dir was.« Als ich erneut nichts erwiderte, ließ sie ihr Glas in der Luft kreisen und fragte: »Hast du zu Hause jemanden?«

Ich verzog das Gesicht. Das Thema machte mich verlegen, und ich schüttelte den Kopf. »Alle, die einigermaßen interessant wären, würden sich nicht für mich interessieren.«

»Du verkaufst dich unter Wert, Robert.«

»Die Mädchen bei mir zu Hause sind blöd.«

Wieder ließ sie ihr Glas kreisen, und diesmal schwappte der Brandy über den Rand und spritzte ihr aufs Handgelenk.

»Dann musst du dein Netz weiter auswerfen. Was du ja wohl schon tust, einfach, indem du hier bist. Ja, wirf dein Netz aus und hol es ein. Der Fischer wartet nicht ab, bis die Fische aus dem Meer in sein Boot springen. Er fährt raus zu den Laichgebieten.«

»Ich bin eigentlich nicht auf der Suche.«

»Riskierst du denn nie einen Blick?«

Dulcie sah mich aus den Augenwinkeln an und lächelte ganz leicht.

Ich versuchte, nicht zurückzulächeln, und zuckte die Achseln.

»Schielst du nie zu den Mädchen rüber, die für einen Tag in der Bucht sind, oder zu den pausbäckigen und drallen Farmmädchen, die auf den Traktoren ihrer Väter vom Moor angefahren kommen, wenn sie drüben in Egton Schafe verkauft haben?«

»Vielleicht manchmal«, gab ich zu.

»Natürlich schaust du hin. Du bist schließlich ein junger Kerl in Saft und Kraft. Als ich in deinem Alter war, habe ich –« Sie stockte, blickte weg. Trank einen Schluck. »Na, lassen wir das.«

Jetzt war ich neugierig geworden. »Was haben Sie in meinem Alter gemacht, Dulcie?«

Sie hob ihr Glas an die Lippen, redete aber weiter, ehe sie trank.

»Ich hab die Tochter des örtlichen Pfarrers in Verruf gebracht, das hab ich gemacht. Bin dafür von der Schule geflogen, und das war das Beste, was mir passieren konnte. Wenn es nämlich eine Hölle auf Erden gibt, dann ist es ein englisches Internat mit seinen unterbelichteten Debütantentöchterchen von Diplomaten, Aristokraten, steinreichen Dummköpfen und diesen eselsohrigen, pferdegebissigen Royals, die herumstolzieren und ebenso schamlos mit den Namen ihrer Familien protzen wie mit ihren Wappen und Siegelringen.«

»Was haben Sie gemacht?«

»Mit Verity?«

»Nein, nachdem Sie rausgeflogen waren.«

»Ich habe angefangen zu leben, Robert. Und auch zu lieben. Und genau das musst du tun. Leben und alle Münder, Hände und feuchte Löcher lieben, in die du dich zwängen kannst, und dann, wenn du einen Menschen findest, der auch deine Seele befriedigt, dann gibst du dich ihm ganz hin.«

Sie schnupperte an ihrem Glas und trank endlich daraus.

»Lust ist kein Verbrechen«, sagte sie. »Sie ist ein Geburtsrecht.«

Die Strafe des Brandys war ein dumpfer und hartnäckiger Kopfschmerz am nächsten Morgen. Ich wurde früh wach, konnte mich aber nicht bewegen, nicht einmal, um einen Schluck Wasser zu trinken, sondern blieb liegen, während die Sonne über die Wände des Ateliers kroch und die Holzdielen unter meinem Rücken ächzten und knarrten, weil sie sich aufwärmten. Um mich herum erwachte die Wiese nach einer kurzen Nacht ohne richtige Dunkelheit. Es war jetzt Hochsommer. Der satteste Teil des Hochsommers, wenn das Leben vor blühenden grünen Sträußen nur so strotzte und der Saft in die Bäume gestiegen war und selbst das Meer in einem wahrhaftigen Grün schimmerte. Es wirkte jetzt breiter, weniger wie eine Grenze, sondern eher wie eine Verlängerung des sanft hügeligen Landes, das sich ihm entgegenstreckte – und hinein -, wie eine Matratze vor einem zerwühlten Berg aus khakigrünen Decken. Ich sah eine Fliege über mir. Sie flog mit ruckartigen, eckigen Bewegungen, als zeichnete sie Quadrate in die Luft. Ich schlief wieder ein und träumte von großen Fliegenschwärmen und dann, dass das Meer über mir zusammenschlug und seine Unterwassermusik gedämpft rauschte und dröhnte.

Ich hörte, wie jemand meinen Namen rief. Es war Dulcie, von der anderen Seite des Cottage. Ich zog Kleidung und Stiefel an und trat hinaus in einen Tag, der so hell war, dass meine Augen einen Moment brauchten, um sich an das gleißende Licht zu gewöhnen, das heiße Umrisse auf meine Netzhaut presste.

Ich sah Dulcie aufgeregt mit den Armen fuchteln, als würde sie in der wilden jadegrünen Welle ertrinken.

Als sie sah, dass ich zu ihr rüberschaute, schirmte auch sie die Augen mit dem Unterarm ab und zeigte mit der anderen Hand auf den Zaun direkt hinter dem Verschlag, wo das schmale Wäldchen begann, das sich an den kleinen Bergbach schmiegte.

Ich eilte zu ihr. »Was ist?«

»Ein Schwarm.« Sie wirkte begeistert.

»Was?«

»Bienen. Eine ganze Wolke hat sich gerade niedergelassen – schau.«

Sie zeigte mit dem Finger auf einen niedrigen Ast, von dem ein großer tropfenförmiger Schwarm herabhing.

»*Apis mellifera*«, sagte sie. Die europäische Honigbiene. Unzählige. Was für ein Glück.«

»Glück?«

»Ja. Das ist doch wohl ein Zeichen, oder etwa nicht? Ich schätze, die Natur will mir damit subtil nahelegen, wieder in das gute alte Honiggeschäft einzusteigen – mit deiner Hilfe natürlich.«

Ich sah zu dem Ast hinüber, wo die Bienen übereinanderkrabbelten, ein brodelnder, fiebriger, wimmelnder Klumpen aus Beinen und Flügeln.

»Aber ich hab keine Ahnung von Bienenzucht.«

»Musst du auch nicht – du hast ja mich. Ich werde sozusagen das Gehirn sein und du die Muskelkraft. Und Butler kann aus sicherer Entfernung zusehen. Traumatische Erlebnisse in der Vergangenheit haben ihn verbittert. Dreimal ist er in den Schwanz gestochen worden, musst du wissen. Er ist in eine Art Trance gefallen. Es war höchst eigenartig.«

Der Hund hatte sich tatsächlich weit zurückgezogen, nur sein großer Kopf und die Ohren schauten aus der Tür vom Cottage.

»Ich musste die Stacheln rausziehen«, erklärte Dulcie wehmütig.

Ich rührte mich nicht von der Stelle. Das kollektive Summen des Schwarms hatte in meinen Ohren einen bedrohlichen Klang. Ich war schon oft genug gestochen worden, um zu wissen, welchen Schmerz Bienen einem zufügen konnten. Ein Stich in die dünne, fettfreie Kopfhaut war besonders schlimm, wie ein Schlag mit dem Hammer.

»Was müssen wir machen?«

»Vorläufig gar nichts. Wir lassen sie erst mal nach ihrer anstrengenden Reise schön ausruhen, und dann, wenn sie die Hände hinterm Kopf verschränkt haben und mit den Zehen wackeln, packen wir sie ein und geben ihnen ein schönes neues Zuhause. Die Miete ist nicht der Rede wert: ab und an und dann und wann ein kleines bisschen Honig für uns.«

»Wo sollen sie denn bleiben?«

»In einem von den Bienenstöcken natürlich.«

»Welche Bienenstöcke?«

»Meine alte Bienen-Metropolis ganz unten auf der Wiese, bei den Brombeeren. Hast du die nicht gesehen?«

Während Dulcie Vorbereitungen traf, schnitt ich hastig das Brombeergebüsch zurück, und tatsächlich, im Unterholz stand ein halbes Dutzend alte Bienenstöcke. Ich bahnte eine ausreichend große Schneise, um an den nächstgelegenen ranzukommen, nahm den Deckel ab und zog nacheinander die Rahmen heraus, wie Dulcie gesagt hatte. Dann trug ich sie zum Haus, um sie mit Wasser abzuspritzen. Dulcie tauchte mit einem großen Tuch, einem Pappkarton, einer Baumschere und einem kleinen Stück Holz auf.

»Damit wird's gehen.«

»Wie wollen Sie die Viecher da hineinbekommen?«

»Wie willst *du* sie da hineinbekommen, meinst du wohl. Hier. Zieh den an.« Sie reichte mir einen weißen Imkeranzug.

»Aber was, wenn sie wütend werden?«

»Keine Bange. Beweg dich schön langsam und bleib ruhig. Oder geh in den Schatten – im Schatten tun Bienen einem nichts.«

»Ehrlich?«

Sie zuckte die Achseln. »Wahrscheinlich. Denk immer dran, du bist größer als sie.«

»Aber Sie sind größer als ich«, gab ich zu bedenken.

»Genau – und ich hab keine Angst vor dir, also solltest du auch keine vor ihnen haben. Nun geh und begrüße unsere neuen Nachbarn. Da wartet die ganze Bevölkerung einer Bienenstadt nur darauf, eine neue Honigfabrik in Betrieb zu nehmen.«

»Vielleicht stechen sie mich.«

»Kann sein.«

»Aber tut das nicht weh?«

»Der Geschmack des Honigs lässt dich das schnell vergessen. Außerdem denkst du wahrscheinlich an Wespen. Und wenn sie nicht stechen würden, könnten wir ja gleich Schmeißfliegen einpacken, und das macht ja wohl keinen Spaß. Sieh mal: Die Kundschafterinnen machen den Schwänzeltanz. Die müssen schon nach einem neuen Zuhause gesucht haben. Der Zeitpunkt ist perfekt. Ich sag dir, was du machen sollst.«

Widerwillig stieg ich in den Anzug, und Dulcie half mir, die mit einem netzartigen Schleier versehene Haube zu befestigen. Sie trat zurück und musterte mich prüfend. »Ja, so geht's. Wie fühlst du dich da drin?«

»Eingesperrt.«

»Ah, aber ich kann es gar nicht oft genug sagen: Nichts schmeckt so gut wie der Honig von Bienen, die sich von der Heide der Moore in North Yorkshire ernähren, Robert. Du wirst schon sehen. Glaub mir. Ich würde eine Tonne Tatar oder eine Schubkarre Kaviar für ein oder zwei Gläser selbst geschleuderten Honig hergeben. Weißt du, warum?«

»Weil Sie gern essen?«

»Weil Honig flüssige Poesie ist. Er ist wie ein Scheibchen

Sonne auf deinem Brot. Er ist die Essenz der Natur – die Essenz von Land und Insekt und Mann oder Frau, die in vollkommener symbiotischer Harmonie zusammenarbeiten. Bienen sind wahre Wunderwesen, die unermüdlich Pollen in Gold verwandeln. Und die harmonische Organisation ihrer Staaten ist etwas, wovon wir zweifellos lernen können: ›Aus dem Leib der Bienen / kommt ein Saft in verschiedenen Farben / in dem Heilkraft für die Menschen liegt.‹ Weißt du, wer das gesagt hat?«

Ich zupfte nervös an den Schutzhandschuhen. »Vielleicht Ihr Freund Lawrence?«

»Weit gefehlt. Das ist aus dem Koran, eine ganze Ecke später entstanden als die Heilige Schrift und nur unwesentlich interessanter zu lesen, obwohl beide mal verdammt gut lektoriert werden müssten. Hier –« Sie drückte mir die Baumschere in die Hand. »Nun los. Die Bienen verpacken sich nicht selbst.«

Ich schob mich näher an die tropfenförmige, wimmelnde Masse heran, und als ich mich umdrehte, sah ich, dass Dulcie sich zurückgezogen hatte und mich aus sicherer Entfernung weiterwinkte.

Schweiß perlte mir von der Stirn und den Schläfen. Butler, noch immer verfolgt von Erinnerungen daran, an unerwarteten Stellen gestochen zu werden, hatte sich sogar noch weiter in Sicherheit gebracht.

»Ich dachte, Sie hätten gesagt, die sind harmlos«, sagte ich mit leicht erhobener Stimme.

»Du trägst von uns beiden schließlich den Sicherheitsanzug. Außerdem müsste ein Bursche von deiner Größe zwischen eintausend und anderthalbtausend Mal gestochen werden, um daran zu sterben.«

»Stimmt das?«

Sie überhörte meine Frage. Mir war aufgefallen, dass sie stets auf dieses Mittel zurückgriff, wenn sie den Wahrheitsgehalt solch kühner Behauptungen nicht bestätigen konnte.

»Also, jetzt musst du bloß vorsichtig den Ast da abknipsen, an dem sie hängen, und das Ganze dann in den Karton bugsieren«, wies Dulcie mich an. »Es wird ziemlich schwer sein, aber wie ich sehe, hat der Sommer dir immerhin ein bisschen Fleisch auf die mageren Knochen gepackt.«

Ich ging noch näher ran, und prompt schien der Schwarm in Bewegung zu geraten, doch anstatt ihn als tückische surrende Masse wahrzunehmen, sah ich die Bienen als Einzelwesen, jedes ein winziges Rädchen in der Maschinerie der Gemeinschaft.

»Denk dran«, sagte Dulcie, »Bienen tun dir nichts, solange du ihnen nichts tust.«

»Ich will ihnen doch gar nichts tun.«

»Na bitte.«

Ich hob den Arm und schnitt den Ast ab. Etliche Bienen schwirrten auf, aber die meisten schienen wieder zu dem wimmelnden, leise summenden Gebilde zurückzukehren. Es war schön anzusehen.

»Gut so. Gut so.«

»Ihre Kommentare lenken mich ab«, sagte ich aus dem Mundwinkel.

»Hör nur, wie sie singen. Hör dir ihre Musik an.«

Dulcie tänzelte praktisch vor Entzücken, ich jedoch hörte bloß ein tiefes, kratziges Summen. Ein tonloses Brummen. Ich senkte den Ast in Richtung Karton.

»Immer schön sachte, Robert. Behandle den Schwarm wie ein Neugeborenes, das gerade entbunden wird.«

»Ich weiß nicht, wie man ein Kind entbindet«, sagte ich, diesmal mit zusammengebissenen Zähnen.

»Dann nutze gefälligst deinen gesunden Menschenverstand, in Gottes, Mohammeds und Teufels Namen.«

Ich legte die Bienen in den Karton.

»Was jetzt?«

»Stell den Karton auf den Boden und leg das hier drüber.«

Sie warf mir das Tuch zu.

»Genau so«, sagte Dulcie. »Gut. Jetzt müssen wir bloß noch –«

»Ich find's schön, dass Sie von ›wir‹ reden.«

»Und ich find's schön, dass du endlich mal patzig wirst. Das ist gut. Endlich hast du ein bisschen Pfeffer im Arsch. Jetzt müssen *wir* das Ganze bloß auf den Kopf drehen und mit einem Stöckchen einen Spalt aufhebeln.«

»Hauen die dann nicht ab?«

»Robert, Bienen sind keine Häftlinge – wir wollen doch gerade, dass sie kommen und gehen können, wie sie wollen. Ich könnte kein Lebewesen gefangen halten. Niemals. Keinen Vogel, keinen Goldfisch, und sogar die Hühner, die Romy und ich hatten, durften überall frei rumlaufen. Nein, wenn alles gut läuft, werden sie sich in ihrer neuen Bleibe wohlfühlen und so freudige Pheromone und Lockstoffe aussenden, dass ihre gesamte Sippschaft darauf anspricht, als wäre sie förmlich zu einer Einweihungsparty eingeladen worden. Heute Abend werden sich schon ganze Scharen dazugesellt haben. Stell dir doch mal vor, es wäre ein Hotel, wenn du die Viecher schon unbedingt anthropomorphisieren willst, und zwar eine Vier-Sterne-Herberge in allerbester Lage.«

Ich befolgte Dulcies Anweisungen und stellte überrascht fest, dass tatsächlich nur sehr wenige Bienen aus dem Karton flogen.

»Herzlichen Glückwunsch«, sagte sie. »Ab sofort bist du ein echter Bienenzüchter. Weißt du, im Volksmund hieß es früher, Bienen sollten stets von zwei Personen gehalten werden. Viele glaubten, niemand sollte einen Bienenstock allein besitzen, und da ein Ehepaar als Einheit gesehen wurde, eigneten sich ein Mann und eine Frau, die nicht aneinander gebunden waren, angeblich am besten als Bienenzüchter. Und ich kann dir noch was erzählen, das sogar noch erstaunlicher ist: Vor ein paar Jahren hat das Landwirtschaftsministerium zusätzliche Zuckerrationen für uns Bienenzüchter genehmigt – zehn Pfund pro Bienenvolk, wenn ich mich recht erinnere. Aber während des Krieges fingen ein paar einfallsreiche Spaßvögel an, den Zucker für sich und ihre Familien abzuzweigen – verständlicherweise. Daraufhin ließ das Ministerium den Zucker für die Bienen grün einfärben, und kurz darauf begannen die Bienen, grünen Honig zu produzieren. Hast du schon mal so etwas Absurdes gehört?«

»Nein, jedenfalls nicht, bevor ich Ihnen begegnet bin.«

»Nun denn. Mittagessen.«

An den seltenen Tagen, wenn der Himmel morgens steingrau und das Meer eine trübe Masse aus schmutzigen, gischtenden Schaumkronen war, wenn eine frische Kühle in der Luft lag und die Wolken sich am verschwommenen Horizont über der offenen See zu zerfurchten Gipfeln türmten, verzichtete ich darauf, im Ozean zu schwimmen oder früh morgens im Bach zu baden, und vollzog stattdessen ein anderes Reinigungsritual. Ich stand früh auf und wanderte zum äußersten Ende der Wildwiese, wo das Land sich absenkte, das wilde Gras dicht und hoch wuchs und an jedem einzelnen Halm Kuckucksspucke hing. Dort vergewisserte ich mich, dass niemand mich sehen konnte, zog mich dann aus und legte mich auf den rauen Teppich. Ich rollte mich hin und her wie ein Hund, wie ein Baby, bis mein ganzer Körper nass und vom kratzigen Gras durchmassiert war. Ich riss Büschel aus und schrubbte damit die Körperregionen, die am meisten geschrubbt werden mussten. Es war ein belebendes Ritual, und hinterher prickelte es mir überall am Körper, aber ich fühlte mich wie neu geboren, so blank und glatt wie eine Perle frisch aus der Austernschale.

Einige Male badete ich sogar nachts dort, mit einem Seifenstück, so weiß wie das Mondlicht, das die Mulde beschien, in der ich mich krümmte und wand, ein ungezähmtes Tier, kurzzeitig entspannt in der Sicherheit seines ureigenen Terrains, ein vollkommen wildes Wesen beim Spiel.

In solchen oder anderen Momenten, wenn ich Erde umgrub oder Holz abschmirgelte oder einfach nur auf einer Bank saß und das Gesicht in die Sonne hielt, schien ich so gänzlich aus der Zeit zu fallen – oder umgekehrt, mich so tief im Hier und Jetzt zu versenken –, dass ich vergaß, wer ich war. Ich machte sozusagen mit mir selbst reinen Tisch. Es gab keine Gedanken mehr an Vergangenheit und Gegenwart, an die muffige Luft in Klassenzimmern und an bevorstehende Prüfungsergebnisse, an Zechen und Fördertürme und Altersvorsorge. Alle Kümmernisse und Ängste wurden belanglos bis zur Nichtigkeit, ich verträumte den Tag und wurde erst wieder ins Leben zurückgerufen, wenn entweder der Himmel oder mein Magen grollte oder der Gesang eines Vogels die Stille durchbrach.

Ich genoss diese wiederkehrenden Zustände, während aus Tag Nacht wurde und aus Nacht Tag und die Zeit nichts Lineares mehr war, sondern etwas Elastisches, das sich mal ausdehnte und mal zusammenzog, sodass eine Minute einen ganzen Tag währte und eine Woche wie ein Wimpernschlag verging. Blütenblätter entfalteten sich, Weidensamen schwebten im Wind, und Bärenklaustängel wucherten baumhoch in der schattigen Senke am Ende der Wiese, und die Zeit selbst wurde nur anhand des grünen Wachstums gemessen und durch den simplen Rhythmus aus Arbeit, Essen, Schwimmen, Schlafen bestimmt.

Während die milden Abende sich ausdehnten, erlebte Butler, dass er zu immer längeren und weiteren Spaziergängen mitgenommen wurde. In manchen Nächten kam es mir vor, als moussierte mein Blut vor lauter Energie, und wenn dem so war, wanderte ich rauf ins Moor oder die Bucht runter, bis die Häuser aufhörten. Ich spazierte zwischen angespültem Seetang am Strand entlang, bis das Dorf nur noch ein verschwommener Fleck hinter mir war und der Berghang sich dahinter im Dunkel verlor, ehe ich schließlich umdrehte und nach Hause ging, schwitzend, durstig und erschöpft, der Weg nur von dem leuchtenden Mond erhellt.

Immer mehr Tage und Nächte vergingen auf diese Weise, während die Jahreszeit weiter dahinglitt und die Farmer von der längsten Trockenperiode seit Dekaden sprachen und ich die Trägheit in der Hitze genoss.

Der Sommer überschritt seinen Zenit.

Und jeden Abend ein weiteres Gedicht.

Die Bienen waren sicher in ihrem neuen Zuhause untergebracht, die Renovierung des Ateliers war mehr oder weniger abgeschlossen und die Wiese so weit gezähmt, wie das möglich war. Also verbrachte ich viele freie Tage damit, schwimmen zu gehen und die höher gelegenen Klippen zu erkunden, zu denen eine Reihe von tiefen und schmalen Waldtälern führte, wo es bei schwülem Wetter angenehm kühl war, oder ich erwanderte die Schmugglerpfade der Bucht. Ich dachte kaum daran weiterzuziehen. Die Zeit stand still; der Kalender war in den Gezeitenstrom geworfen worden. Es war Sommer, und es fühlte sich so an, als würde er ewig währen. Ich hätte viel Geld darauf gesetzt, dass er nie enden würde.

Jeden Abend nach dem Essen, gelöst vom Wein, an dem ich allmählich Geschmack fand, oder beschwipst vom Brandy, den Dulcie, eine frisch angeschnittene Zigarre zwischen den Fingern, konsumierte wie Wasser, las ich ein Gedicht aus *Offene See*. Mit jeder Lesung begann ich, die Frau, die sie geliebt hatte, besser zu verstehen. Dulcies Reaktionen auf die Texte waren derweil höchst unterschiedlich, von Beunruhigung bis Begeisterung, von sichtlicher Trauer bis zu teilnahmslosem Schweigen, doch am nächsten Abend war sie stets bereit, sich das nächste anzuhören, nur ein einziges, um es zu genießen. Oder vielleicht konnten ihre Emotionen mehr nicht verkraften. Das war schwer zu sagen, denn obwohl ich ihre sonderbare Art immer besser kennenlernte, zum Beispiel ihre Sprachgewandtheit, ihre Abneigung gegen jede Form von Autorität und natürlich ihre heroische Trinkfestigkeit, erschien sie mir unergründlich. Einen Teil von ihr hielt sie stets zurück – jene feste Mitte, die den unumstößlichen Kern jedes Einzelnen ausmacht. Das Ich.

Soweit ich das beurteilen konnte, enthielt das Manuskript nur ein Gedicht, dessen Schauplatz nicht die Umgebung der Bucht war, sondern das stattdessen in Italien entstanden war. Dennoch erkundete es ähnliche, inzwischen vertraute Themen und bediente sich der gleichen Bilder, die wieder und wieder in der Sammlung auftauchten.

»Das hat sie auf unserer letzten gemeinsamen Reise geschrieben, kurz bevor die bescheuerten Mistkerle den Krieg angefangen haben«, sagte Dulcie zur Erklärung. »Wir waren in Neapel, sind in den Ruinen von Pompeji herumspaziert, dann weiter nach Sorrento, Positano und die Amalfiküste entlang. Es war ausnahmsweise mal ein Urlaub und keine Arbeitsreise. Was war das für eine Freude, durch Europa zu reisen und sich als Teil von etwas Größerem zu fühlen, mit jenen alten Kulturen in Kontakt zu kommen, die uns zu dem gemacht haben, was wir heute sind. Romys schwarzer Schleier senkte sich damals herab, und gewiss hat der Tod sie schon um Ecken herum und auf Felsen und auch in ihren Albträumen beobachtet, aber ich glaube dennoch, dass es in diesen drei Wochen wenigstens kurze Augenblicke reinen Glücks gab. Ich muss daran glauben. Ich muss.«

Amalfi 1939

Weiße Möwen kreisen mit Sirenen in der Kehle,
ihre Schatten gleiten über versunkene Gebirge.

Klippen hängen wie Krematoriumsvorhänge über
plätscherndem Wasser,
und ein klarer Himmel atmet den heißen Husten
des schlafenden Vesuvs.

Ein ferner leerer Tanker auf dem Weg zu
saudischem Öl,
während der Wind Muster auf einen Spiegel aus
Jadesplittern fächelt

und nebelhafte Formen im überfluteten Keller der
See Gestalt annehmen.
Ohne Mitte, ohne Skelett, breit wie Mastodonten,

steigen sie aus der Tiefe und gleiten über
frühlingswarmes seichtes Wasser,
für einen Moment erfasst vom Blitzlicht der
unerschrockenen Sonne,

nur kurz zu sehen, wie Ahabs Jagdbeute, bevor sie
im Mythischen versinkt,
alte Gespenster, die durch die Überbauten des
vertrockneten Geistes schleichen.

Und unten an der Hafenmauer schnappt ein
glänzender Steinbutt nach Luft,
während Basstölpel ihm die Augen
aushacken.

Und Europa hält den Atem an.

Eines Abends dann, während die Fledermäuse nach Motten jagten, die den Himmel bedeckten wie die Papiersterne eines Kindes, und das Bellen eines Fuchses über dem üblichen Lärm aus Eulenrufen, Mückengesumm und in der Ferne brechenden Wellen zu hören war, gelangten wir zur letzten Seite von Romys Manuskript. Plötzlich waren wir fast am Ende.

»Das hier ist das Letzte«, sagte ich.

»Schon?«

»Ja.«

»Sicher?«

Ich hielt das Blatt hoch. »Ganz sicher.«

Dulcie goss jedem von uns einen besonders großen Brandy ein. Sie setzte sich in ihrem Sessel aufrechter hin und räusperte sich dann.

»Na denn. Jetzt sind wir so weit gekommen – dann müssen wir auch weitermachen, koste es, was es wolle.«

Ich studierte die Seite. »Mit dem Titel hier hab ich ein bisschen Probleme. Der ist auf Deutsch.«

»Lies ihn bitte vor.«

Ich nahm mir die einzelnen Silben vor und sprach sie langsam aus. *»Über-schwem-mungs-tod.«* Ich wiederholte es. *»Überschwemmungstod.«*

Dulcie lächelte. »Gott segne die Deutschen. Die haben für alles ein Wort, und wenn sie mal keins haben, erfinden sie sofort irgendein zusammengesetztes Monstrum. Die bauen Einzelteile zusammen à la Dr. Frankenstein und erwecken sie wieder zum Leben. Das hier ist so eins.«

»Und was soll es heißen?«

»Na, grob gesagt, Tod durch Überschwemmung oder Ertrinken.«

»Klar.«

»Ein kleiner Scherz von Romy aus dem Jenseits.«

Ich runzelte die Stirn.

»Ach, das passt durchaus zu ihrem Humor, der war nämlich ungemein makaber und bissig«, sagte Dulcie. »Für mich war er eine ihrer attraktivsten Eigenschaften – zusammen mit ihrer Unerreichbarkeit. Ich glaube nämlich trotz allem, dass Romy sich nie ganz gezeigt hat. Oder zumindest nicht bis zu ihrem Schlussakt. Es gibt ja wohl keine größere Entblößung der Welt gegenüber als Selbstmord. Es ist das finale ultimative Preisgeben der kalten innersten Wahrheit der gequälten Seele. Die größte Geste. Der endgültige Schlusspunkt.«

In dem Moment begriff ich, warum Dulcie und Romy sich zueinander hingezogen gefühlt hatten: Offensichtlich waren sie sich charakterlich sehr ähnlich gewesen.

Dulcie seufzte lange und tief.

»Ich wünschte nur, ich hätte Abschied von ihr nehmen können. Bitte lies es jetzt vor, Robert.«

Ich tat es.

Überschwemmungstod

Und jetzt brüllen die Tiere im brennenden Stall,
und verkohlte Vögel stürzen vom Himmel.

Du bückst dich nicht mehr, um den japsenden Fisch
    aufzuheben,
in Not, gestrandet auf der Kiesbank,

oder zauderst, wenn eine schaumige Flut
    sprudelndes Blut heranträgt
und kreischende Gestalten die tote Sonne
    verdunkeln.

Du hast dich in der Lüge deines Lebens verloren.
Vielleicht warst du nie mehr als ein Gerücht –
ein paar gute Zeilen, in die Seite geritzt wie frische
    Narben.
Ein Schmetterling, gefangen im Einmachglas eines
    Kindes.

Du bist: nasses Holz, grüner Rauch, eine tote Qualle;
der Sohn deiner Mutter und die Tochter deines
    Vaters, alles Fiktion.

Drum sag nun Adieu, in diesen sterbenden
    Apriltagen,

ein dünner Faden hohler Worte dein wertloses
Vermächtnis,

wenn du die letzte Maske ablegst und deine Spur
auf der Landkarte hinterlässt,
unter modrigen Brettern verborgen, ein Ich, weit
draußen auf See.

Als ich die letzte Zeile las, wich alle Farbe aus Dulcies Gesicht. Ich fand das Gedicht entsetzlich, und mich störte ein wenig die Wiederholung – das gleiche Bild des gestrandeten Fischs –, und ich dachte, sie sehe das genauso.

»Großer Gott«, sagte sie.

»Was ist denn?«

»Sie schickt eine Botschaft.«

»Ich versteh nicht ganz.«

»Begreifst du denn nicht? Sie schickt eine Botschaft. Ich hab's doch gewusst.«

»Ich glaube, ich komm nicht ganz –«

Sie unterbrach mich. »Hast du bei der Arbeit im Atelier irgendwelche Dielenbretter ausgetauscht?«

»Nein«, antwortete ich. »Aber ich hab ein paar festgeklopft, die locker waren.«

»Offensichtlich lockerer als die anderen?«

»Kann sein. Vielleicht.«

»Zeig mir, welche das waren.«

»Aber wieso?«

»Es steht da im Gedicht, Robert. Siehst du das denn nicht?«

Ich sah es nicht.

»Sie schickt mir eine Botschaft aus ihrem nassen Grab«, sagte Dulcie mit einem aufgeregten Beben in der Stimme.

»›Unter modrigen Brettern verborgen, ein Ich, weit draußen auf See.‹ Das ist Romys letzter Abschiedsgruß. Ich habe gewusst, dass sie irgendwie Kontakt zu mir aufnehmen würde. Ich hab's gewusst, verdammt noch mal.«

10

In der Hütte räumte ich meine Decken und den Schlafsack zur Seite und zeigte auf die Holzdielen. »Meinen Sie die da?«

»Großer Gott«, sagte sie. »Man sieht es ja auf Anhieb. Hol mir Werkzeug, ja?«

»Welches denn?«

»Irgendeins, egal was.«

Ich fand einen Meißel, und ehe ich ihn Dulcie geben konnte, riss sie ihn mir aus der Hand und begann, ihn in die Ritze zwischen zwei Brettern zu rammen. Ich gab ihr auch einen Hammer. Sie warf ihren Hut beiseite, und Haarsträhnen fielen ihr ins Gesicht, während sie die schmale Kante des Meißels zwischen die Bretter zwängte, erst das eine, dann das andere einen Spaltbreit hochwuchtete und dann hart und präzise mit dem Hammer zuschlug. Die Dielen lösten sich. Sie hatte etwas Fieberhaftes an sich, als sie das alte Holz packte. Ihre Hände rutschten auf der glatten Oberfläche ab, und ihre Nägel zerkratzten den Lack. So hatte ich sie noch nie erlebt. Es schien, als kämpften mehrere widersprüchliche Gefühle gleichzeitig in ihr. Zorn und Sehnsucht, vielleicht. Panik. Anspannung.

»Lassen Sie mich das doch machen.«

Sie überhörte mich und hebelte die Bretter jäh und ruckartig mit dem umgedrehten Hammerkopf heraus, wobei die alten Nägel quietschend aus dem Holz glitten. Nahezu atemlos ließ sie den Hammer fallen, beugte sich vor und spähte nach unten.

Und da: ein Umschlag im Halbdunkel der kühlen Steinfundamente des Ateliers, genau wie Dulcie vermutet hatte, von einer lebensmüden Frau, einer großen Dichterin, Dulcie Pipers Seelenverwandten kurz vor ihrem Tod dort hingelegt. Dulcie reichte ihn mir mit zitternder Hand. Ich nahm ihn.

Wir schwiegen beide eine Weile. Dann wurde Dulcie ungeduldig.

»Na, nun mach ihn schon auf.«

Plötzlich lag der Brief schwer in meiner Hand. Ein unzumutbarer Ballast. Etwas Fremdes und Unerwünschtes. Sogar abstoßend.

»Ich glaub, ich kann das nicht.«

»Tu's einfach, Menschenskind.«

»Aber er ist für Sie.«

»Mach ihn auf.«

Sie stieß die Worte so heftig hervor, dass ich mich nicht weigern konnte. Ich öffnete den Brief.

»Lies ihn.«

Ich begann, den Brief zu lesen.

»Laut, Robert.«

Also tat ich es.

1. April 1940

Meine geliebte Honigschleuderin,
wenn Du diesen Brief gefunden hast, bist Du so
wunderbar und klug und schlau, wie ich Dich kenne.
Und wenn Du diesen Brief gefunden hast, dann
hast Du auch mein Werk und mich verstanden.

Gut gemacht. Du warst die Einzige, die je so weit gekommen ist – wahrhaftig und immer.
Falls Du nach einem Grund suchst, dann ist es dieser: Ich bin unendlich erschöpft. Es ist eine immerwährende, heimtückische Erschöpfung, und mein Herz weiß, dass ich mich nie davon erholen werde, denn ich trage tief in meinem Innersten tausend Schatten, die weder Licht noch Lachen je erreichen können. Heute, am Tag der Aprilnarren, habe ich nur den einen Wunsch, bis in alle Ewigkeit zu schlafen, also werde ich schlafen, unter einer Decke aus Wasser. Und ganz gewiss bin ich eine Närrin, aber ich kann inzwischen an kaum etwas anderes mehr denken.
Die Welt ist verdorben bis ins Mark, und bald wird es Krieg geben. Meine Nation hat unsägliches Unheil angerichtet, und es wird wieder und wieder geschehen. Andere Nationen, andere Diktatoren werden an die Stelle derer treten, die jetzt die Oberhand haben. Ihre Zeit wird kommen, und bald wird der Krieg das Einzige sein, das wir kennen, ein Dauerzustand, bis alles, aber auch alles zerstört ist. Ich bin sicher, dass der Mensch das einundzwanzigste Jahrhundert nicht mehr erleben wird, und es ist ein unverzeihliches Verbrechen, dass er auch die weibliche Hälfte der Menschheit mit ins Verderben reißt.
Diese Welt, die sich abzeichnet, ist kein Ort für eine selbstvergessene Dichterin, zumal für eine, die ihre Stimme verloren hat. Ich bin hilflos, nutzlos, bedeutungslos. Wertlos.
Aber Du, Dulcie Piper, bist stark. Eine Stärkere gibt

es nicht. Du bist eine Kriegerin, und ich sage Dir: Du wirst es schaffen, mit mir oder ohne mich. Das weiß ich genau.
Leider kann ich mein vorzeitiges Hinscheiden nicht wiedergutmachen. Ich kann es einfach nicht. Aber ich kann dafür um Verzeihung bitten, dass ich Dich zurückgelassen habe. Du musst wissen, Liebste, dass Du allein mir dieses Leben in den letzten Jahren erträglich gemacht hast. Ohne meine rastlose Psyche wäre unsere Zeit hier vollkommen gewesen. Ich danke Dir dafür, dass Du mir dieses Paradies gezeigt hast, wenngleich wir beide wissen, dass auch das Paradies mit der Zeit zugrunde geht. Es steht bereits geschrieben.
Ich danke, danke, danke Dir, dass Du Dein Bestes getan hast.
Am Ende meines Lebens überlasse ich Dir mein wertloses Werk, eine wahrhaft dürre und tot geborene Sammlung. Törichte Symbole in Tinte auf Papier – mehr nicht. Eine Nichtigkeit. Verbrenn alles, wirf es weg, verfüttere es an die unnützen fügsamen Hühner, die sich in ihrer Blödheit so behaglich eingerichtet haben; mach damit, was du willst. Es hat mich zuerst verflucht und nun schließlich vernichtet.

In großer Liebe werde ich Dich jetzt verlassen.
Romy Landau

Unter dem Brief war ein weiteres Blatt Papier mit vier getippten Zeilen darauf. Auch die las ich vor.

Durch Lachen gestärkt,
durch Liebe beschwingt,
bin ich für immer
in Deinen Atomen.

Als ich aufschaute, sah ich, dass Dulcie lautlos schluchzte. Ihr Gesicht war verzerrt, und ihre Schultern bebten, als würde ihr Körper endlich die Trauer ausstoßen, die fest darin eingeschlossen gewesen war und sie seit jenem Apriltag vor sechs Jahren langsam verseucht hatte wie ein schleichendes Gift. Und jetzt hatte sie ein Ventil gefunden.

Ich ließ den Brief sinken und rührte mich nicht. Ich war emotional noch nicht imstande, mit so einer Situation umzugehen. Stattdessen stand ich reglos in dem sonnendurchfluteten Atelier, so teilnahmsvoll wie ein Möbelstück, und ließ die schluchzende Dulcie, die förmlich zu schrumpfen schien, weiter weinen, bis die Krämpfe, die ihren Körper schüttelten, allmählich nachließen und versiegten.

Als sie aufhörte, wischte sie sich mit dem Ärmel erst über ein Auge, dann über das andere und schaute sich um. Ihr Blick blieb auf einem meiner öligen alten Lappen hängen, und sie hob ihn auf und putzte sich dreimal kräftig die Nase. Sie ordnete ihr Haar, setzte den Hut wieder auf, und ich hatte den Eindruck, dass eine große Ruhe sie überkam. Sie schien wieder ihre volle Größe anzunehmen, und es war, als tauchte sie aus einem tiefen und wohltuenden Schlaf auf. Dulcie lächelte.

»Nun denn. Jetzt fühle ich mich besser. Sehr viel besser sogar. Meine Leitungen sind wieder frei. Ich bin wie neugeboren.«

»Es tut mir leid, Dulcie. Das mit Romy und dem Brief und überhaupt alles tut mir leid.«

»*Es tut dir leid?* Ich weine doch nicht, weil ich verzweifelt bin. Ich weine, weil ich bewegt bin von Schönheit und Poesie und dem grandiosen letzten Schritt eines einzigartigen Geistes. Ich weine, weil ich gewusst habe, dass sie mich nicht im Stich lassen würde. Nicht wirklich.«

Sie schloss die Augen und sprach die Zeilen, die sie erst einmal gehört hatte: »›Durch Lachen gestärkt / durch Liebe beschwingt / bin ich für immer / in Deinen Atomen.‹ Perfekt. Einfach perfekt.«

Sie öffnete die Augen wieder.

»Ich denke, du hattest vielleicht von Anfang an recht, Robert.«

»Womit?«

»Mit *Offene See.*«

»Inwiefern?«

»Was hast du noch mal gesagt? Dass du das Buch großartig findest und andere Leute das vielleicht auch so sehen? So schlicht und so wahr. Du hast aus dem Herzen gesprochen, und man muss immer auf sein Herz hören. Vielleicht ist die Welt jetzt bereit für Romys letztes Werk.«

»Oder vielleicht sind Sie jetzt auch dafür bereit?«, sagte ich.

»Ja«, antwortete sie leise. »Das auch.«

»Heißt das, Sie wollen es veröffentlichen?«

»Ich werde mir jedenfalls verdammt viel Mühe geben – mit deiner Hilfe.«

»Aber ich versteh nichts von Gedichten oder dem Büchermarkt.«

»Du weißt mehr als früher, und du steckst jetzt zu tief mit drin, um zu kneifen. Du hast das Wesentliche getan: Du hast das Buch – und mich – zurück ins Leben geholt. Wir sind zwei Hebammen, und wir müssen dafür sorgen, dass es wohlbehalten zur Welt kommt. Keine Bange: Um die Einzelheiten kümmere ich mich.«

Ich lächelte. »Das ist wunderbar, Dulcie.«

»Es gibt nur eine Bedingung: Dieses Gedicht da soll nicht veröffentlicht werden.«

Sie nahm mir das Blatt aus der Hand und studierte es einen Moment lang.

»Das ist für mich, und nur für mich. Vielleicht bin ich egoistisch, aber ich muss etwas von Romy für mich selbst behalten. Und du musst diese vier Zeilen als Geheimnis in dir bewahren, für immer. Behalte sie dort.«

Und das habe ich – bis heute.

In jener Nacht änderte sich etwas in der Atmosphäre. Als ich erwachte, glänzten Tautropfen auf der Fensterscheibe, und meine Atemluft schwebte bei jedem verschlafenen Ausatmen als Wolke nach oben.

Der Wind war umgeschlagen, und die Luft war jetzt kühl. Fast schneidend. Sie schmeckte feucht und nussig. Wir näherten uns dem Wechsel der Jahreszeit mit Rauch und Zerfall und welkenden Blättern. Die Zeit des Überflusses, die der vermeintlich endlose Frühsommer verheißen hatte, näherte sich unweigerlich dem Ende, und doch hatte sie mir zumindest für eine Weile die Illusion vorgegaukelt, dass der Ausgang diesmal ein anderer sein könnte. Gerade als Bequemlichkeit und Wohlbehagen schon fast zur Gewohnheit wurden und ein durchgängiges Gefühl von angenehmer Trägheit die Tage beherrschte, trugen die auffrischenden Winde unversehens die Vorhut des Herbstes heran. Die letzten Sommertage hatten begonnen.

Das Tierreich machte sich bereits an seine Vorbereitungen.

Es war kalt im Atelier. Ich vergrub mich tiefer unter meine Decken und zog die Knie an die Brust. Das zuerst gesichtete Rotkehlchen landete auf der Fensterbank und beäugte mich neugierig.

Auch die Wiese war verändert, brodelte nicht mehr so sehr vor wildem Leben, sondern war ruhiger geworden. Sie wirkte kränklich und ein bisschen larmoyant, schien aber ihr Schicksal und den kommenden herbstlichen Verfall hinzunehmen. Sie war bereit für den Wechsel, anders als ich. Die Vögel waren emsig, getrieben von dem Instinkt zahlloser Generationen.

In meiner Naivität hatte ich mich kein einziges Mal mit dem Gedanken auseinandergesetzt, dass mein Aufenthalt in der Hütte auf der Wiese neben dem Cottage in dieser herrlichen grünen Gegend Yorkshires irgendwann zu Ende gehen musste. Er war immer nur ein kurzer Gedankenschatten in meinem bereitwillig abgelenkten Hinterkopf gewesen, jetzt jedoch stellte ich mir erstmals in meinen sechzehn kurzen Lebensjahren die Frage: Wohin führt das Leben?

Ich rollte meinen Schlafsack und die Decken zusammen und verschnürte sie zu einem festen Bündel, dann stapelte ich die Bücher, die Dulcie mir ausgeliehen hatte, ordentlich übereinander. Ich war stolz darauf, sie durchgeackert zu haben, wie ein Farmer stoisch ein Feld beackert, das voller Steine, Wurzeln und Felsen ist, wohl wissend, dass aus seiner mühsamen Arbeit Großes erwachsen kann.

Die Mappe mit den getippten Gedichten lag auf der Fensterbank. Ich blickte ein letztes Mal über die Wildwiese, zu der fernen, offenen See, wo Romys sterbliche Überreste waren, und sann über die Vorstellung nach, dass diese ihre Texte, die jetzt vor mir lagen, vielleicht schon bald der ganzen Welt zugänglich wären. Und bald würde auch dieser Ort –

dieser fruchtbare, lebensstrotzende Garten Eden – kein Geheimnis mehr sein, sondern Gegenstand tiefgründiger Analysen und Untersuchungen, Wallfahrtsort und Gedenkstätte.

Bald würde *Offene See* jenseits des Horizonts sein, weit draußen, in unbekannten Fernen.

Es war zu kühl, um draußen zu sitzen, deshalb nahmen wir ein einfaches Frühstück aus Toast und Marmelade in Dulcies Wohnzimmer ein.

Die kraftlos gewordenen Brennnesseln starben auf kleinen Grabstätten aus gefahrlosen braunen Büscheln. Ich zeigte darauf. »Was werden Sie jetzt machen?«, fragte ich.

»Ich dachte, ich suche mir eine Alternative. Minze böte sich da wohl am ehesten an, aber ich weiß nicht, warum ich jetzt erst darauf komme. Oder vielleicht Löwenzahnwurzeln. Es macht bestimmt Spaß auszubaldowern, was geht und was nicht. Ich meine, wie schlecht kann so was schmecken?«

Ich lachte. »Ziemlich schlecht, würde ich sagen.«

Wir saßen schweigend eine Weile da, denn es gab sonst kaum etwas zu sagen. Ohne es auszusprechen, wussten wir beide, dass es Zeit war, Abschied zu nehmen.

Selbst Butler schien meinen bevorstehenden Aufbruch zu spüren. Wachsam wie eh und je saß er neben mir und stupste mit seiner kalten, feuchten Nase immer mal wieder mein Handgelenk an, das er Wochen zuvor noch als Kauknochen ins Auge gefasst hatte.

Ich räumte die Teller und Tassen ab, und dann, als es nichts mehr zu tun gab, blieb ich verlegen einen Moment im Türrahmen stehen. Ich trat von einem Bein aufs andere.

»Danke, dass ich bei Ihnen bleiben durfte. Sie haben mir so viel beigebracht.«

»Unsinn«, sagte Dulcie, wandte sich ab und nahm die Teller und Tassen aus der Spüle, um sie wieder auf den Tisch zu stellen. Sie konnte mich nicht ansehen. »Ich habe dich eher gefangen gehalten.«

Ich räumte ein paar schmutzige Töpfe in die Spüle, aber Dulcie nahm auch die wieder raus. Ich erinnerte mich an ihre Maxime, was Geschirrspülen anging.

»Das stimmt nicht. Die vielen Geschichten, die Sie mir erzählt haben, und das Essen, das Sie für mich gekocht haben. Und dann die Bücher. Ich meine, ich versteh längst nicht alles von dem, was ich gelesen hab, aber es hat mir Spaß gemacht. Und ich bin ganz besonders froh, dass ich Romys Gedichte lesen durfte. Das alles hätte ich ohne Sie nie erlebt.«

Dulcie ging aus der Küche in ihren Salon. »Nein«, rief sie mit lauter Stimme aus dem anderen Zimmer. »Du hättest stattdessen andere Dinge von anderen Leuten gelernt. Hättest andere Erfahrungen gemacht. Aber ich bin nicht so unhöflich, dass ich ein ehrlich gemeintes Kompliment zurückweise. Sei dir nur im Klaren darüber, dass du alles, was du gelernt hast, selbst gelernt hast. Ich habe dir bloß einen Schubs in die richtige Richtung gegeben.«

Als ich ins Wohnzimmer ging, um nachzusehen, was sie da machte, stand Dulcie am Fenster und blickte nach draußen über die Wiese. Sie wich mir aus.

»Ich denke, Sie sind zu bescheiden«, sagte ich leise.

»Ich mag ja vieles sein«, sagte sie, noch immer mit dem Rücken zu mir, »aber bescheiden bin ich weiß Gott nicht. Außerdem ist das keine Einbahnstraße. Du hast hier so viel geschuftet, damit hast du dir Kost und Logis mehr als verdient. Ohne dich hätte mich die Wiese demnächst verschlungen und –« Dulcie stockte. »Sagen wir einfach, du hast mehr getan, als du dir je vorstellen kannst, denn du hast gleich zwei Menschen zurück ins Leben geholt.«

Endlich drehte sie sich zu mir um und sah, dass ich rot wurde. Sie schaute wieder weg. Sah den Teppich an, die Bilder an der Wand – Romy. Dann wandte sie sich wieder dem Fenster zu.

»Das ist die Wahrheit. Du kannst rot werden wie ein Feuerwehrauto, wenn du willst, aber du hast einen Beitrag zur Literaturgeschichte geleistet, Robert.«

»Was passiert jetzt mit den Gedichten?«

»Morgen fahre ich nach Whitby und lass Kopien anfertigen, und dann schicke ich sie per Eilzustellung an Romys Verleger, der mir zweimal im Jahr schreibt und höflich anfragt, ob ich zufällig einige der unveröffentlichten Texte habe, über die so viel gemunkelt und spekuliert wird. Ich habe ihm bis heute nicht geantwortet – soll das Arschloch sich ruhig weiter die Finger danach lecken, das war immer meine Meinung. Aber ich glaube, jetzt ist der richtige Zeitpunkt gekommen. Ich könnte mir vorstellen, dass wir dann einen hübschen kleinen Vertrag aufsetzen, der alle glücklich macht. Natürlich geht's nicht um das Geld, aber wäre eine Fifty-fifty-Beteiligung angemessen?«

»*Angemessen?*«

Dulcie hatte das alles mit Blick auf die Wiese gesagt, jetzt jedoch drehte sie sich wieder um und sah mir zum ersten Mal während des Gesprächs in die Augen.

»Ja. Bist du mit fünfzig Prozent einverstanden? Ehe du jetzt widersprichst, lass dir sagen, dass Lyrik sich ungefähr so gut verkauft wie ein Hakenkreuz-Reichsadler auf einem jüdischen Wochenmarkt, nämlich ausgesprochen schlecht, und dass vielleicht so gut wie nichts dabei herauskommt. Aber dennoch. Ich halte diese Gedichte nun mal für unbezahlbar, und ich werde dich am Gewinn beteiligen, ob dir das passt oder nicht. Ich packe sogar noch so viel Honig drauf, wie du essen kannst.«

»Wenn das so ist«, sagte ich strahlend, weil ich die Tragweite dieses beiläufigen Angebots, durch das Dulcie mich praktisch als Alleinbegünstigten und Nachlassverwalter in Stellung brachte, nicht richtig verstand, »nehme ich gern an.«

»Egal was kommt, Robert, wichtig ist, dass du wirklich *lebst*. Reise. Schau dir wenigstens Europa an, solange das noch geht, denn es wird nicht lange dauern, bis der Nächste versucht, es wieder zu zerstören. Und Diktatoren spannen gerade junge Menschen gern vor ihren kriegerischen Karren.«

Wir blieben noch einen Moment so stehen, dann hob ich meinen Rucksack auf, drehte mich um, verließ das Cottage und ging die Gasse entlang, die in die Zukunft führte, die kühler werdende Sonne im Rücken.

Ich zog nicht weiter nach Süden.

Stattdessen wandte ich mich wieder gen Norden, um zu dem einzigen Ort zurückzukehren, den ich kannte.

Es war Erntezeit, und auf meiner Wanderung sah ich das Ende des Sommers in all seiner goldenen Pracht.

Ich kam an Feldern vorbei, wo Männer und Frauen Gras und Heu zu Schwaden harkten oder zu Garben banden und auf Leiterwagen türmten. Ich sah Gruppen von Landarbeitern, die mit Brot und Käse Mittagspause machten und dazu rohe Zwiebeln aßen wie Äpfel, und oft blieb ich stehen und fragte, ob sie Hilfe gebrauchen konnten, und bekam hier und da für ein oder zwei Tage Arbeit. Ich war jetzt stärker, athletischer und ausdauernder als früher und wurde für meine Mühe gut verpflegt. Mein Appetit schien größer denn je, und jede Nacht schlief ich mit knurrendem Magen in Scheunen und Schafställen und Heuschobern ein.

Ich sah Obstbäume schwer behängt mit Äpfeln, die bald geerntet werden würden, um für Kuchen verwendet oder für den Winter eingelagert oder für Cider gepresst zu werden, der häufig von ganzen Dorfgemeinschaften hergestellt wurde. Ich sah den langsamen Wechsel der Jahreszeit, als würde alles an den Rändern dunkel anbrennen. Der Tau des Morgens trocknete langsamer, und die Insekten schienen seltener und auch schwerfälliger zu werden. Meine Knie, Knöchel und Hüften fühlten sich steif an, und meine Stiefel hätten dringend neue Sohlen gebraucht. Einer war mit einem Stück Bindegarn verschnürt.

Der Wind, der landeinwärts wehte, brachte neue Gerüche mit sich. Holzrauch, Erde, reifes Obst. Viele Brombeeren waren bereits an den Büschen verfault, die herrlichen Juwelen des Sommers jetzt glanzlos und matschig, belagert von schläfrigen Wespen, die sich an den leicht vergorenen Beeren berauschten. Hauchdünne Netze spannten sich zwischen ihren wirren Ranken; sie gehörten jetzt den Spinnen. Eines Abends entdeckte ich zufällig eine Stelle mit Walderdbeeren und aß frohen Herzens die mit Sicherheit letzten Früchte des Jahres. Schon bald würde der Morgenfrost ihnen den Garaus machen. Den ganzen Abend musste ich mir kleine Kernchen aus den Zähnen pulen, und am Morgen stand ich auf und reckte mich und ging weiter.

Und eines Tages dann sah ich die Türme der Kathedrale vor mir, eine steinerne Zitadelle, die durch das Baumkronendach aufragte, um das Firmament zu durchbohren und die Seelen seiner Betrachter himmelwärts zu heben, und ich wusste, dass ich nur noch einen flotten Tagesmarsch von Zuhause entfernt war.

Als ich durch das Dorf ging, erkannte mich kaum einer. Mein schwarzes Haar, das ich im Frühling ganz kurz geschoren hatte, war jetzt voll und salzverklebt und lockig. Meine Haut hatte die Farbe des Honigs, den Dulcie bald unten auf der Wildwiese schleudern würde, und ich war insgesamt kräftiger geworden, sodass meine Kleidung aussah wie für einen deutlich kleineren und schmächtigeren Mann gemacht. Ich nickte Bekannten zu, und mehr als einmal kniffen sie argwöhnisch die Augen zusammen, wie man das bei Fremden machte, wenn sie diese seltsame und abgeschottete Bergarbeiterwelt betraten, die wie alle Orte dieser Art noch immer vom Krieg gezeichnet war, aber dennoch daran festhielt, die wertvolle Steinkohle aus uralten Tiefen zu bergen.

Im September begann ich in der Zeche. Ich bekam jedoch weder Grubenlampe noch Schutzhelm ausgehändigt, denn mein Vater hatte vermutlich erkannt, dass ich nicht für ein Leben unter Tage geeignet war, und wollte auch nicht, dass ich eine ähnlich gefährliche Arbeit machte wie er selbst, der schon seit vier Jahrzehnten in der Grube schuftete, und so hatte er mir irgendwie eine Lehrstelle im Büro besorgt. Meine Prüfungsnoten waren gut ausgefallen – vielleicht sogar besser, als alle das von mir jungem Tagträumer erwartet hatten –, aber derlei Stellen waren heiß begehrt, und es wurde nur selten eine frei, und wenn doch, dann wurde sie über Jahre oder gar Jahrzehnte mit einem Sohn oder einer Tochter des Betriebsleiters besetzt.

Ich hätte dankbar sein sollen. Ein Bürojob war in jeder Hinsicht sicher, aber vor allem in einer: Niemand wurde je unter einem kollabierenden Aktenstapel zerquetscht oder in Stücke gesprengt, während er an einem kalten nordenglischen

Wintertag in seinem warmen Büro Tee trank und Lohnabrechnungen kontrollierte.

Aber andererseits waren in Kassenbüchern und Lieferscheinen auch keine Abenteuer zu finden. Die Vorstellung, mein Leben lang dieser Arbeit nachzugehen, war so grauenhaft, dass ich gar nicht darüber nachdenken wollte, und jedes Mal, wenn ich dazu gezwungen wurde oder beim Abendessen das stolze Gesicht meiner Mam sah, verfiel ich in eine tiefe existenzielle Panik, wie sie wahrscheinlich ein Mensch empfindet, der lebenslänglich in den Knast geschickt wird.

Wie konnte ich in einem Büro hocken, wenn da draußen so viel Leben war und von anderen gelebt wurde?

Ich hielt durch und sparte, so viel ich konnte, aß Tag für Tag den faden Inhalt meines Henkelmanns, und wenn der Sirenenton das Ende des Arbeitstages verkündete, trat ich hinaus in die kalte Abendluft. Der Herbst war gekommen, und die Blätter fielen, und jeden Abend spazierte ich über die Wege und Felder rings um das Dorf, doch jetzt kamen mir die Wege trist vor und die zerfurchten Felder kahl und rein zweckmäßig. Mit Atemwolken vorm Gesicht, die Stiefel schwer von schwarzen Dreckklumpen, kehrte ich zurück nach Hause und zog mich dann mit einem Gedichtband auf mein Zimmer zurück.

Ich hatte begonnen, mir welche aus der örtlichen Bücherei auszuleihen, und da ich mit deren magerem Bestand schnell durch war, bat ich die Bibliothekarin, weitere Titel zu bestellen. Ich hatte inzwischen Geschmack daran gefunden, und sie tat mir gern den Gefallen.

Eines Sonntags wanderte ich die paar Meilen bis ans Meer, das sich jedoch zu meiner Enttäuschung als eine einzige graue Suppe darstellte, eine Brühe aus Salzwasser und Kohlestaub. Der Strand war ein verdreckter schwarzer Streifen aus Kohle mit vereinzelten kahlen, knochenweißen Treibholzstücken, und selbst die Schreie der Möwen klangen wie Warnschüsse, um Fremde abzuwehren.

Ich hatte oft Kopfschmerzen von dem trüben Licht im Zechenbüro und auch, weil ich halbe Nächte im Bett mit einer Taschenlampe unter der Decke las.

Dann wurde es Winter. Er kam mit dem Ostwind und war der kälteste seit Jahrzehnten. Es schneite ohne Unterlass, und einige Tage war das Licht hell, und aufgeregte Kinderstimmen schallten durchs Dorf, doch die Temperaturen sanken weiter und weiter, und schon bald erstarrte alles und wurde undurchdringlich. Die Erde, die Heißwasserrohre.

Schneeverwehungen wurden tiefer, und draußen im Hochland verendeten ganze Schafherden unter einem gewaltigen weißen Ozean, sodass ihre Kadaver ausgegraben und zu steifen Bergen aufgetürmt werden mussten. Es kamen keine Lieferungen mehr durch, und das Dorf wurde von der Außenwelt abgeschnitten. Unsere rationierten Grundnahrungsmittel gingen mehr und mehr zur Neige, und an manchen Tagen lebten wir von Tee und Pfannkuchen aus Mehl und Wasser. Kühe verhungerten in den Ställen und Hühner zu Abertausenden auf den Geflügelfarmen. Selbst die Zeche wurde geschlossen, und es dauerte nicht lange, bis nicht mehr genug Kohle da war, um die Kraftwerke zu betreiben. Es war, als hätte der Krieg gar nicht geendet, sondern wäre sogar noch schlimmer geworden, und die Regierung war unfähig, und wir sahen Weihnachten mit leeren Vorratskammern entgegen.

Der Schnee ließ uns verstummen.

Zu Hause schaufelte ich Schnee und sah nach den älteren Nachbarn, doch ansonsten blieb ich so nah am Ofen, wie ich konnte, trank Tee, las und schrieb gelegentlich ein paar stümperhafte Gedichtzeilen. Es gab nichts anderes zu tun, als den Winter zu überstehen und auf bessere Zeiten zu hoffen.

Ich dachte oft an Dulcie und auch an Romy, und als endlich die Schneeschmelze einsetzte und die Zeche wieder öffnete, trottete ich zurück zur Arbeit und fragte mich, ob das für immer mein erwachsenes Leben war, meine Welt.

Eines Tages, als die letzten Schneereste dahinschmolzen und die Lebensmittelversorgung wieder in Gang kam, wurde eine große Kiste bei uns zu Hause abgeliefert, die meine Mutter in Empfang nahm.

Als sie den Deckel abhob, sah sie verblüfft eine fette Gans, die sie zurück anstarrte. Sobald ich von der Arbeit nach Hause kam, führte sie mich in unseren Hinterhof und zeigte auf die Gans, die sich in ihre neue Umgebung offenbar ganz selbstverständlich eingefunden hatte.

An der Innenwand der Kiste klebte ein flaches, in zahllose Bögen Pergamentpapier eingewickeltes Päckchen. Es war an mich adressiert.

Als ich es auspackte, glitt ein Umschlag zwischen den Bögen hervor. Obwohl Weihnachten längst vorbei war, enthielt er eine weihnachtliche Karte mit folgender Botschaft in großen ungebärdigen Buchstaben:

Nachträglich
für Dich und die Deinen
von mir und der Meinen.

Ich wickelte das Päckchen weiter aus, und als die letzte Schicht Pergamentpapier abfiel, hielt ich ein dünnes, kunstvoll gebundenes Buch mit geprägtem Einband in den Händen. Ich drehte es um und bewunderte den Rücken und dann das Vorsatzblatt. Es war traumhaft schön.

Als ich es aufschlug, beschleunigte sich mein Puls. Gegenüber dem Titelblatt war ein Frontispiz mit einer liebevoll detaillierten Darstellung von Dulcies Atelier, wie es ausgesehen haben musste, als es noch benutzt wurde. Drum herum war die Wildwiese, und ganz im Hintergrund waren die Bucht und das Meer mit winzigen Strichen angedeutet. Es lag sogar ein Hund im hohen Gras. Es war Butler.

Auf dem Titelblatt las ich:

Offene See
von Romy Landau

Und darunter, in einer kleineren Schriftart:

Herausgegeben
von Dulcie Piper & Robert Appleyard

Ich war fassungslos. Ich überflog das Inhaltsverzeichnis auf der nächsten Seite und blätterte die Gedichtsammlung durch, die noch vor wenig mehr als einem halben Jahr bloß ein unbeachteter Stapel Papier gewesen war und in einer Hütte Staub angesetzt hatte, die Gefahr lief, langsam von der Landschaft und den Elementen verschlungen zu werden.

Die glatten, frisch geschnittenen Seiten flatterten zwischen meinen Fingern, einzelne Zeilen der Gedichte sprangen mir jetzt ins Auge, als würde ich alte Freunde wiedersehen, und als ich zum Titelblatt zurückkehrte und erneut meinen Namen las, merkte ich, dass ich den Atem anhielt.

Sie hatte es geschafft. Dulcie Piper hatte es geschafft. *Offene See* war in der Welt. Sie hatte einen Verleger gefunden, und nicht genug damit, dass das Buch eines der schönsten Dinge war, die ich je gesehen hatte, es stand auch noch mein Name darin.

Ich sah meine Mutter an und dann die Gans, und beide betrachteten mich.

Und ich lächelte.

Das Land wurde allmählich wieder grün, war aber noch nicht so weit wie die üppige Natur, die ich in den letzten Tagen des vergangenen Sommers verlassen hatte.

Sieben Monate hatte ich als angehender Buchhalter auf der Zeche und als ordentliches Mitglied einer Gewerkschaft durchgehalten. Obwohl ich während des kalten Hungerwinters viele Tage freigehabt hatte, war diese Probezeit mehr als genug, um in mir nicht nur ein erstickendes Engegefühl zu erzeugen, sondern auch einen Argwohn gegenüber Autoritäten, der mir bis heute geblieben ist.

Ich hatte schnell begriffen, dass ich in diesem trostlosen Büro versauern würde, wenn ich nichts unternahm, und falls der Krieg, der mir selbst aus der Ferne betrachtet vorgekommen war wie ein seltsames, außer Kontrolle geratenes Spiel von Erwachsenen, mich etwas gelehrt hatte, dann, dass das Leben kurz ist und wir es nur einmal leben. So kam es, dass ich nicht lange vor Ostern meine Kündigung einreichte, obwohl meine Eltern, die keinen Hehl aus ihrer Enttäuschung machten, mich bekniet hatten, es mir noch einmal anders zu überlegen, und ich obendrein mit einer gewissen Ächtung im Dorf rechnen musste. Manche Leute empfanden es nämlich als persönliche Beleidigung, dass ich eine Anstellung aufgab, die sehr viel privilegierter war als der Arbeitsplatz der Männer, die Hunderte Meter unter Tage ihr Leben riskierten. Ich hatte mich aus der Knechtschaft befreit.

Der Zeitpunkt war gut gewählt. Nur zwei Monate zuvor war am Betriebstor eine Bekanntmachung ausgehängt worden, dass die gesamte britische Kohleindustrie verstaatlicht werden sollte, um dem »Müßiggang«, wie die Regierung es nannte, entgegenzuwirken, der in der schweren Zeit der wirtschaftlichen Erholung nach dem Krieg um sich griff. Der harte Winter hatte dem Bergbau zusätzlich geschadet, und jetzt sollte das neu gebildete Nationale Kohlenamt die Verwaltung sämtlicher Zechen überwachen.

Der lang gehegte Glaube, es würde immer Kohle geben – und es würden somit für ihren Abbau auch immer Arbeiter gebraucht –, war das Fundament meines Dorfes. Einige von uns sahen jedoch, dass diese Gewissheit verloren ging. Obwohl noch immer Geld investiert wurde, in neue Schächte und die Verbesserung des Kohletransports über Tage, wurde das letzte Kapitel bereits geschrieben. Die Kohleindustrie schrumpfte. Es würde ein langes, schmerzliches Sterben werden.

Und ich war froh, dass ich davongekommen war.

Eine unerwartete Nervosität erfasste mich, als die Gasse sich in eine schattige Senke neigte und es vor mir lag: Dulcies Cottage. Einen Moment später war Butler da, kam hechelnd auf seine leise, elegante Art auf mich zugetrabt, worauf ich in die Hocke ging, ihn fest umarmte und ihm dann meinen letzten drei Tage alten Keks zu fressen gab.

Und dann war auch Dulcie Piper da, in ihrem Garten, genau wie ich sie verlassen hatte. Sie schnitt irgendwelche Pflanzen zurück.

»Ah«, sagte sie. »Da bist du. Dann setze ich mal lieber Wasser auf. Ist Hagebutte recht?«

»Hagebutte?«

»Ja, für den Tee. Ich weiß, was du denkst: Wie kommt die alte Fregatte an Hagebutte, wo doch jeder weiß, dass das ausschließlich eine Herbst- und Winterfrucht ist, aber –«

Sie zwinkerte mir verschwörerisch zu und tippte sich an die Schläfe.

»Ich hatte mich eigentlich schon auf Ihren Brennnesseltee gefreut«, erwiderte ich.

Sie tat so, als würde sie ausspucken. »Igitt, widerliches Zeug.«

»Aber ich dachte, Sie mögen ihn.«

»Hab ich das? Tja, wenn du den willst, musst du dir leider selbst welche pflücken.«

»Es ist schön, Sie wiederzusehen, Dulcie. Es ist schön, wieder hier zu sein.«

»Ich finde es auch schön, dich wiederzusehen, Robert. Und es ist schön, dich wieder hier zu haben. Butler wird sich über die Gesellschaft freuen, da bin ich sicher.«

Die Wiese wucherte wieder wie wild. Die viele Arbeit, die ich mit ihr hatte, um sie zu bändigen, war von Samen und Sonne allein zunichtegemacht worden. Sie hatte einen der kältesten Winter aller Zeiten überstanden und näherte sich wieder ihrem ursprünglichen ungezähmten Zustand.

Dann erst fiel mir auf, dass die am unteren Ende dicht stehenden Bäume und Büsche, die einst das Meer verdeckt hatten, drastisch gestutzt worden waren, sodass wir jetzt einen freien Blick auf die Bucht und die See dahinter hatten.

Dulcie sah, dass ich die neue unverstellte Aussicht bewunderte.

»Ich dachte, es war endlich an der Zeit, dem Sturm der salzigen Tiefen zu verzeihen«, sagte sie.

Während wir unseren Tee tranken, blickten wir aufs Meer, und ich erzählte von meiner kurzlebigen Karriere als Nachwuchsbuchhalter, meiner kürzlich erfolgten Kündigung und von meinem neuen Lektürepensum. Es fühlte sich an, als wären bloß wenige Tage vergangen und nicht ein sterbender Herbst und dieser schier endlose Winter des Missbehagens, der für die Menschen, die darauf gehofft hatten, dass die Nachkriegszeit ihnen ein leichteres Leben bescheren würde, ein Schlag ins Gesicht gewesen war.

Ich redete lange, und Dulcie hörte wortlos zu.

»Ich finde, du hast eine sehr gute Entscheidung getroffen, Robert«, sagte sie, als ich schließlich geendet hatte. »Eine wirklich sehr gute Entscheidung. Arbeit wird enorm überbewertet. Natürlich sind manche Berufe lebensnotwendig, aber viel zu viele Leute vergeuden ihre begrenzte Lebenszeit mit schlichter Plackerei. Ich dagegen ziehe stets das Vergnügen vor, koste es, was es wolle. Und überhaupt, hör sich dich einer an.«

»Wie meinen Sie das?«

»Letztes Jahr hat es fast eine Woche gedauert, bis du mal einen Piep von dir gegeben hast, und jetzt sind die Dämme gebrochen, das Wasser strömt. Verbal, meine ich. Ich will damit sagen, dass du reifer geworden bist. Du bleibst doch wohl hoffentlich länger?«

»Das würde ich sehr gern.«

»Gut. Ich möchte dir nämlich etwas zeigen.«

Butler lief durch die Büsche voraus zum Atelier, das ebenfalls noch ganz so aussah, wie ich es verlassen hatte, mit nur einem kleinen Unterschied: An der Tür hing eine große Holztafel, in die der Buchstabe »R« eingeschnitzt war.

»Sie haben es nach Romy benannt«, sagte ich.

Dulcie hielt mir einen Schlüssel hin. »Und nach dir.«

Ich war verwirrt. »Nach mir?«

»Ja doch. Hier.« Sie drückte mir den Schlüssel in die Hand und schob mich Richtung Atelier.

Ich steckte ihn in das neue Schloss, öffnete die Tür und betrat einen gänzlich verwandelten, komplett eingerichteten Raum mit schmiedeeisernem Bett, kleinem Klapptisch, Stehlampe, Teppichen, Ölgemälden und einem maßgefertigten Regalbrett, das knapp über Kopfhöhe einmal ringsum lief und auf dem Hunderte Bücher standen. Auf dem Tisch sah ich eine große schwarze Schreibmaschine.

Der von mir im Vorjahr gesäuberte und instand gesetzte Holzofen war noch da, und daneben ruhte ein Zweiplattenkocher auf einem Gestell mit diversen Küchenutensilien wie Töpfe, Teller, Besteck und so weiter. Ein Schrank darüber enthielt einige Grundnahrungsmittel, und auf der Fensterbank standen sechs große Gläser mit dunklem Honig, der zu schillern schien, weil das Sonnenlicht durch den Honig drang und die winzigen darin eingeschlossenen Luftbläschen beleuchtete.

»Na?«

Mir fehlten die Worte – beinahe.

»Haben Sie das alles gemacht?«

»Ich brauchte ein Projekt über den Winter. Außerdem hattest du ja schon das meiste erledigt. Ich hab bloß das Innenleben ein bisschen verschönert. Das Atelier gehört dir.«

»Mir?«

»Du kannst darin wohnen, wann immer dir danach ist. Dann hast du, ganz gleich, was du im Leben machst oder wohin es dich auch trägt, hier immer ein Zuhause. Ich habe das in die Besitzurkunde des Hauses eintragen lassen. Das Atelier läuft jetzt auf deinen Namen. Das Cottage mag verfallen, und meine Knochen mögen irgendwo in Englands feuchter

Erde verrotten, aber du wirst immer hierbleiben können, wenn du das möchtest.«

»Ich weiß nicht, was ich sagen soll.«

»Dann sag nichts.«

Ich blickte mich im Raum um und konnte mir nicht vorstellen, je irgendwo anders sein zu wollen. Aber es gab eine Frage, die ich stellen musste.

»Bin ich jetzt auch ein Projekt für Sie, Dulcie?«

»Das klingt ziemlich unfein, Robert.«

»Aber bin ich das?«

»Ich helfe denjenigen, denen es mir beliebt zu helfen, so bin ich nun mal. Ein bisschen Förderung kann jeder gebrauchen.«

»Aber was hat das alles hier gekostet?«

»Einen Klacks. Tatsächlich hat es mich kaum was gekostet, da sich *Offene See*, wie ich erfreut berichten kann, so gut verkauft wie Zimtsterne zu Weihnachten. Du siehst also, die zeitlose Lyrik von Romy Landau hat für den Krimskrams hier bezahlt – schon allein die Lizenz- und Abdruckgebühren waren beträchtlich. Aber wir sollten nicht zu viel über Geld reden, das ist vulgär. Reden wir stattdessen über den bernsteinfarbenen Nektar, der natürlich ein Geschenk unserer Freundinnen war, die du so überaus kühn und mutig vom Ast gepflückt hast. Erinnerst du dich?«

Ich nahm eines der Honiggläser und hielt es ins Licht.

»Natürlich erinnere ich mich. Ich weiß nicht, was ich sagen soll, Dulcie«, wiederholte ich.

»Ein einfaches ›Danke‹ genügt.«

»Danke.«

»Du musst mir nicht danken.«

Ich lächelte. »Dann tu ich's auch nicht. Ich nehme es zurück.«

»Du hast doch bestimmt Hunger?«

Ich nickte.

»Gut, weil ich nämlich ein Hähnchen für dich im Ofen habe. Mit einem halben Pfund Speck auf dem Rücken und ebenso viel Salbei und Hack im Bauch.«

»Aber woher wussten Sie, dass ich komme?«

Dulcie zuckte die Achseln. »Weil der Saft in den Pflanzen steigt und der göttliche Duft des Sommers wieder in der Luft liegt. Ich hab gewusst, dass du zurückkommst.«

»Aber ausgerechnet heute?«

Sie winkte ab. »Jedenfalls bald.«

Ich fragte mich, wie viele Hähnchen wohl in den letzten Wochen gebraten und an Butler verfüttert worden waren.

»Die Wiese ist ein ziemliches Chaos«, sagte ich mit einem leisen zufriedenen Rülpser. Ich warf Butler ein großes fettiges Stück Hähnchenkeule zu, das er mit Wonne in seinen dunklen teutonischen Augen in der Luft fing.

»Nun ja, ich hab's nur geschafft, die Äste zu stutzen, die mir die Aussicht versperrt haben«, sagte Dulcie. »Das ist nämlich gar nicht so leicht, wenn du eine alte Schachtel bist und allein und der Boden gefroren ist. Und Altwerden ist so *lästig*. Man sollte es unbedingt vermeiden, sage ich.«

»Aber jetzt sind Sie nicht mehr allein.«

Sie gab ein wohliges schmatzendes Geräusch von sich.

»Ich werde dich selbstverständlich dafür bezahlen.«

»Wofür?«

»Die Wiesenarbeit.«

Ich lachte. »Sie wissen genau, dass ich kein Geld verlange. Sie brauchen es nur zu sagen.«

»Tja, da ist tatsächlich noch etwas, das ich fast vergessen hätte.«

Sie stand auf, ging ins Haus und kam gleich darauf zurück. Sie schob die Platte mit den Resten des Hähnchens beiseite und legte einen Umschlag vor mir auf den Tisch.

»Dein bisheriger Anteil an *Offene See*.«

Ich öffnete ihn und zog einen Scheck über vierhundert Pfund heraus. Das war mehr, als mein Vater in einem Jahr verdiente.

»Das gibt's doch nicht«, sagte ich.

»Doch, das gibt's. Bestimmt kommt da noch mehr, wenn es im Herbst als Taschenbuch erscheint. Die gebundene Ausgabe hat sich sehr gut verkauft, und die bringen schon die dritte Auflage. Das ist eine absolute Ausnahme für zeitgenössische Lyrik. Die Literaturszene liebt nichts mehr als eine Geschichte über Triumph und Tragödie – auf die Reihenfolge kommt's dabei nicht an –, und Romy war dafür wahrhaftig ein Musterbeispiel. Jetzt, wo sich der Staub dieses absurden Krieges gelegt hat, brauchen sie nämlich irgendein anderes Thema, und was würde sich da besser eignen, als eine tragische deutsche Dichterin, die wie ein Engel schrieb, hell und kurz brannte und dann lieber allem ein Ende machte, als in einer Welt zu leben, die von ihren Landsleuten in Schutt und Asche gelegt worden war. Auf See verschollen, ein ewiges Rätsel. So sehen die das jedenfalls, und ich habe keine große Lust, irgendwelche Ungenauigkeiten richtigzustellen. Lass den Mythos wachsen, sage ich mir, und scheiß auf sie alle.«

Sie hob ihr Glas, ich hob das meine, und wir stießen an.

»Also, mir würde nicht im Traum einfallen, dir zu sagen, was du mit diesem unerwarteten Geldsegen anfangen sollst, genau wie ich einem Landstreicher nicht sagen würde, dass er die paar Pennys, die ich ihm gegeben habe, nicht für eine gepflegte Flasche besten Brennspiritus ausgeben soll. Aber dürfte ich dir vielleicht das Samenkorn einer Idee einpflanzen? Eine Investition, wenn du so willst?«

»Ja, natürlich«, sagte ich.

»Universität.« Sie hob eine Hand. »Nein, lass mich ausreden. Ich weiß noch ganz genau, was du gesagt hast: ›Leute wie ich gehen nicht studieren.‹ Robert, das hat mir das Herz zerrissen. Der Gedanke, dass du dich als jemanden siehst, der weniger wert ist als die Schnösel, Spießer und Großmäuler, unter denen ich aufgewachsen bin, ist ein unverzeihlicher Unsinn und zudem etwas, das möglichst schnell geändert gehört. Nichts wird sich ändern, wenn es sich nicht von innen heraus ändert, womit ich sagen will, falls du auf eine Universität gehen würdest, würdest du nicht nur einen ohnehin schon wachen Verstand weiterentwickeln, sondern auch einen Weg für deine Leute bahnen. Ich weiß, es ist nur ein kleiner Schritt: Die Barrieren können nicht alle mit einem Schlag niedergerissen werden. Aber wer weiß, vielleicht könntest du eines Tages, wenn du längst wahnsinnig erfolgreich bist, das Gleiche für jemand anderen tun, der es ebenso verdient hat wie du.«

»Ich wüsste nicht mal, wie ich das anfangen soll.«

»Ich werde dir helfen.«

»Was, wenn ich nicht die nötigen Voraussetzungen erfülle?«

Sie schüttelte den Kopf. »Es gibt da gewisse Möglichkeiten«, sagte Dulcie. »Glaub mir, es gibt gewisse Möglichkeiten. Ausnahmeregelungen. Stipendien. Außerdem habe ich neulich gelesen, dass darüber nachgedacht wird, das gesamte Hochschulsystem zu reformieren, und dass es schon bald eine neue Art von Qualifikation geben soll, die zum Besuch einer Universität berechtigt. Die wollen einen Neuanfang, Chancengleichheit, auch wenn das fast schon kitschig klingt.

Mit ein bisschen Vorbereitung würdest du das mit links schaffen, da bin ich mir sicher. Wenn ein intelligenter Junge wie du, der mit offenen Augen und Ohren durchs Leben geht, Eifer und Fleiß an den Tag legt, wird er seinen Platz in der Welt finden. Glaub an dich, Robert, alles andere wird sich finden. Außer natürlich, du willst nicht.«

»Doch«, sagte ich, »ich will. Zumindest denke ich, dass ich will.«

Sie stand auf und räumte die Teller zusammen.

»Lass es dir durch den Kopf gehen, während ich den Nachtisch hole. Nimm dir Zeit. Du hast Urlaub. Aber denk drüber nach.«

»Ich verstehe noch immer nicht, warum Sie so großzügig sind, Dulcie.«

»Ich hab doch gesagt, so bin ich nun mal. Und vielleicht bist du ja eines Tages auch so.«

Ich lehne mich in meinem Sessel zurück. Mein Nacken schmerzt, ein unablässiges Ziehen auf einer Seite, das mich schon seit einigen Monaten quält. Ich schlucke Schmerzmittel wie Bonbons, aber sie helfen kaum. Ich habe ein ganzes Arsenal von Tabletten, aber eines können sie nicht: Sie können den Tod nicht besiegen.

Ich nehme die Brille ab, stehe auf und recke mich, beuge mich dann vor, um die Worte zu lesen, die ich mühevoll mit schmerzenden Handgelenken und Knöcheln getippt habe. Ich bin nicht mehr so schnell wie früher. Das Alter hat Spinnweben in all meinen Gelenken gesponnen, und die Krankheit hat mich so langsam gemacht, wie ich mir das nie hätte vorstellen können, doch zumindest funktioniert mein Gedächtnis. Dieser Muskel ist noch stark.

Obwohl es recht kühl ist, habe ich das Fenster weit geöffnet, und ein Stein vom Strand hält den Papierstapel an Ort und Stelle. Der Stein enthält ein Fossil. Einen Ammoniten. Wenn ich ihn ansehe, fühle ich mich wieder jung. Alle Zeit ist relativ, und an manchen Tagen, wenn ich mich nicht bewege und die Augen schließe und mich auf die Frequenz der Natur einstelle, bin ich wieder sechzehn.

Dann und wann hebt ein sanfter Windhauch die Seiten an und gewährt mir einen Blick auf einen Satz, der mich sogleich zurückversetzt in jene Augenblicke, die ich dokumentiert habe, die mein ganzes Leben prägten und ihm eine gänzlich andere Richtung gaben.

Denn in Wirklichkeit begann die Geschichte vor langer Zeit, hier in dieser Hütte, die sich jetzt windschief in einer Wildwiese duckt. Vielleicht haben Sie in irgendwelchen Zeitungsporträts etwas darüber gelesen oder die Reportage gesehen, die nach der Veröffentlichung eines Debütromans über mich gemacht wurde, von dem die Kritiker behaupteten, er künde eine zornige neue Stimme an, und der sich unerwartet gut verkaufte. Die Kritiker hatten unrecht: Ich war nicht zornig. Ich hatte einfach nur niedergeschrieben, was ich kannte. Das war meine Sprache. Das war die Sprache von uns Menschen oben im Norden. Und das ist sie noch immer.

Damals war die Zeit auf meiner Seite. Jugend war gerade gut zu vermarkten, und anscheinend war ich eine jener Stimmen, die ihr Ausdruck verlieh – sozusagen ein Sprachrohr der Jungen und Entrechteten, meinten sie. Dabei schrieb ich nur das, was ich um mich herum in meinem Dorf sah und hörte. Ich bannte die Menschen auf Papier, das ist alles. Mehr nicht. Dass die Leute in London meinen Roman und seine vielen Nachfolger für fremdartig und exotisch hielten, bewies lediglich, wie weit sie von dem eigentlichen arbeitenden Kernland eines sich wandelnden Englands entfernt waren. Als er verfilmt wurde, öffnete sich die Kluft nur noch weiter. Aber ich nahm die Lobeshymnen und das viele Geld gerne an, und ich vergaß Dulcie niemals.

Wie denn auch?

Jeden Sommer kehrte ich zurück, auch dann noch, als ich verheiratet war und Kinder hatte, auch dann noch, als Dulcie Piper schon längst fort war; sie war zuerst in eine luxuriöse zweigeschossige Wohnung mit Aussicht auf eine weitläufige Parklandschaft in Harrogate gezogen, lebte dann etliche Jahre in einem Pflegeheim am Stadtrand von York und verbrachte schließlich ein paar schwindende Tage im Krankenhaus. Ich besuchte sie überall; sie war bis zum Ende geistig klar und witzig und sarkastisch. Als sie starb, trug sie eine übergroße Sonnenbrille und hatte reichlich Gin intus.

Regierungen kamen und gingen, und ich kehrte immer wieder hierher zurück, zu der Wiese, um zu schreiben und zu lesen und zu denken, um im Mondlicht Grasbäder zu nehmen und Dachse in der Morgendämmerung zu beobachten. Es gab Scheidungen und Todesfälle und Enkelkinder, und noch immer kam ich hierher, immer allein, bis die Aufenthalte so lang wurden, dass ich gar nicht mehr fortging, und mein großes altes Haus – im Vergleich zu dieser Hütte konnte ich es als Zuhause bezeichnen – leer blieb.

Mit Dulcie an meiner Seite strömten die Worte weiter und weiter. Ich höre sie immer, wie sie jeden meiner plumpen Sätze aus mir herauslockte, mich antrieb, immer noch besser zu werden. Und so folgte ein Buch auf das andere, zugegebenermaßen für eine schwindende Leserschaft, aber jedes von ihnen schaffte es in die Läden. Und das ist das Entscheidende. Ich lebte das Leben, das ich leben wollte, und das tue ich noch immer, obwohl dieses Etwas von innen an mir nagt: eine Krankheit namens Zeit.

Die Seeluft ist gut für mich. Sie weckt meinen Appetit, und wenn man Appetit hat, ist der Lebenswille stark.

Dulcie ist jetzt hier im Raum, steht hinter mir und entkorkt eine Flasche, während sie über die Wiese hinweg aufs Meer schaut, zur offenen See und in die Sonne. Manchmal gehe ich hoch zu dem kleinen Friedhof und sitze eine Weile an ihrem Grabstein zwischen denen der Seeleute und Fischer, und ich weiß, dass ich mich bald zu ihnen gesellen werde. Vielleicht werden wir uns gegenseitig unsere Geschichten erzählen.

Die Lebensweise hier hat sich natürlich verändert. Die Kleinfischerei existiert kaum noch, und die meisten Häuser in der Bucht sind inzwischen Zweitwohnsitze, die nur während der Ferien bewohnt sind. Das stört mich nicht. Dadurch habe ich den Strand den Rest des Jahres für mich allein. Heute Morgen bin ich dort spazieren gegangen und habe gesehen, wie stark die Küste erodiert ist, seit ich zum ersten Mal den herrlichen Ausblick auf sie genoss. Das Meer frisst unablässig an den Felsen, und das Land ist schon allein in meiner Lebenszeit um zehn bis zwölf Meter geschrumpft. Es wird sich zu einem Kieselstein reduzieren und dann irgendwann zu nichts, wie wir alle. Es erinnert daran, dass nichts von Dauer ist. Alles ist im Fluss. Und die Natur trägt immer den Sieg davon.

Ich setze mich wieder und tippe den letzten Satz der Geschichte über die Leben, die so frei gelebt wurden, wie eine höhere Macht es zuließ.

Das sind meine letzten Worte, und ich hinterlasse sie hier für Sie.

Danksagung

Ich danke meiner Agentin Jessica Woollard und allen bei David Higham Associates: Alice Howe, Clare Israel und Penelope Killick. Mein Dank geht an meine Lektorin Alexa von Hirschberg, die stets mit leichter Hand mithalf, dieses Buch zu gestalten und zu verfeinern. An alle bei Bloomsbury: Ros Ellis, Marigold Atkey, Philippa Cotton, Rachel Wilkie und Jasmine Horsey. Ebenso danke ich Silvia Crompton für ihr Lektorat und Zaffar Kunial für seine Lyrik-Anregungen.

Schriftersteller brauchen Glück, und damit war ich wirklich gesegnet. Für ihren Beistand und Zuspruch über die Jahre danke ich Claire Malcom und allen bei New Writing North. Kevin und Hetha Duffy bei Bluemoose Books. Carol Gorner und allen beim Gordon Burn Trust. Richard und Elizabeth Buccleuch und dem Walter Scott Prize. Michael Curran bei Tangerine Press. Jeff Barrett und allen bei Caught by the River. Sarah Crown und dem Arts Council England. The Society of Authors. The Royal Society of Literature. The Northern Fiction Alliance.

Meiner Familie und meinen Freunden und meiner Frau Adelle Stripe.

Dieses Buch wurde größtenteils mit Stift und Papier in Bibliotheken verfasst. Es ist Bibliothekaren überall auf der Welt sowie Buchhändlern und Lehrern und allen gewidmet, die sich darum bemühen, anderen ihre Leidenschaft für die Kraft des geschriebenen Wortes zu vermitteln.

Vierte Auflage 2021
DuMont Buchverlag, Köln

Die englische Originalausgabe erschien 2019 unter dem Titel ›The Offing‹
bei Bloomsbury Circus, London.

Übersetzung: Ulrike Wasel und Klaus Timmermann
Umschlaggestaltung: Lübbeke Naumann Thoben, Köln
Umschlagabbildung: © Bridgeman Images
Satz: Fagott, Ffm
Gesetzt aus der Crimson
Druck und Verarbeitung: CPI books GmbH, Leck
Gedruckt auf säurefreiem und chlorfrei gebleichtem Papier
Printed in Germany
ISBN 978-3-8321-6598-7

www.dumont-buchverlag.de